Cuando la niebla duerme

Trinidad Fuentes

SAMARCANDA

Cuando la niebla duerme

ISBN: 9788419800893
ISBN e-book: 9788419800367

Producción editorial: Lantia Publishing S.L.
Plaza de la Magdalena, 9, 3 (41001-Sevilla)
www.lantia.com
IMPRESO EN ESPAÑA – PRINTED IN SPAIN

A mi padre. Era tan buena persona
que se resistía a creer en la maldad.

1

Me está enterrando viva. Me ha tirado boca arriba sobre una tierra fangosa. Mi cuerpo, insensibilizado, no percibe la humedad que desprende esta zona asediada por la niebla ni el frío del mes de diciembre. Un pasamontañas le cubre el rostro. Tiene una pala en las manos, la llena de tierra, me la va a volcar encima. No, la está metiendo en una bolsa de plástico; otra palada, y una más. Cierra la bolsa con una cuerda gruesa y hace varios nudos. La coge, se arrodilla ante mis pies. ¿Qué hace? Quizás se ha arrepentido, va a intentar reanimarme y pedirme perdón. Un momento... ¿reanimarme? Mi cuerpo está inerte, no siento nada porque he salido de él. ¡Estoy muerta!

Floto en esta atmósfera tenebrosa y vislumbro mi cuerpo en la ciénaga. Supongo que me mató cuando me lanzó contra la pared; es lo último que recuerdo. Me habrá traído hasta aquí para deshacerse de mí. No, no, esto no puede estar pasando. ¡Quiero vivir! Debo de estar teniendo una pesadilla. Me esfuerzo por entrar de nuevo en mi cuerpo y moverme, abrir los ojos y despertar. Imposible... mis intentos son vanos... Sigo fluctuando en el aire viéndolo todo. Está arrodillado ante mis pies, los junta, coge la bolsa llena de tierra fangosa y me la ata a los tobillos. Da una infinidad de vueltas a la cuerda, mis piernas han quedado atadas desde los tobillos hasta las rodillas. Ahora me agarra por los brazos y arrastra mi cuerpo hasta los aledaños de lo que parece una pequeña laguna. No reconozco esta zona siniestra, nunca he estado aquí. Siento aversión por los lagos, los pantanos y cualquier lugar profundo de aguas estancadas. Parece que él sí conoce bien el entorno pues se mueve sin vacilar, actúa con rapidez, se agacha y empuja mi cuerpo dándole varias vueltas hasta llegar a la orilla. Se descalza. Me coge en brazos como si cargase un saco, se adentra en el agua hasta que le llega a la cintura. Suelta mi cuerpo dándole un empujón. Me sumerjo y el peso de la bolsa de arena atada a los tobillos acelera mi hundimiento hasta alcanzar el fondo.

Me has quitado la vida. Desde las profundidades, yo, MALDIGO LA TUYA.

2

Aeropuerto Marco Polo (Tessera, Venecia)

—Date prisa, Gisela. —Acució Minerva Nàcher caminando por el aeropuerto.

—Estoy cansada. —Hizo una mueca de fastidio.

Gisela había vuelto hacía dos días a la ciudad donde residía, Barcelona, tras pasar un mes de vacaciones en Brasil. Ahora, recién llegada a Venecia, todavía arrastraba el *jet lag* y los ritmos circadianos alterados. Ni siquiera sabía con exactitud qué iban a investigar en la romántica ciudad de las góndolas, en la enigmática Reina del Adriático.

—¿Cansada de qué? —replicó Minerva sin dejar de avanzar—. Has dormido durante todo el vuelo, desde que el avión despegó de Barcelona. Espabila, nos espera un *transfer*.

—¿Has contratado una lancha privada? —sonrió Gisela.

—Sí, es más rápida, así ahorramos tiempo.

—Y gastamos más dinero —carraspeó Gisela.

—¿Acaso pagas tú? —Minerva se paró en seco y miró a su contestona ayudante—. ¡Cuánto te he echado de menos, amiga! —La agarró del brazo y estiró—. ¡Corre!

Aceleraron el paso a la par, asidas a sus respectivas maletas. Ambas calzaban botas negras de tacón cuadrado e idénticas gabardinas grises que cubrían el resto de sus ropajes. Los bolsos cruzados delante del cuerpo, por seguridad.

Minerva y Gisela llevaban varios años trabajando juntas, desde que la investigadora de naturaleza perfeccionista y autoexigente encontró, sin buscarla, a la persona ideal: Gisela Landon. Así formaron un tándem al que difícilmente se le resistía la resolución de casos complejos. Se conocieron en el lugar donde Minerva suele ir a calmar su insaciable apetito, un pequeño restaurante de comida ecológica cercano a su despacho de Paseo de Gracia, en Barcelona. La investigadora, al pasar por delante de una mesa, se fijó en la mujer que la ocupaba: comía sushi al tiempo que revisaba en un periódico la sección de ofertas de trabajo. Estaba sola y parecía nerviosa. Dejó de leer, cerró el diario y rebufó como si nada de lo que había visto le interesase lo más mínimo. Se puso en pie y se dirigió a la barra. Pidió la cuenta. Minerva observó que sobre la mesa había unas gafas de sol. Sin dudarlo, se acercó, las cogió y fue hasta donde estaba la mujer. Dejándose llevar por un impulso fruto de su intuición, se presentó.

—Buenas tardes, creo que esto te pertenece – le entregó las gafas. - Soy Minerva Nàcher, investigadora privada.

—¿Quéeeee? ¡Mi ex te ha contratado para buscarme! —dijo poniendo los brazos en jarra—. Ese celoso patológico no me va a dejar vivir tranquila. Por favor, no le digas que me has encontrado. Tenemos que ser solidarias entre mujeres. Déjame que te explique y seguro que me vas a entender—. Relajó los brazos y la miró suplicante.

A Minerva le resultó chocante la rápida y enérgica reacción de aquella mujer de cabello negro y rasgos exóticos. Tomaron asiento entorno a la mesa donde todavía estaba el plato con restos de sushi y dejó que hablase. En la manera de presentarse Minerva observó la educación de Gisela Landon, algo que confirmó junto a su saber estar durante el resto del monólogo, que fue claro y conciso. Gisela, de treinta años, era hija de un diplomático inglés y una brasileña de quien había heredado su fuerte carácter. Durante su infancia había viajado y vivido en diferentes países debido al trabajo de su padre y hablaba a la perfección varios idiomas. Había elegido la ciudad de Barcelona para empezar una vida lejos de su asfixiante exnovio. Había alquilado un piso en la calle Balmes a la altura de la Diagonal y buscaba trabajo.

—Agradezco el breve resumen que me has hecho de tu vida —le dijo Minerva—. Puedes estar tranquila, nadie me ha contratado para buscarte —le sonrió en un intento de apaciguar el evidente nerviosismo—. Dime, ¿qué tipo de trabajo buscas?

—Un trabajo que no me aburra, que requiera actividad física y mental. No me importan los horarios, no dependo de nadie ni nadie depende de mí.

—Si quieres puedes enviarme aquí tu currículo. Quizás pueda ayudarte a encontrar un trabajo – le entregó un papel en el que había escrito su e-mail.

—Muchas gracias. Hoy mismo lo recibirás – sonrió.

—Ha sido un placer conocerte, Gisela —. Se despidió cambiándose de mesa al tiempo que pedía la carta. La investigadora tenía hambre y prisa.

Ese mismo día a última hora de la tarde, Minerva revisó, como de costumbre, los emails, entre los que encontró uno de Gisela Landon en el que enviaba su currículo. A la investigadora le satisfizo el rápido proceder de la mujer que había conocido pocas horas antes, la inmediatez reflejaba un verdadero interés por el trabajo. Revisó detenidamente cada palabra del escrito. Acostumbrada a su independencia laboral nunca se había planteado contratar a alguien, sin embargo, pensó que un poco de ayuda no le iría mal. Le respondió citándola para una entrevista una semana después.

En la fecha prevista y a la hora exacta Gisela se reunió con Minerva. Vestía un traje pantalón. La lisura de su cabello se balanceaba por debajo de los hombros a cada movimiento. Minerva la observaba. Se había leído su brillante currículo varias veces durante aquellos días. Su intuición le decía que Gisela era un buen fichaje, si bien la investigadora también era una persona analítica, pragmática y desconfiada. Decidió darle una oportunidad, la tendría un tiempo a prueba. La sinceridad con la que Gisela se lo agradeció acrecentó el convencimiento de la investigadora y disipó las posibles dudas.

Desde aquel día habían transcurrido siete años y nació una amistad que poco tardó en afianzarse.

—Todavía no me has explicado qué vamos a hacer en Venecia —preguntó Gisela una vez acomodadas en la lancha que las llevaba hacia su destino: el hotel *Aman Venice*.

—Sí te lo he dicho, venimos a investigar, ¿a qué sino?

—Me has dicho que venimos a investigar, pero no me has explicado el qué —replicó Gisela.

—Ahora no es el momento. Disfruta en silencio del trayecto. Hablaremos del asunto que nos ocupa cuando estemos instaladas —zanjó Minerva.

—Adelántame algo —insistió—. Y ponte esto, se te ha bufado el pelo con tanta humedad—. Sacó del bolso una gorra acolchada de visera ancha, manipuló la media melena de Minerva con una maña envidiable y la cubrió con la gorra.

—Vamos a investigar una aparición —susurró Minerva.

—¿Una aparición mariana? ¿Eso no lo investiga el Vaticano? —inquirió bajando también la voz.

—La aparición de una persona que desapareció hace unos meses de manera extraña —volvió a susurrar—. Y no me vuelvas a hablar hasta que lleguemos al hotel. —Juntó las manos en un gesto de «por favor».

****

Piazza San Marco, Venecia

Paolo Chisso avanzaba con paso firme a través de la espesa niebla que entelaba la ciudad desde hacía varios días. Esperaba encontrarlo en los aledaños del pórtico de la Catedral de San Marco, donde podrían mezclarse entre los cientos de turistas que allí se concentraban. Lo vio cuando ya estaba próximo: conversaba con un grupo de monjas que hacía cola en la entrada. Sus hábitos negros destacaban entre el resto de las personas que allí se agrupaban y las bajas y concentradas nubes de humedad.

—¡*Pater*! —exclamó Chisso simulando el carácter fortuito de aquel encuentro.

—¡*Paolo, caro amico*! —respondió, se despidió de las religiosas y caminó junto a Chisso tras saludarlo con un estrecho abrazo.

—Veo que sigues perdiendo peso. Tienes un aspecto demacrado. ¿Qué te sucede, Pietro? ¿Estás enfermo?

—Déjate de tonterías. Estas últimas semanas he llevado un ritmo agotador, eso es todo. Y ahora dime, imagino que me has citado porque tienes noticias, ¿han subsanado el error?

—Al parecer no se trata de un error, Pietro. Es ella —afirmó bajando la mirada.

El padre Pietro negó con la cabeza, confuso e incrédulo. Sus manos empezaron a temblar, una avalancha de recuerdos azotaba su mente. Se sintió indigno del perdón de Dios, cerró los ojos y se vio envuelto por las llamas del infierno. Sin despedirse, abandonó la inmensa plaza enfilando una oscura callejuela, se arrebujó bajo la sotana y con un par de vueltas se colocó la bufanda al cuello mientras era acometido por un incontrolable acceso de tos. Paolo fijó la mirada en él hasta que lo vio desaparecer, sacó del bolsillo del abrigo un teléfono móvil e hizo una llamada.

—Dime, Paolo —respondió una voz que denotaba afonía.

—Como me ordenaste, he hablado con el *páter* Pietro.

—¿Y?

—Creo que tenemos un problema de difícil solución.

—Sabes lo que tienes que hacer. ¡Hazlo! —le exigió.

3

Resulta que sí, que existimos los fantasmas. Supongo que eso es lo que ahora soy, un espectro, un espíritu atrapado en un lugar que desconozco y del que no sé cómo salir. He perdido la noción del tiempo, no recuerdo si me mató y sumergió mi cuerpo ayer o hace varios días, tal vez semanas. Fuera cuando fuere me deben de estar buscando. Todavía vivo con mis padres y pese a mis veintitrés años siempre que me retraso, les aviso para que no sufran por mi causa. Lo último que quiero es acrecentar su angustia.

Doy vueltas alrededor del lugar donde mi cuerpo está hundido, es algo semejante a una pequeña laguna. Camino sin escape, aunque más que caminar mi sensación es como si pisase un suelo de esponjas y flotase en cada rebote.

También me habrán echado de menos en el trabajo. Mi dedicación es vocacional, ayudo a mujeres víctimas de malos tratos en un centro especializado. Recuerdo, palabra a palabra, todo lo que me dijo la última joven con la que hablé:

Todo empezó una maldita y atípica primavera en la que, con diecinueve años, me quedé huérfana y sola en la vida. Por desgracia apareció él y, pese a que al principio sus palabras me sonaban lejanas y anodinas, su insistencia, añadida a la tristeza que me envolvía, consiguió que me fijase en él. Poco a poco fue consiguiendo mi cariño hasta que un día sentí algo más fuerte, un inexplicable alborozo interno. Me encapriché de él, nunca había tenido novio. Sus palabras melosas y su encantadora sonrisa me conquistaron. Desde ese día, mis planes presentes y futuros dieron preferencia a los suyos. Se había convertido en el centro de mi vida y yo, sin apenas darme cuenta, en el comodín de la suya. Daba por válidas cada una de sus palabras sin atreverme a cuestionar su veracidad. Poseía mi cuerpo y dominaba mi mente.

Llevábamos cuatro meses de relaciones cuando supe que estaba casado. Me lo dijo él mismo, con naturalidad, sin darle importancia. Intentó convencerme de que su matrimonio era una farsa y de que ya habían iniciado los trámites del divorcio de mutuo acuerdo. Juró habérmelo ocultado por miedo a perderme. Ciega de amor. Seguí unida a él. Si bien, desde ese día, ante cada una de sus historias, me acechaba un inevitable atisbo de duda.

Tenía una copia de las llaves de mi piso. Cuando escuchaba activarse la cerradura, se me aceleraba el corazón. Ese día tenía que darle una noticia de trascendental importancia. Supuse que se sentiría tan feliz como yo y, caminando hacia él, se lo dije deseando fundirme entre sus brazos. Le dije que esperábamos un bebé. Sus palabras me detuvieron.

—Hoy he tenido un buen día en la oficina, por favor, no lo estropees con bromas desagradables.

Su reacción provocó mi desaliento. Mi mutismo e inexpresión le hicieron entender la realidad, una realidad que no estaba dispuesto a aceptar. Retrocedió un paso.

—No vas a tenerlo —habló tajante y prosiguió—. Mi mujer está embarazada.

¡Su mujer! La misma de quien, según él, se estaba divorciando. Sentí un dolor repentino que me agujereaba el estómago y se dirigía

hacia mi pecho. Le exigí que me devolviera las llaves, que se fuese y, con la voz quebrada, le aseguré que yo misma le explicaría a su mujer el tipo de hombre que era su marido. Encolerizado golpeó la mesa del salón. Corrí hacia el lavabo. Me siguió. Entré en el baño con arcadas, cerré la puerta y tras echar el cerrojo, me extrañó no escuchar nada. Ni pisadas, ni gritos, ni golpes; el silencio era absoluto. Me desmoroné. Un hormigueo nervioso recorría mi ser mientras, encogida en el suelo, lloraba mi desolación. Una media hora después, aún en silencio y con máximo sigilo, me reincorporé y abrí la puerta. Allí estaba él, frente a mí, inmóvil. Me miró fijamente y se lanzó a apalearme y patearme. Perdí el bebé, estuve un mes ingresada en el hospital con múltiples fracturas. Él está libre, lo único que me protege es una orden de alejamiento y tengo miedo, me aterroriza que no la cumpla.

Sus palabras me hicieron pensar en mi hermana, no porque también hubiese sido víctima de malos tratos o quizás sí, no lo sé. Lo que sí sé, porque yo estaba presente, es que Fátima desapareció hace unos meses en Venecia tras una fuerte disputa con Ángel, su novio.

4

El taxi acuático privado entró en la ciudad de Venecia y enfiló el Gran Canal. Breves minutos después aminoró la velocidad hasta detenerse en el embarcadero del hotel *Aman Venice*. Dos botones elegantemente uniformados esperaban para recoger el equipaje y acompañar a las recién llegadas al interior del suntuoso edificio.

Gisela Landon observó la fachada y suspiró cual princesa de cuento, pero de las que no necesitan príncipe.

—¡Nos vamos a hospedar en el *Palazzo Papadopoli*! —Gisela soltó una exclamación comedida.

—En el antiguo *Palazzo Papadopoli*. Hace años que fue reformado para convertirse en hotel —corrigió Minerva—. Aunque, sin duda, sigue conservando su belleza —comentó mientras entraban—. El palacio fue construido en el siglo XVI por encargo de la familia *Coccina* de Bérgamo y fue adquirido en el siglo XIX por los hermanos *Papadopoli*.

Minerva detuvo su explicación para dirigirse a recepción.

—*Buongiorno, benve...*

—*Buongiorno* —respondió Minerva con prisas sin dejar acabar al recepcionista sus palabras de bienvenida—. Tenemos una reserva para dos personas a nombre de Minerva Nàcher.

Tenga, nuestros documentos de identidad. —Le entregó el suyo y acució a Gisela a que hiciese lo mismo.

El joven recepcionista comprobó la reserva y les devolvió los documentos identificativos con una mirada de extrañeza. Les rogó un momento. Se dio la vuelta y se dirigió al teléfono que estaba en el otro extremo del mostrador. Marcó un número.

—*Questura Police* —respondieron al otro lado de la línea.

Minerva Nàcher estaba deseando llegar a la habitación, instalarse, darse una ducha y empezar a trabajar. Se preguntaba por qué el recepcionista había dejado a medias el trámite de hospedaje para ir a llamar por teléfono. Debía contener los nervios, la ansiedad que le provocaban las prisas, comenzó a repetirse un mantra: *Om mani padme hum, om mani padme hum*.... En menos de tres minutos su serenidad era completa. Tenía cuarenta y dos años y la experiencia de veinte practicando yoga y meditación.

—*Signora*, señora Nàcher. —El recepcionista la sacó de su abstracción.

—Sí, dígame —le respondió con una plácida sonrisa.

—Disculpe la demora. Había una nota en su reserva y he procedido, tal como se leía en la nota, a telefonear al señor Marco Palmieri, el jefe de la policía estatal, e informarle de su llegada. Estará aquí en breve.

—¿Cómo? Necesitamos un tiempo para instalarnos antes de recibirlo. Por favor, denos las llaves y suban rápido nuestro equipaje.

Gisela regresó junto a Minerva tras haber recorrido, palmo a palmo, toda la lujosa entrada del hotel.

—Por supuesto, enseguida. Según instrucciones del jefe de policía se instalarán en el cuarto piso del *Palazzo*, al que se accede mediante un ascensor privado. Es un apartamento con tres habitaciones independientes con sus respectivos baños y una sala de estar privada. Me han dado órdenes de que nadie, excepto ustedes, entre en la sala de estar. Ni tan siquiera el servicio de limpieza. Aunque sí en las habitaciones.

—Perfecto, muchas gracias —respondió Minerva.

—*Grazie mile* —añadió Gisela con entusiasmo.

Se instalaron con la rapidez a la que estaban acostumbradas cuando viajaban por motivos de trabajo. Gisela era la que más ropa llevaba en la maleta y la que antes la colocaba en el armario con un orden admirable. Se dieron una ducha rápida, el hecho de no tener que compartir baño aceleraba el proceso. A Gisela le dio tiempo de secarse, arreglarse el cabello y maquillarse un poco. Minerva absorbió con dos toallas buena parte de la humedad de su pelo y se hizo un moño apretado que evitara, en lo posible, el encrespamiento. Vestidas con tejanos y jerséis, fueron hasta la sala privada contigua a sus respectivas habitaciones, y abrieron los ventanales del balcón mientras esperaban al jefe de policía.

—¡Qué belleza de paisaje! Inmejorables vistas al Gran Canal —opinó Gisela.

—Yo solo veo niebla —gruñó entre dientes Minerva, que detestaba los días grises y fríos. —Me está empezando a doler la cabeza, necesito una infusión.

—Buena idea, la mía de menta *spicata*, por favor. ¿Has traído?

—Sí, ya sabes que no viajo sin mis infusiones. Para mí son imprescindibles, como para ti la barra de labios —rio, rieron.

Minerva llamó a recepción y pidió dos servicios para infusión, con el agua hirviendo. Mientras se mantenían a la espera, la investigadora comentó con su ayudante lo poco que sabía sobre el caso que habían ido a investigar.

—Marco Palmieri, el jefe de policía se puso en contacto conmigo. Alguien, no me dijo quién ni me interesé en ello, le dio buenas referencias de nuestro trabajo. Insistió en contratarnos. Le pregunté qué sucedía, para qué nos necesitaba, qué tipo de crimen había que investigar. Me respondió que se trataba de una extraña aparición: la de una chica, una turista española cuyo rastro se perdió hace cinco meses. La semana pasada la encontraron sin conocimiento a bordo de una vieja góndola.

—Interesante... —Gisela fijó la profundidad de su rasgada mirada en una niebla que acrecentaba el misterio.

Llamaron a la puerta. Minerva abrió y una camarera adentró, empujándolo desde el umbral, un carrito cubierto con un mantel blanco de puntilla dorada, sobre el que reposaban dos teteras, dos tazas y un par de cucharillas, azúcar de caña, miel y unas dulces *delicatessen*. Minerva le dio las gracias y la camarera cerró la puerta que no había llegado a traspasar.

En la tetera de Gisela, Minerva sumergió una infusión de menta *spicata* y en la suya una de menta piperita. Solo con el profundo y balsámico aroma que desprendían, empezó a notar una leve mejoría de su incipiente migraña.

Volvieron a llamar a la puerta y en esta ocasión fue Gisela la que abrió, topándose de frente con un hombre alto, con vestimenta informal, pelirrojo, de ojos verdes lagarto y el rostro moteado por pecas de un marrón anaranjado.

—¡Retroceda! —exclamó Gisela en actitud defensiva. —Esta es una zona privada. ¿Cómo ha subido hasta aquí si el ascensor también es privado? ¡Minerva, llama a la seguridad del hotel! —exclamó mirándolo con ojeriza.

—Disculpe, no pretendía asustarla. Soy Marco Palmieri, el jefe de la policía estatal. Mire —le mostró las credenciales.

Al escuchar la conversación, Minerva se dirigió a la puerta. Se asombró al ver al jefe de policía y no se extrañó de que Gisela lo hubiese confundido con cualquier otra persona. Marco Palmieri, al que la investigadora había estado indagando por pura curiosidad, era hijo de un italiano y una española. Desde luego, nada que ver con su aspecto de irlandés.

—Pase, por favor. Y disculpe nuestra torpeza —intervino Minerva.

—Sí, discúlpeme, soy bastante desconfiada y... —dijo Gisela tras asomar la cabeza por la puerta y asegurarse de que el inspector venía solo. Cerró con llave.

—Y ha pensado que era un turista irlandés despistado, ¿no? —bromeó Marco Palmieri—. Ha sido un comienzo divertido, no te preocupes. Supongo que no os importa que nos tuteemos. Antes de proseguir y entrar en materia quiero daros las gracias y la bienvenida a Venecia. —Se puso la mano derecha en el pecho e hizo una leve inclinación de cabeza.

—Por supuesto que nos podemos tutear, creo que nos ayudará a trabajar con mayor afinidad. Gracias por poner tu confianza en nosotras. Ella es Gisela Landon y yo soy Minerva Nàcher. ¿Qué te parece si empezamos? Minerva se negaba a perder ni un minuto más en dimes y diretes.

Tomaron asiento entorno a una mesa ovalada, ellas frente a él. Ambas esperaban a que empezase el relato de los hechos. Estaban atentas, concentradas, como hacían en cada caso que tenían que resolver.

—Comencemos —dijo Marco Palmieri—. Retrocedo en el tiempo para establecer un orden cronológico de los hechos. El pasado 22 de julio se personó en la comisaría de policía una pareja joven: una chica y un chico. Hablaba ella en un perfecto italiano, aunque al identificarse como española preferimos seguir la conversación en su idioma. Según nos dijo, venían a denunciar una desaparición. He imprimido una copia de la denuncia interpuesta y de la declaración conjunta que les tomamos. Leo:

«La señora Lourdes Biosca interpone una denuncia por la presunta desaparición de su hermana Fátima Biosca, ambas de nacionalidad española y veintitrés años. Viene acompañada del señor Héctor Ruíz, de veintiséis años y nacionalidad española. Declaran que, en el día de ayer, paseaban por la ciudad de Venecia acompañados por Fátima Biosca y su novio Ángel Márquez.

Ambos se pusieron a discutir y Fátima salió corriendo. Ángel la siguió y ellos los perdieron de vista. Lourdes Biosca intentó comunicarse con su hermana llamándola varias veces al móvil, pero no obtuvo respuesta. Los estuvieron buscando a ambos hasta oscurecer. Lourdes y Héctor, que dicen ser amigos, fueron hasta el hotel donde se hospedaban los cuatro y estuvieron sentados en los sofás del *hall* observando a toda persona que entraba con la esperanza de verlos llegar. Por fin apareció uno de ellos, Ángel. Lourdes fue hacia él y le preguntó por Fátima. Ángel aseguró no haberla encontrado pese a que corrió detrás de ella. "Como hacía horas que había anochecido regresó al hotel con la esperanza de que su novia estuviese allí". Afirma Lourdes que él dijo, a lo que añade que no lo cree.»

—Interesante —intervino Minerva pensativa—. ¿Hablasteis con Ángel?

—Sí, se personó en dependencias policiales un día después que sus amigos, también para denunciar la desaparición de Fátima—respondió Marco.

—Creo que tienes muchas más cosas que explicarnos de lo sucedido con su desaparición en julio, pero ahora necesito que me hables de su aparición, de la intrigante aparición de Fátima Biosca. Y quiero verla, ¿dónde está?

—Podemos ir ahora. Está en el hospital, custodiada en el área de psiquiatría. La encontraron hace una semana, inconsciente, en una vieja góndola, vestida con ropajes de otra época. Ha recuperado la consciencia, pero ni reacciona al llamarla por su nombre, ni habla.

****

La puerta de la habitación donde reposaba Fátima estaba flanqueada por un policía sentado en una incómoda silla que se puso en pie al ver llegar a Marco Palmieri junto a sus dos acompañantes. Marco, lo saludó y ordenó que dejara pasar a la habitación a Minerva Nàcher y Gisela Landon tantas veces como quisiesen y siempre previa identificación. No le dio más explicaciones, tan solo añadió que así se lo comunicase al compañero que hacía el otro turno. El policía asintió con un gesto de cabeza mientras ellos tres se adentraban en el cuarto.

Fátima estaba tumbada en la cama, bocarriba, ataviada con una bata blanca de hospital. Tenía los ojos cerrados y la respiración lenta: dormía. Los brazos cruzados por delante del pecho, las piernas rectas y alienadas, los pies descalzos. Su cabello largo se extendía rozándole ambos lados del cuerpo. Era tal la palidez del rostro que, dada la posición corporal, parecía preparada para la mortaja.

—¿Seguro que está viva? —susurró Gisela al oído de Minerva.

—¡Claro que sí! ¿No ves cómo respira? Acércate más —le sugirió la investigadora.

Gisela avanzó con sigiló hacia la cama sin apartar la vista del rostro de la aparecida. Se aproximó hasta llegar a la cabecera y comprobar cómo exhalaba e inhalaba con un vaivén acompasado de su caja torácica. Pensó que tenía una belleza media. Gisela acostumbraba a calificar el tipo de belleza física de cada persona y Fátima tenía unos rasgos que no sobresalían de los estándares.

—Es una persona que cuida su imagen —dijo en voz alta—. Acércate, Minerva — le pidió.

Minerva Nàcher se puso al otro lado de la cama a la misma altura que Gisela y ambas escudriñaron con detenimiento a la joven mujer.

—Mira las cejas —dijo Gisela—. Las tiene perfectas, delineadas, de forma y grosor en total armonía con la forma de su rostro. Ni una grieta en los labios, ni rastro de sequedad. La piel blanca en exceso, tanto la faz como los brazos y piernas. Debe de haber estado protegida de la luz del sol durante todo este tiempo.

—Encerrada. Posiblemente ha estado retenida contra su voluntad desde que desapareció en julio —añadió Minerva—. Sin embargo, es evidente que la han cuidado, al menos en cuanto al aspecto físico se refiere. Fíjate, la manicura y pedicura son perfectas. Las uñas de las manos sin pintar, en cambio las de los pies destacan con un rojo oscuro. Las piernas depiladas... —La investigadora se quedó pensativa.

El jefe de policía las escuchaba. A él no se le había ocurrido hacer tales observaciones. La puerta de la habitación se abrió y el policía guardián asomó la cabeza para anunciar que los padres habían llegado.

—Que esperen un momento, por favor. Enseguida salimos —le dijo Marco Palmieri.

—¿La tienen sedada? Duerme profundamente, no percibe nuestra voz, nuestra presencia. —Minerva le acarició una mano y repitió varias veces seguidas su nombre.

—Sí, la doctora me informó de la medicación que le suministran. Es para mantenerla relajada, cuando está despierta se muestra muy nerviosa —explicó Marco—. Ahora debemos salir, sus padres esperan para verla.

—¿Desde cuándo están en Venecia? —preguntó Minerva.

—Les avisamos el mismo día que apareció y llegaron dos días después. Al parecer también tienen algún tipo de problema con su otra hija, la melliza de Fátima.

Minerva Nàcher y Gisela Landon se miraron, serias, intrigadas y salieron junto a Marco Palmieri de la habitación.

Los padres de Fátima rondaban los sesenta años. En ambos se evidenciaba la angustia. Minerva pensó que encontrar a una hija desaparecida era un hecho que debía derivar en la felicidad de los padres y, sin embargo, en este caso, no se daba dicho sentimiento. La investigadora se sintió contrariada y abordada por una avalancha de preguntas y dudas para las que su cerebro no tenía respuestas.

—Me gustaría hablar con ustedes —soltó de golpe a los padres de Fátima, antes de dar ocasión a que el jefe de policía abriese la boca como le correspondía—. Soy Minerva Nàcher, investigadora privada y colaboro con la policía italiana en este caso. Ella es mi ayudante, Gisela Landon. —La señaló con la mano.

A Marco Palmieri le incomodó la rápida intervención de la investigadora sin dar lugar a que él hiciese las pertinentes presentaciones. Estaba de acuerdo en que Minerva hablase con los padres de la aparecida, pero era él quien debía marcar los tiempos o, como mínimo, ser consultado con antelación. Le propuso a Minerva que ella y Gisela regresasen al hotel y lo esperasen allí. Él iría en una hora más o menos con los padres de Fátima, primero les dejaría estar un rato con su hija como hacían cada día desde que estaban en Venecia.

—Me parece bien. Os esperamos en la sala privada de nuestras dependencias habilitada para reuniones.

Minerva y Gisela cogieron un taxi acuático hasta el hotel. Al pasar por recepción la investigadora solicitó que les subieran dos teteras individuales con agua hirviendo y sus correspondientes tazas. Miró a Gisela quien asintió con una sonrisa, siempre agradecía una buena infusión.

La camarera de habitaciones llamó a la puerta poco después de llegar ellas. Gisela abrió, le dio las gracias y se encargó de entrar el carrito.

—Minerva, yo quiero una melisa, por favor. Creo que pronto tendré la menstruación, me duelen los ovarios.

—Enseguida. Te irá bien. Yo también tomaré melisa, necesito concentración.

Degustaron el líquido aromático de paladar cítrico y suave, en silencio, cada una inmersa en sus pensamientos. La niebla se había disipado y finos rayos de sol atravesaban las pomposas cortinas. Minerva se levantó y las descorrió. La sala se llenó de luz. Salió al balcón y admiró la belleza del gran canal. «Con sol todo se ve diferente» —pensó. Unos diez minutos bastaron para que recargara un poco de vitamina D y entrase de nuevo en la sala.

—Gisela, toma nota —dijo Minerva con energía.

—¿Tableta o papel? —preguntó, señalando una libreta y un bolígrafo que, junto a la tableta, estaban sobre la mesa.

—Lo que prefieras, pero rápido. Apunta:

Lugar exacto donde encontraron a Fátima Biosca.

Quién la encontró y su declaración.

Que nos enseñen la ropa que llevaba puesta cuando la encontraron, más los zapatos, bolso, etcétera.

Informe médico completo de la revisión que le han hecho en el hospital.

Informe psiquiátrico de su estado actual.

La investigadora paró en seco de hacer preguntas y miró hacia la puerta.

—Escucha, ¿no oyes el sonido del ascensor? Deben de ser el jefe de policía y los padres de la joven. Gisela, apunta todo lo que consideres relevante durante la conversación, creo que sus padres pueden aportarnos mucha información.

—Estaré atenta —dijo al tiempo que llamaron a la puerta—. Yo abro.

Minerva Nàcher dio la bienvenida a los recién llegados. Ricardo, el padre, tenía una expresión de extrañeza. Lidia, la madre, rotaba la cabeza y movía los ojos con una rapidez asombrosa.

—¡Qué preciosidad de hotel! —exclamó Lidia cesando los movimientos y dirigiendo la mirada a Minerva—. A Fátima le encantaría visitarlo, parece un museo o un palacio bien cuidado. La suntuosidad del arte renacentista, las paredes con revestimientos de seda, los paneles de madera, los techos pintados con obras de importantes artistas italianos, las lámparas en forma de candelabros. —Señaló con entusiasmo la lámpara que colgaba en el centro del techo.

—Es usted una entendida en arte. —Le aplaudió Minerva.

—Oh, no. Sé lo que me explicaba mi hija Fátima, ella me ha inculcado y trasmitido su pasión por el arte y la literatura —respondió con recato.

—Quisiera saber qué hacemos aquí —interrumpió Ricardo—. ¿Por qué hemos venido a un hotel en lugar de ir a la *questura police*? Es allí donde nos recibe usted —dirigió la mirada a Marco Palmieri.

—Señor Biosca. —Minerva tomó la palabra. —Como les ha comentado antes el jefe de la policía, nosotras estamos aquí para ayudar en la investigación de su hija. Es mejor que para hablar de ello nos reunamos aquí que en dependencias policiales. En esta sala estamos aislados y podemos hablar con tranquilidad.

—¿De qué tenemos que hablar? ¿A qué investigación se refiere? —replicó Ricardo Biosca—. Mi hija ha aparecido, no hay nada que investigar. En cuanto le den el alta médica nos la llevaremos a casa —zanjó.

Su mujer, Lidia, bajó la mirada al suelo y expresó su deseo de saber dónde había estado Fátima durante los meses que había durado su desaparición. Minerva les pidió que tomaran asiento en torno a la mesa ovalada y les ofreció algo para beber, solo quisieron agua. Frente al matrimonio tomó asiento Minerva y en ambas esquinas Gisela con la *tablet* y Marco.

—Discúlpenme —se excusó Ricardo—. No es propio de mí perder los nervios ni los buenos modales, pero... pero... estoy desesperado —se le humedecieron los ojos—. El mismo día que volvió a nuestro hogar la felicidad cuando nos comunicaron la aparición de Fátima, desapareció nuestra otra hija, Lourdes. Hace casi una semana que no sabemos nada de ella. Nos consta que la están buscando. ¿Qué podemos hacer? Me siento impotente aquí, quisiera estar en Tarragona ayudando en su búsqueda.

Minerva intentó tranquilizarlos y les transmitió su sincera comprensión. Pensó en silencio: el caso se complica. Ya no se trata solo de la investigación de Fátima. Nos encontramos en un escenario diferente al que Marco Palmieri me explicó inicialmente por teléfono: la aparición de una persona, una turista española que llevaba cinco meses desaparecida. Necesito ordenar mi mente, estructurarla. Esta es la situación real actual: dos hermanas que están juntas en Venecia cuando una de ellas desaparece y, transcurridos unos meses, el mismo día que aparece la desaparecida en Venecia, desaparece la hermana en Tarragona. ¡Por Dios, semeja un trabalenguas! Es muy extraño. Algo me dice que, o se trata de una nefasta casualidad, o ambos casos están relacionados. Me decanto por lo último, no creo en las casualidades.

—Por favor, háblenme de sus hijas —les pidió la investigadora.

—Mis mellizas son un milagro —respondió la madre con un orgullo propio de su condición—. Mi marido y yo queríamos tener hijos y lo intentamos desde el primer día de nuestro matrimonio, pero pasaba el tiempo y no veíamos resultados —carraspeó—. Fuimos a varios médicos y todos nos dijeron lo mismo: yo no podía engendrar. Sin embargo, al cabo de unos años me quedé embarazada. El ginecólogo no encontraba explicación, nosotros sí: era un milagro. Nuestros rezos habían sido escuchados. —Le brillaban los ojos al hablar.

—De ahí los nombres de sus hijas —afirmó Minerva—. Les pusieron el nombre de dos vírgenes consideradas milagrosas: Fátima y Lourdes.

—¡Sí! —exclamó la madre—. La fe nos mantenía con esperanza. Estuvimos en el Santuario de Fátima y en el de Lourdes, rezamos, rogamos con misericordia y se obró el milagro.

Resultaba una obviedad que eran personas creyentes, católicas y practicantes. Minerva supuso que también habrían transmitido a sus hijas ese afán religioso, otra cosa es que ellas lo hubiesen absorbido.

Se hizo un silencio. Gisela había dejado de tomar notas y las estaba repasando, el jefe de policía observaba a Minerva a la espera de que siguiese y ella tenía la mirada clavada en el teléfono móvil que Ricardo tenía agarrado como si se le fuese a escapar. La investigadora sintió un frío repentino, se levantó y cerró uno de los ventanales. Volvió a tomar asiento mientras buscaba de nuevo la concentración.

—En la actualidad sus hijas tienen veintitrés años. ¿Qué me pueden decir de ellas? ¿Cómo son? ¿Se llevan bien?

—Son buenas chicas, maduras para su edad —respondió enseguida Lidia—. Físicamente se parecen bastante, sobre todo en los ojos, que los tienen idénticos: grandes y de un azul claro poco común. Se llevan bien, se cuidan mutuamente, aunque son de caracteres muy diferentes —rio flojito con la ternura dibujada en el rostro.

—Fátima es inocentona, soñadora, cariñosa. Ha estudiado filología hispánica, pasa horas leyendo y escribe poesía. Además, le apasiona el arte —intervino el padre—. Lourdes ha estudiado psicología, es muy espabilada y ha empezado a trabajar en un centro de ayuda a mujeres víctimas de malos tratos. Tiene una fuerte personalidad e incluso a veces puede parecer arisca, pero no lo es, simplemente tiene las cosas muy claras, aunque algunas de esas cosas a nosotros no nos gusten. —Miró a Lidia—. Por ejemplo, no nos acompaña los domingos a misa...

Minerva estaba atenta a todo lo que decían. Volvió a sentir un frío extraño, el constante movimiento de las manos de Ricardo refregando el teléfono móvil la estaban poniendo nerviosa. ¿A qué se referiría el hombre al decir que había cosas de Lourdes que no les gustaban? ¿Tan importante era que fuese o no a misa?

—¿Qué me pueden decir de la relación entre Fátima y Ángel? —La investigadora optó por cambiar de tema.

—Ángel... Tiene una forma de ser que hace honor a su nombre. Es cierto que después del accidente algo cambió en él, en su cabeza, pero no en su corazón. Ángel es bueno y quiere muchísimo a Fátima —afirmó Lidia.

—Comparto lo que dice mi mujer —intervino Ricardo—. Fátima y Ángel están enamorados. Son jóvenes con muchos proyectos, entre los que está casarse. Está deseando que vuelva Fátima. Cuando le dijimos que había aparecido y veníamos a Venecia a buscarla quiso acompañarnos, se le saltaban las lágrimas. Él, al igual que nosotros, confiaba, sabía que mi niña iba a volver —habló con un nudo de emoción.

—¿Y por qué no ha venido con ustedes? —cuestionó Gisela.

—Lo consultaron conmigo y les dije que no —respondió el jefe de policía—. No olvidemos que Ángel Márquez es uno de los sospechosos de la desaparición de Fátima.

—Como ya le dije, eso no tiene sentido. ¿Cómo pueden considerar a Ángel sospechoso de algo así? —se ofendió Ricardo.

—Intento hacer bien mi trabajo. Y, aunque su hija ha aparecido, la investigación sigue abierta.

Las palabras de Marco Palmieri quedaron ensordecidas por el timbre de un teléfono móvil: era el de Ricardo. Respondió de inmediato. Minerva volvió a sentir un latigazo frío, miró a Gisela quien entendió que algo malo pasaba. Nadie hablaba en la sala, todos estaban a la espera de que finalizase la llamada entrante que estaba descomponiendo el rostro de su receptor. Finalizó. Ricardo, con el cuerpo tembloroso, miró a su mujer.

—Han encontrado un cuerpo sin vida en los *Ullals* de Baltasar. Creen que puede ser Lourdes.

5

Quiero saber quién es mi asesino. No descansaré en paz hasta que averigüe quién es y porqué me ha quitado la vida. Yo no le he hecho daño a nadie, al contrario, soy una buena persona o por lo menos lo intento. Ha sido un hombre, su complexión, vestimenta y fuerza física me lo confirman.

Se abalanzó sobre mí cuando salía del trabajo. Me estaba esperando en la calle oscura por la que habitualmente giro. Mi madre siempre me dice que vaya por la Rambla Nova, que, pese a que el camino es más largo, está iluminada y hay gente. Se escuchan tantas cosas en las noticias... me insiste en que toda precaución es poca. Y tiene razón, le debí hacer caso, y más con la experiencia que hemos sufrido en mi familia con la desaparición de mi hermana. Espero que ella esté bien y algún día regrese a casa.

Fátima, mi hermana melliza, se perdió en pleno día por las calles de Venecia, abarrotadas de turistas. Alguien tuvo que ver qué le pasó. Mi principal sospechoso de su desaparición es su novio, Ángel, y así se lo hice saber a la policía. Desde aquel día del pasado mes de Julio no he vuelto a hablar con él. Él tampoco ha intentado contactar conmigo. Antes era un chico fantástico, quería muchísimo a Fátima, trasmitían esa felicidad envidiable de verdaderos enamorados. Pero cuando tuvo el accidente de moto todo cambió. La lesión que se produjo en el lóbulo frontal supuso un antes y un después en su forma de ser. El viaje a Venecia fue un intento de mi hermana de volver a la normalidad aprovechando la celebración de su tercer aniversario de noviazgo.

¿Me habrá matado Ángel? Es posible que me cogiera inquina después de haberlo puesto ante la policía como culpable de la desaparición de mi hermana sin tener ninguna prueba. Ese día estaba muy nerviosa dada la situación y me excedí en lo que dije de Ángel. Y cuando lo vi entrar en el hotel solo, sin Fátima, me dio un ataque de nervios que descargué contra él. Creo que es la única persona que me puede considerar como una enemiga. Ángel es un hombre inteligente con un trastorno de personalidad, peligrosa combinación. Lo pongo en el número uno de la lista.

En el número dos de los sospechosos de mi muerte, a ver que piense..., Héctor, mi examigo especial. Tuvimos una relación de año y medio, aunque de forma intermitente. Él quería algo más serio y cada vez que me lo proponía yo le pedía espacio, aire, solo escucharlo me producía rechazo. Podíamos haber estado juntos más tiempo, lo pasábamos bien, nos divertíamos, teníamos gustos en común, y aun así su pesadez, sus celos, y lo peor, sus mentiras consiguieron que le cogiese hastío. Es posible que siguiera obsesionado conmigo y, por su carácter dominante, quizás es de los que piensan «mía o de nadie» y me ha matado, convirtiéndome en otra víctima mortal del machismo. ¡Qué horror! Con todo lo que trabajo y lucho por la igualdad.

El tercero en la lista...no se me ocurre nadie. ¿Tal vez un desconocido perturbado? ¿Un psicópata? ¿Un asesino en serie?

Ha amanecido. Después de muchos días está saliendo el sol. ¡Qué bonita imagen la luz de la vida! Me emociono, siento una tristeza aguda. Desvío la mirada a las aguas donde está hundido mi cuerpo... ¡Increíble! He emergido de las profundidades. Mi larga melena, revuelta con vegetación acuática, flota como una araña gigante.

Tarragona. Cinco meses antes.

Fátima deja tras de sí las huellas que sus pies descalzos imprimen en la arena de la playa de *l'Arrabassada*. Pasea tranquila. Lleva un vestido holgado de tirantes y sujeta unas chanclas con la mano derecha. Las ocho de la mañana es la hora en que le gusta caminar por la orilla del mar, antes de que lleguen los bañistas con sus bártulos y se aposenten durante toda la jornada bajo el sol del mes de julio. Observa un avión surcando el cielo y piensa que muy pronto serán Ángel y ella los que volarán rumbo a Venecia. Feliz, respira sonriente la salinidad mediterránea. De repente escucha el chapoteo de unos pies sobre las olas que rompen en la orilla, alguien se acerca corriendo. Fátima se gira. Él frena de golpe y la mira de frente.

—¿Qué haces aquí? ¿Por qué me persigues? De hoy no pasa que se lo cuente a mi hermana. ¡Me estás acosando!

—Cuéntaselo, dile que nos queremos.

—¡Estás loco! Yo quiero a mi novio.

—El loco es tu novio, deberías tenerle miedo.

—Tú me das miedo.

Fátima huye asustada diciéndose a sí misma que en cuanto llegue a casa hablará con Lourdes.

—¡Espera, no te vayas! —le exige Héctor enfadado. Se tira sobre la arena golpeando con brazos y piernas su rabia.

Fátima llega al hogar donde convive con sus padres y con su hermana melliza. Se detiene ante la puerta principal y jadea el cansancio de la carrera. En su frente fulgura el sudor del esfuerzo, del miedo, de la culpa. Tiene miedo de Héctor, lleva un tiempo acosándola. Y siente culpa por no habérselo contado a su hermana, se lo ha ocultado creyendo que le dañaría saber que su novio no la quiere, que dice quererla a ella, que en verdad es un veleta, un tipo del que no se pueden fiar. Pero ahora se lo va a decir todo, se han acabado los tapujos, entre ellas dos nunca ha habido secretos.

Fátima entra y ve a su madre sacando el polvo a los muebles mientras tararea una canción de misa «juntos como hermanos, miembros de una iglesia, vamos caminando al encuentro del señor...»

—Hola, mamá. ¿Está Lourdes en casa?

—Hola, hija. Sí, está en su habitación —responde y sigue con la tarea; el trapo en una mano y el plumero en la otra.

Fátima se pone delante de la puerta del cuarto de su hermana. Está nerviosa, conoce bien a Lourdes y la fama de su temperamento.

—Lourdes, soy Fátima, ¿puedo entrar?

—¡Claro! ¿Por qué pides permiso?

Fátima abre y se adentra. Lourdes está trasteando entre la ropa del armario y sobre la cama tiene extendidos algunos modelitos.

—Lourdes, tengo que decirte algo importante —suelta Fátima.

—Yo también tengo que darte una noticia que te va a encantar —la calla—. ¡Nos vamos con vosotros a Venecia! —Esboza una sonrisa que casi no le cabe en la cara—. Hago una selección de ropa para llevarme.

—¿Qué dices? ¿A quién te refieres con «nos»?

—A Héctor y a mí. Haremos un viaje de parejas. ¿No te alegras? —le pregunta al ver la seriedad que como un velo sombrío se apodera de su rostro—. Me lo ha propuesto Héctor, a veces tiene buenas ideas. Así no vas sola con Ángel, ya sabes que tu novio no es como era antes... En fin, que si te acompañamos estarás más segura —concluye Lourdes.

Fátima abandona la habitación de su hermana y entra en la de al lado, la suya. Tiene sensación de ahogo. Lo primero que hace es descorrer las cortinas, los visillos, y abrir la ventana. Asoma la cabeza y respira. La ilusión del viaje a Venecia se ha convertido en pesadilla. Después del disgusto que le ha dado Lourdes ha sido incapaz de hablar, de decirle que su novio, o su amigo especial como ella lo llama, está perturbado. Es de Héctor de quien tienen que protegerse, no de Ángel.

—Mi maleta está lista. —Lourdes entra en la habitación de su hermana.

—La mía también —le responde Fátima carente de entusiasmo.

—¿A qué se debe esa cara tan seria? ¿Te has peleado con Ángel?

—No. Y tú, ¿has discutido con Héctor?

—¡No! ¿Acaso me ves disgustada?

—A veces me confundes, Lourdes. Disimulas muy bien...

—¿Qué insinúas? —le replica.

—Tengo que decirte algo importante... sobre Héctor... —suelta rápido Fátima.

—¿El qué? —Lourdes se pone a la defensiva.

—¡Todo el mundo a la mesa! —exclama Ricardo desde el comedor y las mellizas saben que tienen que acudir sin demora.

Son las nueve en punto. Los cuatro miembros de la familia toman asiento en torno a la mesa, es la última cena antes del viaje; en cuestión de horas las mellizas volarán rumbo a Venecia. Lidia ha elaborado la comida preferida de sus hijas, los gustos culinarios son de las pocas cosas en que Fátima y Lourdes coinciden. Una cazuela de rape y almejas en salsa de almendras les activa las papilas gustativas. Ricardo elogia a Lidia y la pone de ejemplo ante sus hijas.

—Está todo delicioso, cariño. Vosotras deberíais aprender de vuestra madre, nunca os veo en la cocina, ¿sabéis freír un huevo?

—Y tú, papá, ¿sabes freír un huevo? —replica Lourdes.

—Lourdes, papá lo dice por nuestro bien —interviene Fátima—. Deberíamos aprender a cocinar y dar gracias de tener a tan buena maestra —mira con dulzura a su madre.

—Lo siento, papá —. La disculpa de Lourdes es poco convincente—. Si en vez de mujeres fuésemos hombres, ¿también nos recomendarías meternos en la cocina?

Ricardo fija la mirada en Lidia y ella en él, como si se hablasen en silencio. Ni tan siquiera gesticulan. Mantienen los cubiertos en las manos; el tenedor en la izquierda y el cuchillo en la derecha, pero han dejado de ingerir. Parecen dos figuras de cera a riesgo de derretirse ante las llameantes impertinencias de una de sus hijas.

—Lourdes, por favor, ¿podemos cenar tranquilos? —indica Fátima—. Todos los hombres no son los machistas a cuyas víctimas ayudas. Tu labor es encomiable, hermana, pero ahora no estás en el trabajo.

—Tienes razón —reconoce Lourdes—. Os pido perdón. Quisiera parecerme a ti, Fátima, tener tu serenidad y no ser tan impetuosa. ¿Me perdonáis? —imploró mirando a sus padres.

Lidia y Ricardo asienten con la cabeza junto a una sonrisa medio rota. Les es imposible acostumbrarse al temperamento de Lourdes: tan cariñosa a veces y tan brusca otras. Su forma de ser les duele, aunque saben que en el fondo ella carece de maldad..., o eso quieren pensar.

—He preparado pudin de postre. También he comprado unas trufas, sé lo mucho que os gustan —dice Lidia y se levanta de su silla.

—Tranquila, mamá —profiere Fátima con su acostumbrada afabilidad—. Lourdes y yo recogeremos todo esto y traeremos el postre.

—¡Por supuesto! —Lourdes enseguida se pone en pie y empieza a retirar los platos usados.

El resto de la velada trascurre sin incidencias, como si la dulzura de los postres hubiese anulado la amargura de unos padres sufridores.

—Prometedme que vais a cuidar la una de la otra —les ruega Lidia observándolas. Todavía las ve como las niñas pequeñas que años atrás correteaban por la casa. Puede escuchar sus risas infantiles y contagiosas.

—Hacedle caso a vuestra madre —interviene Ricardo—. No os fieis de nadie, ni de vuestras parejas. —Sin querer, mira de reojo a Lourdes.

—Lo prometemos, ¿verdad Fátima?

—Claro que sí, Lourdes. Nosotras siempre juntas. —Extiende su mano sobre la mesa hasta rozar la de su hermana.

Fátima se calla lo que le iba a contar a Lourdes sobre Héctor. Su inocencia la lleva a tener la esperanza de que el «amigo» de su hermana se retracte y puedan disfrutar de unas vacaciones apacibles. A ella lo único que le importa es estar junto a Ángel.

—¿Qué me ibas a decir de Héctor? —Parece que Lourdes le haya leído el pensamiento.

—Nada. —Fátima se pone nerviosa.

—Antes me has dicho que me tenías que decir algo importante sobre Héctor —insiste Lourdes.

—Bueno, no sería tan importante porque no me acuerdo —asevera Fátima confusa. Le han inculcado que siempre hay que decir la verdad, pero..., ¿qué pasa cuando la verdad puede dañar a las personas que quieres?

6

Un par de adolescentes se han dado un susto que marcará sus vidas. ¡Cómo gritaban! Son las primeras personas que he visto por aquí, supongo que al salir el sol se han echado a la calle. Han llegado en bicicletas, las han dejado apoyadas en unas maderas y han paseado entre comentarios absurdos y risotadas. He intentado hablarles, tocarlos, indicarles donde estaba mi cuerpo. Ni me escuchaban ni me veían, claro, soy un fantasma, pero sí se han topado con la coronilla de mi cabeza que sobresalía del agua. La imagen de mi pelo flotando era esperpéntica, creo que eso es lo que más les ha horrorizado.

En poco rato esto se ha llenado de ambulancias y policías que han acordonado la zona. Dos buzos forenses me han sacado del agua con sumo cuidado y me han puesto sobre una camilla. Qué fea estoy, pálida y arrugada, hasta yo me he impresionado al verme. Todavía llevo las cuerdas atadas a mis piernas y restos de las bolsas que, al parecer, se han roto y ha salido la arena fangosa que facilitó mi hundimiento. He oído a los policías comentar que las bolsas han sido mordidas por los peces. ¡Bendita sea la fauna acuática con cuya ayuda he emergido y me han encontrado! Tras una inspección rápida de mi cuerpo lo han envuelto en una sábana de plástico y seguidamente en una especie de funda que han cerrado con cremallera. La policía científica husmeaba con afán y llegaban, refuerzos cuando yo, bueno, esa que era yo, salía en una ambulancia silenciosa, sin las sirenas puestas porque mi muerte es irreversible, no hay prisa. Supongo que me llevan directa a la morgue de un hospital donde almacenarán mi cuerpo a la espera de hacerme la autopsia. ¡Me da claustrofobia pensar que me van a encajonar en una nevera!

Ahora estoy en la morgue. Permanezco junto a mi cuerpo. ¿Ya habrán recibido mis padres la dura noticia? Supongo que les harán venir a identificarme. ¡Qué trance tan duro! Quisiera ir a casa e intentar consolarlos, pero no sé cómo salir de aquí. Me siento como imantada a mi cuerpo, sin poder alejarme de él. Tiene que haber alguna forma de hacerlo. Mis padres son muy creyentes, de hecho, a mi hermana y a mí nos consideran un milagro. Yo ni creo ni dejo de creer, pero ahora mismo me pregunto dónde está esa maravillosa luz al final del túnel de la que tanto hablan los que dicen haber tenido experiencias cercanas a la muerte. Estoy muerta y no veo ninguna luz especial y mucho menos un túnel. También es posible que, como me han asesinado, mi alma vague por esta vida terrenal hasta que esté preparada para hallar la paz.

Entran dos personas ataviadas con la indumentaria adecuada para lo que me imagino que han venido a hacer: la autopsia de mi cuerpo.

Estoy en lo cierto. Son una mujer y un hombre joven. El chico le dice que no se siente preparado. Ella le responde que por algo hay que empezar.

—¿Por un caso de homicidio? No sé si podré. —La voz del hombre tiembla.

—Ánimo, iremos despacio. Deberías alegrarte de que tu primera vez sea tan interesante. Este cuerpo nos va a dar muchos datos relevantes para la investigación —habla con convencimiento.

—¿Dónde la han encontrado? Parece que ha estado sumergida —pregunta él.

—Es obvio que ha estado bajo el agua. Por la temperatura que los buzos forenses me han comunicado que había en el fondo acuático y, a simple vista, por el nivel de maceración cutánea, yo diría que llevaba más o menos una semana en el agua. Pero no murió ahogada.

—¿No? ¿Y de qué ha muerto?

—Averiguarlo es parte de nuestro trabajo. Empecemos —ordenó la forense.

—¿La han sacado del mar? —La voz del principiante seguía temblorosa.

—No. Estaba en la zona de los *Ullals* de Baltasar.

—He oído hablar del lugar. ¿Está por el Delta del Ebro?

—Así es. —La forense responde al tiempo que da vueltas despacio en torno a mi cuerpo, sin apartar la vista de este—. Los *Ullals* son puntos de surgencia de agua subterránea, originada a partir de la lluvia que cae en las cercanas sierras calcáreas del *Montsià*, *Ports y Serra del Boix-Cardó*. Cuando el acuífero procedente de estas montañas llega al Delta choca con los materiales arcillosos e impermeables, emergiendo hacia la superficie y creando estas balsas de típica forma circular o de ojo, *ull* en catalán, de donde le viene el nombre. La víctima fue encontrada en la más profunda, la de 9 metros.

¿Quién me habrá llevado hasta ese lugar para mí desconocido? Agradezco a la forense la información que, sin saberlo, me ha proporcionado. Ahora necesito salir de aquí como sea. ¡Me niego a estar presente en mi autopsia! ¡Consigo traspasar la puerta! «Querer es poder», ¡qué frase tan manida! Por lo menos empiezo a saber moverme como el fantasma que soy. Y no voy a buscar la luz ni mi camino definitivo hasta que descubra qué ha pasado con mi hermana y quién me ha asesinado.

7

Minerva Nàcher salió a correr al despuntar el día. Fuera donde fuese, en su equipaje nunca faltaban mallas y camisetas térmicas si, como era el caso, viajaba en invierno. Hacía tal frío húmedo que ni con el ejercicio consiguió apaciguarlo. Recorrió puentes y callejuelas con zancadas incesantes durante media hora. No había dormido bien pese a lo cómoda y amplia que era la cama. Tenía demasiadas cosas en qué pensar. Creyó que salir un rato le despejaría la mente y la ayudaría a poner orden en sus cavilaciones, pero el clima se lo había impedido, el frío le congelaba las ideas. Regresó al hotel y subió a su habitación con la ilusión de estar un buen rato bajo la ducha y dejar que el agua caliente le devolviese la intensidad e impulso vital que necesitaba para investigar. El caso de Fátima Biosca era demasiado enrevesado.

El vaho invadía el cuarto de baño, el calor del agua se fusionaba con la calefacción. Minerva se enfundó en un suave albornoz, secó su cuerpo con caricias sobre el tejido de toalla. Cerró los ojos y, por un instante, visualizó las manos de Víctor deslizándose por su piel. Suspiró la tontuna del enamoramiento. Ambos sabían que cuando Minerva viajaba por trabajo necesitaba máxima concentración en el caso que investigaba, así que no podía permitirse llamadas o mensajes románticos que la distrajesen. Estarían un tiempo sin contactar a no ser que les sucediese algo grave.

—¡Buenos días, voy a entrar! —exclamó Gisela abriendo la puerta—. ¿Todavía estás así? Tengo hambre.

Gisela Landon expandía su alegría matutina. Vestida impecable, aunque informal, bien abrigada y con calzado cómodo. Lucía un suave maquillaje y el cabello liso, que Minerva envidiaba, le brillaba.

—Buenos días, Gisela —saludó Minerva—. Tienes razón, necesitamos un buen desayuno. Enseguida me visto.

—Te he elegido *outfit* para hoy, tienes las prendas extendidas sobre tu cama. Primero déjame que te mejore la cara de cansancio. ¡Que ojeras tienes, parece que no hayas dormido! —la miró con una mueca de desagrado.

—Podemos pedir que nos suban aquí el desayuno y, mientras, repasamos las notas que tomaste ayer —sugirió la investigadora.

—Me niego —soltó Gisela—. Necesito tener algo de vida social, déjame que me relacione con otros huéspedes del hotel, aunque solo sea durante el desayuno. Ya me entiendes... un *buongiorno,* una sonrisa, un cruce de miradas... Por cierto, ¿a qué hora nos reunimos hoy con Marco Palmieri?

—A las once en punto en el hospital. Quiero ver el informe médico completo de la revisión que le hicieron a Fátima cuando la encontraron y también hablar con el psiquiatra que la está tratando. —Minerva se activó de golpe.

El jefe de policía Marco Palmieri las esperaba a la entrada del hospital. Gisela lo saludó con un efusivo «buenos días». Minerva, tras un conciso «hola», desdobló la hoja de papel que había extraído del bolso y, sin más dilaciones, empezó a hacerle preguntas.

—¿Has sabido algo de los padres de Fátima tras la dura noticia que recibieron ayer?

—Han regresado a Tarragona. Cogieron un vuelo anoche. De momento, es lo único que sé —respondió Marco.

—Claro, es pronto para tener más información. Sin embargo, creo que debemos estar atentos a lo que haya sucedido con su otra hija.

—Lourdes —remarcó el jefe de policía.

—Recuerdo su nombre, gracias. —Minerva le clavó la mirada—. Lo que me perturba es que las dos hermanas hayan desaparecido. Una ha aparecido viva y la otra parece ser que muerta, aunque hemos de esperar a que nos lo confirmen. Si el cuerpo que han encontrado sin vida fuese el de Lourdes Biosca, deberías ponerte en contacto con la policía de Tarragona. Es posible que ambos casos estén relacionados. En fin, no saquemos conclusiones precipitadas, ahora es de suma importancia que nos centremos en Fátima. De momento quiero volverla a ver, tener acceso al informe médico inicial y hablar con el psiquiatra. —insistió.

—Es una psiquiatra —le corrigió Marco.

—¿Qué más da? Eso es irrelevante. —Minerva se encogió de hombros y meneó la cabeza—. ¿Por dónde empezamos?

Marco Palmieri pensó que la investigadora era una mandona, todavía no la conocía bien. En un solo día era imposible darse cuenta de que cuando Minerva Nàcher llevaba a cabo una investigación, se involucraba hasta olvidarse de su propia vida.

Se dirigieron a la consulta de la doctora Rossi, la psiquiatra. Marco había concertado una cita con ella con antelación y le había explicado el motivo por el que la investigadora quería hablar con ella. La psiquiatra los recibió con amabilidad en su consulta y Marco hizo las pertinentes presentaciones. Una vez todos sentados, la doctora tras su mesa buscó en el ordenador el informe médico de Fátima Biosca. Gisela estaba deseosa de poner en práctica su italiano, pero parecía que en aquella ciudad todo el mundo hablaba español y en ese idioma les habló la doctora.

—Según el informe de la exploración médica que le hicieron a Fátima Biosca, a su llegada a este hospital la joven se encontraba con síntomas de hipotermia. Su respiración era lenta, el pulso débil. Los sanitarios que la atendieron en la ambulancia la habían encontrado sin conocimiento y lograron reanimarla durante el traslado. Sufría fuertes escalofríos y estaba desorientada. No hablaba, parecía asustada. Una vez restablecidas las constantes vitales de la paciente se procedió a realizar un examen exhaustivo de su estado. Los resultados de los análisis y diferentes pruebas fueron normales, excepto su estado mental. Ese es el motivo de que la derivasen a mi especialidad: la psiquiatría.

La doctora Rossi tenía una voz de las que gusta escuchar, con un tono claro y un ritmo pausado. Gisela la observaba, pensó que debía rondar la cincuentena. Tenía la típica belleza italiana que perdura con el paso de los años. Minerva sintió las buenas vibraciones que desprendía la psiquiatra y supo que su ayuda sería primordial en la investigación.

—Gracias por su colaboración, doctora Rossi —Marco le regaló una suave sonrisa.

—Gisela y yo nos sumamos al agradecimiento, doctora —se pronunció Minerva—. Por favor, ¿nos puede decir cuál es su diagnóstico como psiquiatra?

—Todavía es difícil concretar. La paciente se muestra poco colaboradora, me refiero a que se niega a hablar. E insisto en ello «se niega» —remarcó.

—¿Se refiere a que no hay nada que le imposibilite el habla? —cuestionó Minerva.

—Nada excepto el estrés postraumático que sin duda sufre —afirmó la psiquiatra—. Verán, los síntomas del trastorno de estrés postraumático se suelen agrupar en cuatro tipos: recuerdos intrusivos, evasión, cambios en los estados de ánimo, así como en las reacciones físicas y emocionales. Es largo de explicar e innecesario que les de ahora una clase sobre ello. Así que me voy a ceñir a los síntomas que tiene Fátima.

Marco, Gisela y Minerva escuchaban con máxima atención e interés a la doctora Rossi. Gisela le pidió permiso para tomar unas notas, aunque sabía que Minerva se acordaría de todo lo que allí se dijese.

—Por supuesto, puede anotar lo que quiera —respondió a Gisela y prosiguió—. Creo que la paciente sufre recuerdos recurrentes y angustiantes del hecho traumático que sin lugar a duda ha vivido, pese a que desconozco qué es. También hemos observado que tiene sueños perturbadores, las enfermeras del turno de noche así me lo han comunicado. Durante las pesadillas no habla, como sucede con otros pacientes, ni grita, ni hace ningún tipo de quejido ni sonido gutural. Sí se evidencia su nerviosismo en los movimientos inquietos de las extremidades y en las gesticulaciones de su rostro. Durante la semana que llevo tratándola, me he dado cuenta de que su rostro expresa lo que su voz calla.

—¿A qué se refiere? —Se interesó Gisela.

—Hay personas que no saben disimular sus emociones y, Fátima, es una de ellas. Es muy posible que sea el miedo lo que le impide hablar. Miedo a contar qué le ha sucedido, dónde ha estado desde que desapareció. Incluso con sus propios padres se ha mostrado esquiva, sufre una fuerte angustia emocional.

—Quizá se sienta abrumada por sentimientos de culpa o vergüenza —intervino pensativa la investigadora.

—Es muy posible —afirmó la doctora —. Además, suele estar alerta, como si se sintiese en peligro. Sabe que en la puerta de su habitación la policía hace guardia día y noche, me consta que eso la tranquiliza. Sin embargo, cuando entra alguien desconocido o que ella no relaciona con el personal sanitario que la hemos tratado hasta ahora, se angustia, se evidencia su nerviosismo.

—¿Qué medicación le están administrando? Ayer cuando vinimos a verla dormía profundamente —dijo Minerva.

—No creo que su estado mejore atiborrándola de pastillas, todo lo contrario. Lo único que tiene estipulado es un sedante muy suave. Si duerme durante el día es debido a las malas noches que pasa, las pesadillas le impiden descansar —respondió la psiquiatra—. Si quieren podemos ir a verla ahora. Primero entraré yo y le explicaré quienes son, así evitamos que se asuste y se ponga en alerta. Con el jefe de policía no hay problema, ya lo ha visto varias veces. Casi mejor que tú no entres Marco, si ve varias personas juntas se puede aturdir.

A Minerva Nàcher le parecía perfecta la propuesta de la doctora Rossi. Si la psiquiatra entraba primero y hablaba con Fátima, era más fácil que cuando las viese a Gisela y a ella no se pusiera a la defensiva. Además, la investigadora quería hacer una prueba y tenía la esperanza de que funcionase. Se había propuesto escuchar la voz de Fátima Biosca, tenía que hacerla hablar, aunque sólo fuese una palabra.

Esperaron fuera de la habitación hasta que la psiquiatra les avisó. Ya podían entrar. Fátima Biosca estaba sentada sobre la cama con la cabeza gacha. La alzó al escuchar el saludo de las dos mujeres que, según le había dicho la doctora, eran de confianza y venían a ayudarla. Sus enormes ojos de un azul claro bailaron sobre los rostros de Gisela y Minerva. Gisela Landon pensó que aquella mirada convertía la belleza de Fátima, que en un principio le había parecido común, en extraordinaria. La joven parecía serena, no las saludó ni con el habla ni con gestos. Su expresión facial era neutra. Minerva Nàcher se acercó un poco más a la cama, la psiquiatra les había avisado de que, sobre todo, no tocaran a la paciente y no lo hizo. Su intención no era rozarle el cuerpo, era palparle el alma.

—Fátima, soy Minerva Nàcher. —Le sonrió con dulzura—. Ayer conocí a tus padres, como es lógico, están preocupados por ti.

Gisela permanecía atenta a cualquier reacción por parte de Fátima, Minerva le había asegurado que en algún momento la tendría. El oír la palabra «padres» no le afectó lo más mínimo. Minerva continuó, solo la había tanteado, ahora iba directa a provocar.

—Tus padres van a estar un tiempo sin venir, han tenido que volver a Tarragona. Regresarán a buscarte cuando estés recuperada. En su lugar, para que te sientas arropada por alguien familiar, hemos contactado con una persona que es especial para ti y que pronto llegará. Me refiero a Ángel.

—¡Noooooooo! —La reacción de la paciente fue inmediata. Gritó, se encogió temblorosa en posición fetal y se cubrió entera con la sábana.

8

Estoy con mis padres. Sentada en el sofá, en medio de los dos sin que perciban mi presencia. Lloran en silencio. Lágrimas torturadas, desgarradoras. Deduzco que ya han ido a reconocer mi cadáver. Mi madre tiene un rosario entre las manos, el cristo colgando como si hubiese perdido la fe en él. Habían formado un hogar que se desmorona de manera trágica. A mi hermana y a mí nos consideraban un milagro, decían que nuestra existencia era un extraordinario y maravilloso regalo de Dios. Pese a que nos han instruido en la educación cristiana intentando inculcarnos sus valores, conmigo no ha dado resultado. Fátima, mi hermana, es más creyente que yo y sigue los preceptos de la Iglesia católica. A veces he pensado que es tan buena que lo hace por complacer a mis padres, en especial por no disgustar a mi madre. Total, acompañarlos a misa los domingos tampoco me supondría un gran sacrificio, bueno, me hubiera supuesto, pero cada vez que entro en una iglesia se me descompone el cuerpo. Me entra un agobio semejante a la ansiedad. Recuerdo el viaje que hicimos al Vaticano los cuatro juntos. Fátima y yo teníamos dieciséis años. Fui incapaz de estar más de cinco minutos en el interior de la Basílica de San Pedro, los esperé afuera.

—Lidia, tenemos que recomponernos. —Le dice mi padre a mi madre enjugándose las lágrimas—. Ya sabes que esta tarde la trasladan al tanatorio y mañana recibirá cristiana sepultura. —Hace una mueca temblorosa con los labios, se esfuerza por retener el llanto.

Un momento, ¿ha dicho «sepultura» ?, ¿me van a enterrar? No tenía previsto morir tan joven y por eso todavía no le había dicho a nadie que, llegado el momento, mi deseo es ser incinerada. ¡Me niego a ser devorada por la fauna cadavérica! Creo que una vez se lo comenté a mi hermana. ¿Dónde estarás, Fátima? Debes estar viva, porque si fueses un espíritu como yo, habrías venido a reconfortarme.

Mi madre sigue en la misma postura y hace caso omiso a las palabras de mi padre.

—Lidia, cariño, debemos ser fuertes. Lourdes se ha ido para siempre, comparto tu tristeza y dolor. Algún día, cuando llegue nuestro momento, nos reencontraremos con ella —insiste mi padre.

—Me han quitado a mi niña, —mi madre reacciona— estaba en la flor de la vida, era bondadosa, trabajadora, cariñosa —habla con desespero—. ¿¡Quién es el demonio que le ha hecho esto!? —se pone en pie, su voz es desgarradora.

—Debemos tener fe en que se haga justicia —dice mi padre abrazándola. —Y también tenemos que pensar en Fátima y dar gracias porque ha aparecido viva. Sabes que nos necesita.

¡Mi hermana está viva, está vivaaaaaa! Quiero verla. ¿Por qué no ha vuelto a casa? Mi padre dice que los necesita, ¿estará enferma?, ¿habrá aparecido herida? De ser así debe de estar en un hospital. Todos estos meses la he echado tanto de menos... ¿Cómo reaccionará cuándo se entere de mi muerte? No quiero que sufran ni ella ni mis padres. Ojalá pudiese manifestarme de alguna manera y tranquilizarlos, decirles que estoy bien y que siempre me tendrán a su lado...

Estoy en el tanatorio. Mi rostro tiene mucho mejor aspecto que cuando me sacaron del *Ullal*. De todas formas, preferiría que el féretro estuviese cerrado y que hubiesen puesto encima una foto mía de algún momento feliz, con una enorme sonrisa. Siempre he pensado que contemplar a un fallecido es una forma macabra de regodearse en la pena.

Esto se está llenando de gente. Desfilan ante mis padres dándoles el pésame. Mis compañeras de trabajo han sido de las primeras en llegar, todas lloran al mirarme. ¡Qué mal rato! ¡Qué me tapen, por favor!

¡Vaya, vaya!, ha llegado Héctor, mi último ex. Pese a que yo tomé la decisión, nuestra ruptura fue más o menos amistosa, así que no debo extrañarme por su presencia. Además, dicen que en la mayoría de los casos el asesino es alguien próximo a la víctima o a su familia y suele actuar con total normalidad. Héctor está en mi lista de sospechosos. Por ahí veo venir a otro que también tengo en la lista, se trata de Ángel, el novio de Lourdes. Lo acompaña su madre, Eloísa, una bendita. Cuando Ángel tuvo el accidente se pasaba los días y las noches junto a su hijo en el hospital y, a posteriori, lo ha apoyado en todo momento. Dejó de trabajar para dedicarse por completo a él, me consta que está siempre atenta a que se tome la medicación, es lo que le ayuda a tener una vida normal. Cuando deja de medicarse parece convertirse en otra persona. Eloísa y su hijo viven juntos. Ella y el padre de Ángel se divorciaron poco después del accidente. Al parecer Anselmo no ha sido capaz de afrontar los cambios en su hijo, del que presumía por su brillante inteligencia. Al ver a Eloísa y a Ángel, Anselmo se une a ellos y juntos caminan hacia mis padres. Mi madre se abraza a Ángel, quizá algún día se arrepienta de haberlo hecho. Es cierto que parece un santito y que no ha matado a mi hermana porque ha aparecido viva, ya veremos... Anselmo da el pésame a mis padres y se ofrece para lo que necesiten. Es un hombre muy educado. Eloísa coge las manos de mi madre entre las suyas, la mira con esa dulzura profunda tan propia de ella. Toman asiento. Mi padre parece más entero, mi madre está desecha. Quisiera poder hacer algo para aliviarles tanto dolor. Uno de los asistentes, a quien nunca he visto antes, pregunta a mis padres cuándo será el entierro.

—Mañana a las diez —responde mi padre con la voz rota.

—¿Van a enterrar a Lourdes? —pregunta Ángel. —Ella quería ser incinerada. Se lo dijo a Fátima, yo estaba delante.

—¿Estás seguro? —duda mi padre.

—Segurísimo. Me acuerdo perfectamente. No recuerdo cómo salió ese tema, pero Lourdes dijo algo que me hizo reflexionar y pensé que tenía razón y que, llegada mi hora, yo también quería que me incinerasen.

—¿Qué dijo? —Se interesa mi madre.

—No sé si es el momento adecuado para repetir aquellas palabras... —se retiene Ángel.

—Por favor, dilas —insiste mi madre.

—Dijo que se negaba a ser devorada por la fauna cadavérica.

¡Caray, qué memoria tiene! Yo ni me acuerdo de que él estuviese presente cuando le hice el comentario a mi hermana. A ver si le voy a tener que estar agradecida de que haya expresado mi voluntad. ¡Un momento! ¿Y si a él le interesa que me incineren? Es la manera perfecta de evitar una segunda autopsia que arroje más pistas sobre mi asesinato.

9

La reacción de Fátima había sorprendido a la doctora Rossi. En cambio, Minerva Nàcher esperaba dicha reacción o similar. La había provocado y empezaba a entender qué le sucedía a Fátima, el porqué de un silencio que solo había roto al escuchar el nombre de Ángel. El diagnóstico de la psiquiatra era estrés postraumático. Minerva estaba de acuerdo y pensaba que lo que fustigaba a la joven era un sentimiento poderoso e insoportable: el terror. La pregunta que la investigadora se hacía era: ¿a qué?

Dos enfermeras entraron en la habitación avisadas por la doctora Rossi. Los temblores de Fátima seguían notándose bajo la sábana, cada vez eran más fuertes.

—Hay que evitar que convulsione. Van a inyectarle una medicación. Por favor, será mejor que esperen fuera —les pidió la psiquiatra a Minerva y a Gisela.

Ambas salieron de la habitación. Junto al guardián de la puerta se encontraba el jefe de policía, que las miró extrañado por la urgencia con la que había visto entrar a las enfermeras. Enseguida salió la doctora Rossi.

—¿Qué ha pasado? —preguntó Marco Palmieri.

—La paciente no se encuentra bien, ha tenido una reacción brusca a las palabras de la investigadora. —Miró a Minerva—.

Será mejor que hoy descanse, la mantendremos en observación. Ustedes deberían marcharse. Pueden volver otro día dado que Fátima Biosca es considerada víctima de un caso en investigación, no obstante, cualquier pregunta que le hagan deberá pasar primero por mi supervisión —informó la psiquiatra.

—Por supuesto doctora Rossi —asintió Marco Palmieri.

Cuando la doctora, con evidente turbación volvió a entrar en el cuarto de Fátima, sonó el teléfono móvil del jefe de policía. Marco atendió la llamada y acto seguido se dirigió a las investigadoras.

—Minerva, Gisela, espero que me informéis de lo que ha pasado ahí dentro. Ahora os tengo que dejar, me reclaman en la *questura police*. ¿Os parece bien si paso por el hotel a las cuatro de la tarde?

—Sí claro —disparó Gisela—. ¿Sí? —Miró a Minerva dudosa por si se había precipitado.

—Sí, perfecto, te esperamos a las cuatro en nuestra sala —asintió la investigadora.

Minerva Nàcher miró su reloj, eran casi las dos. Quería meditar un rato, aunque también tenía hambre. Dejó que fuese Gisela quien decidiese.

—Gisela, ¿prefieres meditar o comer? No tenemos tiempo de hacer las dos cosas si tenemos que reunirnos con Marco Palmieri a las cuatro —expuso Minerva.

—¿Quién consigue meditar con el estómago vacío? Por favor, evita una respuesta y busquemos un lugar donde saciar el apetito —sugirió Gisela.

Avanzaron por el pasillo y bajaron las escaleras hacia la salida del centro hospitalario. La doctora Rossi salió de la habitación al recordar algo que consideraba importante haberles dicho. No las vio.

Gisela propuso a Minerva comer en el hotel, era lo más práctico ya que disponían de poco tiempo. Eligieron el bar del *Aman Venice* para deleitarse con los famosos *cicchetti veneziani*. Cuando llegaron tan solo había otra mesa ocupada por tres hombres que hablaban en inglés. Ellas se acomodaron junto a uno de los ventanales que dejaban penetrar la luz creando un cálido ambiente que se unía a la belleza del espacio.

—¡Qué acogedor es este lugar! —suspiró Minerva—. ¿Sabías que está inspirado en Lord Byron, el famoso poeta inglés del Romanticismo?

—Sí, lo sabía —afirmó Gisela—. Tengo la sensación de que te envuelve un aura romántica, ¿es el lugar o tienes algo que contarme? —se interesó.

—Eres muy perspicaz, querida amiga... Pero es hora de comer, ¿qué te apetece? —Minerva desvió la conversación.

—*Baccalà mantecato, mezzo uovo con acciuga* —elegía de la carta Gisela mientras el camarero tomaba nota.

—*Peoci al forno* —añadió Minerva—. Y ¿qué tal unas patatas a la veneciana? —le preguntó a Gisela.

—Ay, sí, sí, asadas con aceite, mantequilla, caldito, cebolla y perejil. ¡Se me hace la boca agua! —El estómago de Gisela sonaba más que su voz.

—Eso es todo, gracias —dijo Minerva al elegante camarero—. Ah, para beber dos cervezas sin alcohol, por favor.

Mientras Minerva Nàcher y Gisela Landon se mantuvieron un rato en silencio disfrutando de las vistas exteriores, el camarero fue cubriendo la mesa de platos con las bebidas y las deliciosas tapas que habían elegido. Ambas eran de buen comer. El bacalao con polenta, los huevos duros con boquerones, los mejillones gratinados y las patatas a la veneciana desaparecieron de los platos. A todo ello, como postre, añadieron dos cocteles sin alcohol de frutas variadas.

Una vez apaciguado el apetito y llenas de energía subieron a su zona privada. Se lavaron los dientes y, mientras Gisela se retocaba el maquillaje, Minerva fue hasta la sala a la espera de la llegada del jefe de policía. Se puso a pensar en Lord Byron, en la poesía, en lo que les había dicho la madre de Fátima sobre la pasión que esta sentía por el arte y la literatura.

Marco Palmieri llegó puntual a la hora acordada. «Es un italo-español, de aspecto irlandés y puntualidad inglesa. Tiene un no sé qué...» —pensó Gisela.

El jefe de policía traía malas noticias. Había recibido una llamada de los padres de Fátima. Como sospechaba la policía española, el cadáver encontrado en un *Ullal* de Baltasar, era el de Lourdes, la hermana melliza de Fátima.

—Os podéis imaginar el estado de conmoción en que se encuentran los padres —dijo Marco compungido, como si no estuviese acostumbrado a casos de asesinato. —Nos hacemos cargo, Marco —aseguró Minerva—. La única forma que tenemos de ayudarles es devolviéndoles sana y salva a la hija que les queda.

—Tienes razón. Yo no tengo hijos, ni tan siquiera tengo pareja, pero me pongo en su lugar y me imagino el horror que están viviendo. Parece que les haya caído una maldición —se reafirmó Marco.

—¿Tú crees en esas cosas?, ¿maldiciones, brujería...? —quiso saber Gisela.

—¡Es un decir! Eso son tonterías. Yo creo que hay desgracias que no tienen explicación —aclaró el jefe de policía.

Minerva Nàcher lo escuchaba y pensaba que sí había una explicación, por muy macabra que fuese y no iba a desistir hasta encontrarla.

—Hasta que el estado de Fátima se estabilice, deberíamos mantenerla en la ignorancia de esta triste pérdida —sugirió Minerva.

El jefe de policía estaba de acuerdo y así se lo hizo saber. Gisela le pidió que tomase asiento, pero Marco prefirió seguir con el plan establecido e ir a hablar con la mujer que encontró a Fátima. Sin más demora se dirigieron al lugar.

La mujer debía de tener unos setenta años, consideró Gisela, que era experta en deducir las edades. Los esperaba asomada a una ventana de su humilde casa, separada del agua por una acera de un metro escaso. La callejuela era estrecha y olía mal. Las aguas estancadas sobre las que flotaban algunas barquichuelas tenían un color marrón grisáceo. A Minerva se le revolvió el estómago, tenía el olfato demasiado desarrollado. Gisela pensó que no todo en Venecia era bonito. Aquel lugar carecía de belleza o encanto, era una zona muy pobre por donde los turistas no solían transitar. Al verlos llegar, la mujer abrió la puerta de su casa y les hizo un gesto con la mano para que entrasen. Era bajita y delgada. El rostro arrugado denotaba una vida de sacrificios. Les invitó a tomar asiento en unas sillas viejas que, al igual que la mesa, tenían unos agujeritos que evidenciaban el ataque de la carcoma. Además de una mecedora era todo el mobiliario que cabía en la angosta sala. Prefirieron quedarse de pie, presumían que iba a ser una visita corta. Marco Palmieri ya le había tomado declaración a Francesca Longo cuando la mujer encontró a Fátima, ahora era Minerva y Gisela las que tenían interés en hablar con ella.

—Francesca, *grazie per la collaborazione. Per favore, puoi dirmi Dove hai trovato la giovane donna*? – le dijo Minerva.

—*Puoi parlarmi in spagnolo*. La mayoría de los venecianos hablamos varios idiomas debido a la gran cantidad de turistas que nos visitan —explicó Francesca—. Encontré a la chica en una de esas góndolas antiguas dañadas por los años y la humedad. Estaba debajo del *Ponte del Paradiso.*

—¿Recuerda la hora? —quiso saber Minerva.

—¡Claro! Eran las siete y media de la mañana. Cada día cruzo el puente a la misma hora. Trabajo como sirvienta en una casa del distrito de *Castello* y sigo una rutina diaria para llegar puntual. Me extrañó tanto ver a la muchacha tumbada en la góndola que enseguida llamé a la policía —afirmó Francesca Longo.

—¿Se acercó a ella? —cuestionó Gisela Landon.

—Sí, todo lo que pude sin arriesgarme a caer al agua.

—¿Vio cómo iba vestida? —siguió Gisela.

—Sí, iba disfrazada, es algo que también me llamó la atención porque no es época de carnavales. Aunque no era exactamente un disfraz —explicó Francesca.

—¿Qué quiere decir? —preguntó Minerva.

—Iba ataviada con ropajes de otra época, pero sin máscaras ni nada por el estilo. Y estaba descalza. Todo me pareció raro... —Francesca recordó pensativa.

—¿Vio a alguien cerca del puente o de la góndola donde se encontraba Fátima? —Minerva necesitaba más información.

—No, no, a esa hora apenas hay gente por la calle —atajó rauda.

Minerva Nàcher se fijó en la tensión repentina con la que respondió Francesca. Había desviado la mirada al suelo y cerrado los puños. Podía ser a causa del frío, sin embargo, Minerva se atrevía a afirmar que ese no era el motivo. Siguió su instinto y le lanzó una pregunta directa a sitiarla.

—Francesca, ¿qué nos esconde?

—¡Nada! —exclamó la mujer cada vez más nerviosa.

—Hay algo que la asusta, ¿verdad? —insistió Minerva.

—*Signora* Francesca —Marco Palmieri la nombró en tono dudoso.

—Por favor, váyanse y no vuelvan. ¡Me están poniendo en peligro! —suplicó.

—¿En peligro? —Explíquese —se impuso el jefe de policía.

—Ayer, temprano, cuando iba a trabajar, alguien me acechó por detrás sujetándome con fuerza los hombros. Me quedé paralizada. Su voz afónica no impidió que escuchase bien las amenazas —Francesca Longo temblequeaba.

—Tranquilícese, beba un poco de agua —le sugirió Minerva—. Entiendo su miedo, su preocupación, pero necesitamos que nos repita esas amenazas.

—Me dijo que no volviese a hablar con la policía si quería seguir con vida —expelió Francesca—. Me soltó, giré la cabeza. No logré verle la cara, sí pude observar cómo la sotana que vestía se balanceaba al ritmo de su carrera. Atravesó el puente y enfiló la Calle del *Paradiso*.

10

Lo único seguro al nacer es que vamos a morir. ¿Alguien lo duda? Creo que la mayoría ni nos paramos a pensarlo. Seguimos la corriente de la vida hasta que de sopetón nos llega la muerte o el aviso de que nos acecha de cerca. Si llego a saber que el inevitable momento me iba a llegar tan joven hay cosas que habría cambiado, por ejemplo, acelerar mi ruptura con Héctor. ¿Qué sentido tiene mantener una relación con una persona que te agobia? Me ha venido a la cabeza el susodicho porque lo veo hablar con mis padres. Es muy parlanchín, al extremo de hacerse cansino. Me voy a acercar para escucharlo.

—Les aseguro que yo no he sido, les aseguro que yo no he sido... Nunca haría daño a Lourdes, la he querido mucho... De verdad, lo juro.

¡Ay, ay! Parece preocupado. Debe de saber que por ser mi ex es uno de los sospechosos que baraja la policía como culpable de mi muerte. Es posible que ya le hayan hecho algunas preguntas o un interrogatorio en toda regla. ¿Habrá sido él? En mi lista está. Si pudiera lo alejaría de mis padres, con sus palabras los angustia más. Intento darle un empujoncito en el brazo. No se ha movido, pero se toca el brazo como si hubiese notado algo. Lo intento otra vez, allá voy, esta vez con más fuerza. ¡Caray, le he movido el cuerpo y ha dado un traspié! Tiene cara de susto, mira a su alrededor extrañado. Se despide de mis padres con premura y abandona el tanatorio. Algo he conseguido. Héctor es un médico hipocondriaco, debería haber elegido otros estudios. Bien pensado Héctor sabía que casi siempre, al salir del trabajo, atajaba camino por la calle donde me atacaron.

Muchos de los aquí presentes son totalmente desconocidos para mí. Deben de ser amigos o familiares lejanos de mis padres, de esos que solo se dejan ver cuando ocurre una desgracia. Me gustaría que desapareciesen todos de golpe, que tapasen de una vez mi féretro y mis padres se fuesen a casa a descansar y a pasar el duelo en la intimidad. Podríamos hacer como esos países donde la muerte se celebra con una fiesta. Aunque, bien pensado, no creo que unos padres puedan festejar el asesinato de su hija. Miro a los míos, pobrecitos... ¡Cuánto los quiero y qué pocas veces se lo he dicho! Es tarde para arrepentimientos.

Tengo ganas de llorar. ¿Cómo lloramos los espíritus errantes? Mi amiga Elda seguro que me lo sabría explicar. De pequeñas, Elda, Fátima y yo éramos inseparables. Íbamos juntas al colegio, era un centro educativo que solo admitía niñas. Mamá nos decía que fuésemos comprensivas con ella, había muchas compañeras que le daban de lado, la tachaban de rara y la llamaban despectivamente «brujita, la hija de la bruja». Con el tiempo nuestra amistad se afianzó y yo pasaba más tiempo con Elda que con mi hermana, porque Fátima se había convertido en una joven introvertida que pasaba su tiempo libre devorando libros. Elda vivía con su madre, Virginia, una mujer de gran belleza y extraños poderes. A mí no me importaba lo que la gente dijese de ellas, conmigo eran buenas y cariñosas. Virginia era médium, de niña no sabía lo que significaba, según me fui haciendo mayor Elda me lo explicó y me pidió que la entendiera, pues había heredado esa capacidad o sensibilidad especial que tenía su madre. Entonces éramos adolescentes.

—¿Me crees, Lourdes?

—No sé qué es lo que tengo que creer, Elda.

—Llevo una hora explicándotelo, ¿tú me escuchas?

—Claro que te escucho, pero no te entiendo.

—Entonces no me crees... —Elda se entristeció.

Estábamos en casa de su madre, haciendo un trabajo escolar en la habitación de Elda. Virginia atendía a una visita en un cuarto que tenía habilitado para recibir a personas que buscaban su ayuda.

—Te lo voy a repetir, Lourdes. Por favor, pon atención —me insistió.

—Mi madre se comunica con los muertos. Las personas vienen buscando su ayuda porque han perdido a algún ser querido.

—¿Y dónde están esos muertos? —pregunté escéptica.

—Están entre nosotros, en este mundo terrenal, porque no han encontrado la manera de seguir su camino hacia el Más Allá. Mi madre les ayuda a liberarse de lo que les sigue atando aquí. ¿Lo entiendes?

—No. Los muertos no están en ningún sitio, son personas que han dejado de existir —zanjé.

—Lourdes, yo también veo a los muertos, les hablo y los escucho. Me entristece que dudes de mis palabras, pero respeto tu opinión. Sé que algún día me entenderás, me creerás y... me necesitarás.

Ahora que lo pienso, es raro que no haya venido a darme el último adiós. ¡Oh!, si está aquí, en pie junto al ataúd que acoge mi cuerpo. Me mira con una sonrisa que da paz, susurra algo... «Aquí estoy para lo que necesites, como siempre. Observo tu rostro pensando en lo cerca que está tu alma. Te puedo sentir.» Se acerca a mis padres para despedirse. Mi madre impide que se vaya sin decirle algo que sabe que la va a reconfortar. Se van hacia un rincón solitario.

—Elda, Fátima ha aparecido en Venecia. Está hospitalizada bajo supervisión psiquiátrica, pero nos han dicho que mejorará —dice mi madre con emoción en la voz.

Elda se abraza a mi madre mientras repite «gracias, gracias, gracias...», la suelta y se miran. Las lágrimas de ambas resbalan por sus mejillas. Elda se lleva las manos al pecho, respira hondo, da un beso a mi madre y sale del lugar. La sigo. Camina hasta su coche, sube y, antes de arrancar, deja fluir sus emociones: llanto evasivo, suspiros truncados. Se aleja, conduce despacio.

Iba a volver a entrar cuando me he fijado en un vehículo aparcado con dos hombres que parecen discutir en el interior. Me acerco. Son Ángel y su padre, Anselmo. Atravieso una puerta y entro, tomo asiento en la parte de atrás, no perciben mi presencia. Escucho un intercambio de palabras altisonantes, reproches, insultos. —¿Por qué finges que nos llevamos bien? No vuelvas a acercarte a mí ni a mi madre —escupe Ángel con estrépito.

—¡Cállate, estás loco! —le grita Anselmo.

—No vuelvas a decirme esa palabra. Eres malo. ¡Un demonio! ¿Para qué me has hecho venir al coche?

—Para preguntarte si la policía ha hablado contigo. Es posible que estés en su lista de sospechosos —responde Anselmo.

—¿A ti qué más te da? Finges muy bien delante de la gente. Quizás seas tú el que está en la lista de sospechosos —Ángel aprieta los dientes.

—¡Estás delirando! ¿Cómo puedes decir tal estupidez? Seguro que no te tomas la medicación. ¡Fuera! ¡Lárgate! ¡No quiero volver a verte!

11

—¡Con la Iglesia hemos topado! —lanzó Gisela.

—No saquemos conclusiones precipitadas —advirtió Minerva.

—Lo que nos ha dicho la señora Francesca abre una nueva línea de investigación —añadió Marco Palmieri.

—Yo creo que añade datos a la investigación, no que abra una línea diferente. Francesca vio a alguien de espaldas que vestía una sotana, ¿eso quiere decir que era un miembro de la Iglesia? ¿Un sacerdote? Tal vez sí o tal vez no. Cualquiera puede camuflarse bajo una sotana —explicó Minerva.

—Claro, podría ser un falso cura —pensó Gisela en voz alta.

—Por ejemplo —asintió Minerva.

Los tres disertaban sobre el alarmante comentario que les había hecho la señora Francesca. Iban camino de la *questura police* donde se encontraba, a buen recaudo, la ropa con la que encontraron a Fátima Biosca. Anochecía y en el cielo de Venecia se mezclaba el negror con la niebla.

—¡Qué cortos son los días en invierno! —masculló Gisela Landon.

—Y fríos —gruñó Minerva.

Llegaron. El jefe de policía les mostró el lugar donde se almacenaban diferentes tipos de pruebas de casos en investigación. Se pusieron guantes y Marco Palmieri abrió una bolsa de la que extrajo un vestido, lo desdobló y lo sostuvo por la parte de los hombros sin que arrastrase en el suelo. Era largo, con un pronunciado escote y el cuerpo tipo corsé con mangas abullonadas y una tela aterciopelada superpuesta. La falda, de la misma tela, era estrecha en la cintura y de caída amplia. Se combinaban los colores marrones y granates. Gisela observó perpleja la calidad y belleza de la vestimenta.

—¿Esto es lo único que llevaba puesto Lourdes cuando la encontraron? — cuestionó Minerva.

—Así es —aseveró Marco.

—¿Y la ropa interior? —se interesó Gisela.

Marco negó con la cabeza.

—¿No llevaba bragas, ni medias, ni...? —insistió Gisela.

—Nada más —interrumpió Marco Palmieri. —Ni ropa interior, ni calzado, ni bolso, ni documento identificativo. Nada —se reafirmó.

—Guárdalo, Marco. Gracias por mostrárnoslo —dijo Minerva pensativa—. Diría que es nuevo, aunque inspirado en los trajes femeninos de ciertas mujeres del siglo XVI —añadió.

Había sido un día intenso, aunque insuficientemente aprovechado, según pensaba Minerva. Su personalidad autoexigente no le daba tregua. Era hora de volver al *Aman Venice* y hacer análisis de los resultados obtenidos hasta el momento. Después darse un baño caliente junto a una infusión de lavanda, bajar a cenar y, como decía Gisela, «hacer algo de vida social, aunque solo fuese con otros huéspedes del hotel». Regresar a la habitación y practicar un rato de *mindfulness* antes de dormir. Tenía sueño atrasado, sus neuronas lo notaban. La investigadora se despidió del jefe de policía.

—Mañana seguiremos, Marco. Y otra cosa, dime qué día puedo hablar con los policías que acudieron a la llamada de la señora Francesca cuando esta encontró el cuerpo de Fátima.

—Fue una pareja de agentes. Solo podrás hablar con uno, el otro falleció aquella misma noche —carraspeó Marco Palmieri.

—¿Cómo murió? —se extrañó Minerva. —¿Estaba enfermo?, ¿qué edad tenía?

—Acababa de cumplir treinta y seis años. Se suicidó con su arma reglamentaria de un disparo en la sien —reveló Marco con voz quejumbrosa.

****

Desde el *Ponte di Rialto*, el páter Paolo Chisso fundía su mirada con la densa niebla que cubría el Gran Canal. Se sentía un sacrílego al vestir la sotana, un falso cura incapaz de cumplir con la palabra de Dios. Un ser impío. Tenía treinta años y su vida era una farsa. Apoyó las manos en la baranda de la parte central del puente, la más alta, e imaginó su caída y su cuerpo arrastrado por las aguas del Gran Canal. Al pensarlo se asustó, reafirmó en silencio su cobardía, se distanció de la baranda y acabó de cruzar el *Ponte di Rialto*. Caminó despacio como si tuviese plomo en los pies, le costaba avanzar, se sentía una víctima del infortunio que envolvía su existencia. Si bien, pensó que también había tenido momentos felices, pocos y durante una corta etapa de su vida. Los rememoró. Se vio entrando en la sacristía y sintió, como si lo estuviese reviviendo, el saludo cariñoso del páter *Pietro Cacciari*. Él había sido uno de sus monaguillos, el preferido. El páter Pietro le había enseñado todas las cosas que le llevaron y ayudaron, tiempo después, a convertirse en seminarista. El sonido del teléfono móvil le hizo regresar a su amarga realidad.

—*Pronto*? —respondió con voz lánguida.

—Paolo, se me acaba la paciencia. ¿A qué esperas?

—Deja de presionarme. No puedo hacerlo —replicó Paolo.

—Sí que puedes. Él confía en ti, te será fácil —insistió.

—No, no lo voy a hacer. No se lo merece. Siempre me ha ayudado y ha sido sincero conmigo.

—¿Buena persona?, ¿sincero? ¿Crees que su ayuda ha sido desinteresada? Por Dios ¡qué estúpido eres!, ¡qué sabrás tú de sinceridad! ¿Quieres saber la verdad, quieres saberla? Pues ha llegado el momento de que te la diga —habló con voz afónica y exaltada.

—Dime lo que quieras. Mi credibilidad en ti es nula —manifestó el páter Paolo.

—Paolo, escúchame, te lo digo por nuestro bien. El páter Pietro debe morir antes del amanecer —zanjó.

12

Mañana incineran mi cuerpo y no quiero estar presente. Necesito ver a mi hermana y, como he oído decir a mis padres, cerciorarme de que está viva. ¡La echo tanto de menos! Me voy sin saber cómo puedo llegar hasta ella. Ya no me aferro a una vida terrenal a la que sé que no volveré. Desde que he aceptado mi nuevo estado mi sensación de la realidad es diferente y, al estar libre de masa corporal me desplazo con una rapidez asombrosa, sin obstáculos de tiempo ni espacio. Avanzo como si alguien tirase de mí con una cuerda de seda y, con delicadeza, me pasea de un lugar a otro. Sabe en todo momento a dónde quiero ir, parece magia y supongo que lo es. Es la magia de la otra vida, esa a la que llamamos muerte.

Allá voy...

Está amaneciendo, una bruma espesa flota sobre los canales de Venecia. Me encuentro delante de un edificio, es un centro hospitalario en el que entro y me dejo llevar. Traspaso la puerta de una habitación que está custodiada por un policía adormilado en una silla. ¡La veo! ¡Veo a mi hermana! ¡Fátima, Fátima! Me lanzo sobre la cama en la que descansa y la abrazo con fuerza, no la quiero soltar, no la puedo soltar, ¡es mi melliza, necesito estar junto a ella! Aunque sé que es imposible a no ser que ella también abandone la vida terrenal y no es lo que le deseo, todavía no... Así, abrazada a ella, es como si volviésemos a estar juntas en el vientre de nuestra madre. Me despego un poquito y la miro, duerme. Si supiera que no se iba a asustar la despertaría y haría lo imposible para que me viese o escuchase. Tiene buen color de cara, no parece estar enferma, ¿qué hará aquí y por qué hay un policía custodiando su puerta? La destapo para ver si tiene algún vendaje o herida. ¿¡Qué es esto!? Fátima lleva las uñas de los pies pintadas, cosa rarísima en ella. La vuelvo a tapar, alguien está accionando la maneta de la puerta. ¡Dios mío, es un cura! ¿Vendrá a darle la extremaunción? ¡Si parece estar sana! Yo sigo tumbada aquí a su ladito. El sacerdote entra despacio y sigiloso, es alto, bastante atractivo, tiene los ojos verdes y unos labios bien definidos. Debe de tener treinta o treinta y pocos años. Se acerca a los pies de la cama, mira a mi hermana de una manera que me hace desconfiar. ¡Ay, ay! no sé yo el curita... Acaricia por encima de la sábana los pies de Fátima. ¡Qué osadía! Suspira, estoy anonadada, ha empezado a hablar.

«Perdóname, Fátima, perdóname. No te quiero despertar, supongo que te tienen sedada y tu sueño es profundo. Aprovecho, con mi cobardía, para decirte lo que no me he atrevido ni me atrevería a decirte si estuvieras despierta. ¡Estoy tan arrepentido! He sido incapaz de ayudarte. Mi vida es un tormento sin ti, sin tu presencia. Te amo, Fátima. Te amo».

13

—Despierta, Gisela —le susurró Minerva cerca del oído.

—¿Qué pasa? —preguntó semidormida sin abrir los ojos.

—Tenemos que ir a un sitio. Espabila.

—¿Qué hora es? —Se resistía Gisela.

—Las seis. Date prisa o no llegaremos a tiempo —insistió Minerva con la voz más firme.

La investigadora quería estar a las siete y media en el *Ponte del Paradiso* y comprobar la visibilidad en una mañana de niebla como la que había descrito Francesca. Minerva Nàcher le pidió a Gisela que se pusiese una falda negra larga con algo de vuelo. Necesitaba constatar si el movimiento de una prenda larga y negra era visible entre el espesor de nubes que casi rozan el suelo. Francesca Longo había asegurado ver una sotana, por lo que era lógico achacar a un sacerdote las amenazas que le habían proferido. Pero ¿y si era lo que la mujer esperaba ver? ¿Y si, por alguna razón que les ocultaba, ella no lo vio, aunque su mente se lo mostraba? Podría ser resultado de su propia sugestión, si sabía algo más sobre el caso de Fátima Biosca. De ser así, ese «algo» señalaba a miembros de la Iglesia.

Gisela Landon y sus gruñidos se metieron bajo la ducha. Minerva ya estaba preparada para salir. A la investigadora también le costaba madrugar, sobre todo en invierno, pero la incertidumbre le impedía conciliar el sueño. Ese era el motivo por el que acumulaba horas sin dormir durante el tiempo que duraba la investigación de un caso. Cuando conseguía resolverlo, a veces se abandonaba en los brazos de Morfeo durante dieciséis horas seguidas.

Llegaron al *Ponte del Paradiso* y Minerva le indicó a Gisela que corriese hasta el final de la calle. La visibilidad era pésima, aun así, Minerva pudo vislumbrar hasta algo más de un metro de distancia el movimiento de la falda negra que vestía su amiga. Más allá solo se veía la espesura blanca. La investigadora caminó hasta el final de la calle donde la esperaba Gisela.

—¿Has visto moverse mi falda? —se interesó.

—Un poco... Es posible que Francesca diga la verdad sobre la sotana. Si bien, sigo pensando que sabe más de lo que nos cuenta – aseveró la investigadora.

—Minerva, tenemos que obligar a Fátima a que nos cuente qué le pasó, cómo desapareció, dónde ha estado estos cinco meses. O habla y se explica o esta investigación se va a eternizar —opinó Gisela.

—Hay que «obligarla» con tiento, si no puede resultar contraproducente. Hay un detalle al que no ceso de darle vueltas —dijo Minerva pensativa.

—¿Solo uno? Yo tengo unos cuantos —replicó Gisela con su característica mueca de extender hacia adelante los labios. Lo hacía de forma mecánica cuando le fastidiaba algo.

—Me extraña sobremanera que en los análisis que le hicieron a Fátima cuando la encontraron, no hallasen algún tipo de droga o sustancia de las que anulan la voluntad. Por ejemplo, escopolamina.

—¿Burundanga? Es una droga que permanece en sangre entre las seis y las ocho primeras horas tras ser consumida y su rastro en orina desaparece en unas doce horas —explicó Gisela.

—Así es. —Minerva le dio la razón—. Pero si no han utilizado ningún tipo de droga, ¿cómo la secuestraron y la han mantenido retenida?

—¡Oh! ¿Crees que su desaparición pudo ser voluntaria? —se asombró Gisela.

—No lo descarto. Si no del todo voluntaria, sí bajo engaño —elucubró la investigadora—. Volvamos al hotel, pensaré con mayor claridad mientras desayunamos.

Gisela asintió con complacencia. Tenía sueño, frío y hambre. O calmaba alguna de las tres cosas o en breve la abordaría un mal humor que la acompañaría el resto de la jornada.

Minerva y Gisela caminaban por la sala del *Aman Venice* donde se servían los desayunos. Gisela mostraba su divina sonrisa a los comensales con los que se cruzaba al pasar junto a las mesas, hasta que llegaron a la suya, en un rincón al fondo, donde podían hablar con bastante intimidad. La agradable música ambiental también ayudaba a insonorizar las charlas del resto de los allí presentes.

—Gisela, tenemos que hablar con Marco Palmieri, le llamaré en cuanto acabemos de saciar nuestro apetito. Cuando se puso en contacto conmigo para pedirme que le ayudase a investigar una aparición y me comentó de qué se trataba, me pareció extraño, pero me picó la curiosidad —reconoció Minerva mientras saboreaba una crepe de chocolate.

—Extraño, ¿por qué? —quiso saber Gisela.

—Porque la persona, o sea, Fátima Biosca, había aparecido viva. Diferente habría sido si hubiese aparecido muerta, porque entonces nos enfrentaríamos a la investigación de un crimen. Pero, en las circunstancias actuales, ¿ante qué nos encontramos? Sitúate. —Minerva arqueó una ceja.

—¡Ante un caso resuelto! —exclamó Gisela. —Hace cinco meses denunciaron la desaparición de una persona que ahora ha aparecido. Caso cerrado —fijó la mirada en Minerva.

Los ojos de Gisela se movieron inquietos al ver quien venía de frente, y sintió un repentino sofoco propio de la edad menopáusica de la que todavía se hallaba lejana. El jefe de policía avanzaba hacia ellas.

—Buenos días. He preguntado por vosotras en la recepción y me han dicho que estabais aquí. ¿Me puedo sentar? —Señaló una silla.

—Por supuesto, Marco. —Minerva lució una sonrisa sibilina.

La investigadora empezaba a entender ciertas cosas que hasta ahora no le concordaban y, cuando encontraba respuestas a sus propias preguntas, sentía el dominio de la situación. Ahora podía realizar su trabajo a conciencia. Su mente estaba libre de obstáculos, pero no de tropiezos y sabía por experiencia que se iba a encontrar con más de uno.

—¿Habíamos quedado hoy por la mañana? —inquirió Minerva a Marco a sabiendas de que la respuesta era no.

—No —respondió Marco Palmieri—. Disculpad que me haya presentado sin previo aviso interrumpiendo vuestro desayuno.

—Tranquilo, ya hemos acabado —sonó la apacible voz de Gisela.

—A mí me falta el batido de frutas —añadió Minerva—. ¿Tú no quieres, Gisela?

Gisela Landon negó con la cabeza y parpadeó varias veces seguidas. Minerva Nàcher la observó conocedora de lo que significaba aquella especie de tic. «Lo que faltaba» —pensó.

—Con vuestro permiso, me voy a pedir un café —dijo Marco paseando sus ojos de color verde lagarto por el rostro de ambas mujeres.

—Claro que sí, tómate lo que quieras. Mientras dinos a qué se debe tu inesperada y temprana visita —Minerva le contestó con irónica amabilidad.

—Quería disculparme. Ayer salieron a la luz datos que quizás os lleven a confusión si no os explico mejor ciertas cosas —admitió el jefe de policía.

—Te equivocas. Todos esos datos a los que aludes me han desbloqueado la mente. Antes de decir algo más, escucha mi hipótesis. Es posible que te ahorre saliva —lanzó Minerva.

Marco Palmieri pensó que había subestimado la inteligencia de la investigadora, cuyo prestigio la precedía. Debió haberle explicado, desde la primera llamada, el motivo por el que necesitaba su ayuda. La aparición de una turista española desaparecida no era lo única que había que investigar y, sin embargo, lo utilizó de gancho para atraer el interés de la afamada investigadora Minerva Nàcher.

—Subamos a la sala privada —sugirió Gisela seria.

El jefe de policía temió que Minerva y Gisela lo tachasen de mentiroso, ya que su sinceridad había sido incompleta. Dejó que Minerva, como había solicitado, expusiese su hipótesis. Los tres entrecruzaban las miradas y ninguno hablaba. A Minerva le gustaba el juego del silencio, la tensión que creaba. La desconfianza y la seriedad se respiraban junto al reproche. La investigadora invitó al jefe de policía a sentarse en el sofá. Ella y Gisela se aposentaron en sendos sillones. Los separaba la mesita del centro sobre la que Marco Palmieri posó un papel desdoblado que había extraído del bolsillo de su americana.

—Son unos datos que he escrito a mano antes de venir. Información resumida.

—¿Cuál es tu *modus operandi*? —sondeó Minerva con la intención de ponerlo nervioso.

—¿A qué te refieres? ¿Crees que soy un policía corrupto? —se ofendió frunciendo el ceño.

«Uf, qué atractivo está cuando se enfada» —pensó Gisela al tiempo que le sobrevenía otro sofoco.

—Me refiero a tu forma de trabajar, Marco, a cómo procedes cuando te encuentras ante un caso como el de Fátima Biosca —aclaró Minerva con lentitud, remarcando cada palabra.

El jefe de policía estaba a punto de estallar ante la actitud de la investigadora. Era indiscutible que él había callado información valiosa, lo admitía. Pero parecía que Minerva no tenía bastante con el arrepentimiento de Marco, este sintió que intentaba ridiculizarlo. No era así, Minerva nunca pondría a nadie en ridículo, aunque sí notaba un atisbo de desconfianza hacia Marco Palmieri y lo estaba retando a que dijese toda la verdad.

—Antes me has dicho que te dejase exponer tu hipótesis. Te cedo la palabra —se escudó Marco.

A Minerva le complació la hábil reacción del jefe de policía. Le gustaba la gente astuta de mente ágil. Le obsequió una sonrisa franca y se puso en pie, moviéndose se explicaba mejor, las ideas se expandían al compás de sus gestos y pasos.

—Bien, ¿qué caso tenemos entre manos? —la investigadora inició su disertación—. O debería decir ¿qué casos tenemos entre manos? ¿Es uno o son varios? Creo que ni tú lo sabes, Marco. Sospechas que algo grave está sucediendo, pero no tienes cómo corroborarlo, salvo manteniendo abierta una investigación que por procedimiento y lógica policial debería cerrarse: la aparición de Fátima Biosca.

El jefe de policía asintió con la cabeza, Gisela lo observaba. Minerva prosiguió, aún tenía mucho que decir sin que la interrumpiesen.

—Ha aparecido viva una joven que había desaparecido. Deberíamos estar ante una investigación resuelta, caso cerrado. Sin embargo, tú contactaste conmigo para que consiguiese pistas, indicios, pruebas que demostrasen la relación de este caso con...

¿con qué, Marco? Hay más desaparecidas ¿verdad? Seguro que lo que te voy a preguntar lo llevas apuntado en ese papel que has puesto sobre la mesa. Dime, ¿cuántas turistas entre los dieciocho y los veintipocos años han desaparecido en los últimos tres años?

—Constan diecisiete denuncias de mujeres desaparecidas en las fechas y franja de edad a las que te refieres. — Marco miró sus apuntes.

—Y de todas ellas solo ha aparecido una, Fátima Biosca. La gran pregunta es si las demás están en el mismo lugar donde durante cinco meses ha estado ella. De ser así, la única manera de confirmarlo es manteniendo abierta la investigación sobre la aparición de Fátima —aseveró Minerva—. Sospecho que las desapariciones están relacionadas y hay indicios que me lo confirman. Cuenta con nosotras, Marco. Gisela y yo te vamos a ayudar a resolver este complejo caso.

Al jefe de policía le asombró que Minerva se preguntase por las desapariciones habidas durante los últimos tres años, ya que en ese espacio temporal los datos eran más alarmantes. Las desapariciones anteriores a ese periodo de tiempo habían sido esporádicas, apenas relevantes y resueltas con rapidez. Aunque se lo hubiese preguntado la investigadora no le habría respondido, porque simplemente aquella mañana medio dormida medio despierta, cuando todavía estaba entre velas, tuvo un sueño revelador. No era la primera vez.

14

Si estuviese viva me pellizcaría para cerciorarme de que lo que veo y oigo no es un sueño. Un cura guapetón tirándole los tejos a mi hermana, ¿qué digo de tirarle los tejos?, ¡esto es una declaración de amor en toda regla!

El cura la mira ensimismado, como si estuviese en trance.

«Despierta, despierta», bisbiseo en el oído de mi hermana, con lo romántica que es no quiero que se pierda esta escena de película. Se da media vuelta, ¿habrá sentido algo? Se vuelve a mover, está inquieta, intuyo que se va a despertar. Se despereza y abre un poquito los ojos. Reacciona ante lo que ve y abre mucho más los ojos lanzando su mirada azulada, como si fuese un láser, sobre el cura. Se incorpora quedando sentada en la cama. Yo hago lo mismo y me mantengo a su lado.

—Paolo, ¿qué haces aquí?

¡Mi hermana tutea al cura como si se tuviesen confianza! Ver para creer... Me va a dar un soponcio. Bueno, es un decir, ya sé que en mi condición de muerta no me puede dar nada. ¡Fátima está enrollada con un cura, o sacerdote, o clérigo o como quiera que se le llame! ¿Desapareció para fugarse con él? No, no, estoy desvariando. Mi hermana es una persona centrada, coherente y sería incapaz de habernos hecho pasar voluntariamente, a mis padres y a mí, por estos cinco meses de angustia y desesperación.

—Necesitaba comprobar que estás bien —le responde el tal Paolo, con una vocecilla de enamorado que casi consigue enternecerme a mí, que soy poco sentimental.

—Y las otras chicas, ¿han conseguido liberarse? —se interesa mi hermana.

—No, Fátima, lo siento —se lamenta el tal Paolo con la cabeza gacha.

—Entonces, ¿siguen allí? —insiste Fátima. Su rostro refleja terror.

—No —el cura mantiene la mirada hacia el suelo.

—Paolo, ¿eso significa que han hecho con ellas lo que planeaban hacer conmigo? —Fátima está muy alterada, nunca la he visto así.

El cura levanta la cabeza, mira a mi hermana y suelta un triste «sí». Al mismo tiempo suena un teléfono, Paolo se remanga la sotana y lo saca del bolsillo de su pantalón. Atiende la llamada, intenta disimular, pero yo he escuchado lo que una voz afónica y sarcástica le ha dicho: «¿Quieres despedirte del *páter Pietro*? Pues llegas tarde, ya ha pasado a mejor vida. Has dejado escapar la oportunidad que te ofrecí de darle una muerte digna, yo he zanjado el tema sin contemplaciones.» ¡Qué pálido se ha puesto!, parece que se vaya a desmayar. De repente se abre la puerta de la habitación y entra el policía que antes dormitaba en la silla, se habrá despertado con el timbre del teléfono móvil.

—¿Quién es usted? ¿Qué hace aquí? —se envalentona delante de Paolo.

—Soy un cura, ya me iba —sale corriendo ante la atenta y desconcertante mirada de mi hermana. Yo lo sigo, me puede la curiosidad.

¡Cómo corre este hombre! Tiene las piernas largas y da buenas zancadas. Pasamos por plazas, calles, callejuelas y atravesamos puentes. No recuerdo haber estado por aquí cuando vinimos Fátima, Ángel, Héctor y yo a hacer turismo. La verdad es que tampoco puse demasiado interés. ¡Qué imprevisible es la vida, lo que ha sucedido en tan solo cinco meses, ha sido un tiempo corto y trágico!

Llegamos a una zona que sí rememoro porque mi hermana insistió en venir. Le apasiona el arte y visitó todas las iglesias que pudo, esta fue una de ellas. El cura avanza por el *Campo Santa Maria Formosa,* desde donde veo la fachada barroca de la iglesia. Sé que la otra fachada, la que da al canal es de estilo renacentista, todo me lo explicó Fátima. Me contó que el nombre de *Formosa* es porque se apareció la Virgen disfrazada de mujer a la moda, fue un dato que me resultó chocante. La puerta está abierta y Paolo la cruza a una velocidad vertiginosa, ya estamos adentro. Ha frenado en seco, en los bancos delanteros hay un pequeño grupo de mujeres mayores, creo que están orando, ¿o están cuchicheando? ¡Qué más me da! Sigo los pasos del cura guapetón del que desconfío y no entiendo qué tiene que ver con mi hermana. Se detiene ante una puerta lateral que hay al fondo, se mete la mano en un bolsillo y saca una llave con la que abre la puerta. Pasamos y la vuelve a cerrar. Avanzamos por un pasillo largo, oscuro y angosto hasta llegar a otra puerta que abre con la misma llave que la anterior. Accedemos a otro pasillo de las mismas características, pero con varios escalones de bajada. Al final hay otra puerta que, deduzco, se abre con la misma llave... ¡Exacto! Estamos en un lugar que parece la antesala de una vivienda, la luz penetra por unos ventanucos enrejados y acristalados. Paolo entra en varias habitaciones, todas con baño, y en una cocina que denota haber sido utilizada con asiduidad. Por último, accede a un salón grande y amueblado. Escudriña con desesperación, no encuentra lo que anda buscando. Volvemos atrás, desandamos todos los pasos que nos han traído hasta aquí. De nuevo estamos en la iglesia, ahora no hay nadie, las mujeres se han ido. El cura guapetón se mueve nervioso como si no se decidiese hacia donde ir, parece confuso. Vacila unos instantes y se dirige hacia, hacia..., hacia la sacristía. Lo sé porque hay un letrero que lo indica. Acciona la maneta y allanamos la morada de Dios, bueno, estoy exagerando. ¡Madre mía! Hay un cura tirado en el suelo bocarriba, con los ojos muy abiertos y ensangrentados. Paolo hace el ademán de agacharse y cogerlo, pero se retiene. ¿Será por precaución de no dejar sus huellas en el cuerpo?

—*Páter Pietro*, lo siento, lo siento tan-to... —balbucea entre gemidos y mira de reojo hacia atrás.

15

Marco Palmieri respiró el oxígeno del alivio. Las palabras de Minerva Nàcher confirmando que seguiría con la investigación y así mantendrían abierto el caso de Fátima, le sonaron a indulgencia, a sosiego y a reciedumbre; vocablos de significados diferentes que, en la práctica, aunaban sinergias y lo alentaban. Ahora sí, el jefe de policía tenía el convencimiento de que llegarían hasta el final del turbio asunto que le quitaba el sueño desde hacía unos tres años, cuando de manera inexplicable empezaron a desaparecer mujeres jóvenes, turistas de las que nunca más se supo hasta que apareció una de ellas: Fátima Biosca.

—Qué os parece si repasamos lo acontecido hasta el momento —propuso Minerva.

—Perfecto, reviso los apuntes —se ofreció Gisela y miró a Marco.

—Sí, claro, os lo agradezco —manifestó el jefe de policía.

La investigadora, que seguía en pie, se acercó al teléfono y marcó el número de recepción. Solicitó que le subieran una tetera con agua hirviendo y tres tazas. Se deshizo el moño que le presionaba la cabeza, Gisela abrió los ojos con espanto al ver el cabello encrespado de Minerva. Marco ni se fijó. Lo que menos le preocupaba ahora a la investigadora era su apariencia, necesitaba liberarse de cualquier opresión para conseguir concentrarse.

Llamaron a la puerta. Minerva abrió y entró el carrito que le entregó una camarera del hotel. Traspasó el contenido del lujoso carrito a la mesa y pidió a Gisela que sacase tres infusiones de romero. Gisela salió de la habitación con las infusiones, las introdujo de una en una en las respectivas tazas y les volcó el agua hirviendo de la tetera. El potente aroma se expandió por la estancia.

—¡Qué bien huele! —elogió Marco—. Me recuerda al campo, al bosque...—Cerró los ojos y respiró hondo.

Gisela Landon observó cómo, bajo la camisa blanca, el pecho de Marco Palmieri se llenaba de aire. De repente le sobrevino otro sofoco. «¿Qué me pasa?» se preguntó a sí misma en silencio. Minerva se percató de que las mejillas de su amiga se arrebolaban y pensó que había llegado el momento de tener una conversación con ella. Quedaba pendiente.

—Dejemos que los aceites esenciales del romero se evaporen y limpien la negatividad que antes se ha acumulado en la sala a causa de nuestras desavenencias, ya resueltas —expuso Minerva— y vamos a deleitarnos con estas infusiones que nos van a ayudar a fortalecer la concentración y la memoria.

Se permitieron diez minutos de placidez mental, absortos en pensamientos sosegados. La serenidad se reflejó en sus rostros libres de rigidez, en sonrisas blandas y miradas pausadas.

—¿Empezamos? —sugirió Minerva dispuesta a proseguir—. Hagamos un repaso rápido para ponernos en situación. Todo apunta a que nos encontramos, como mínimo, ante varios casos de secuestro de mujeres jóvenes, todas ellas turistas de diferentes nacionalidades. Tan solo una ha aparecido y lo ha hecho de manera extraña, por lo que se deduce que están retenidas contra su voluntad. Desconocemos el paradero de las jóvenes excepto el de Fátima Biosca, que se encuentra en la zona de psiquiatría del hospital. Está diagnosticada como paciente en estado de shock post traumático. Por lo demás, su estado de salud es bueno, aunque se niega a hablar. Subrayo esto último: *se niega a hablar*—dijo Minerva pronunciando las sílabas enfáticamente—. El porqué es importante averiguarlo.

—También hay que resaltar su aspecto físico —añadió Gisela—. Ha estado bien cuidada e incluso acicalada. Manicura y pedicura perfectas, piel hidratada, piernas depiladas. Pálida, eso sí, lo que nos indica que ha estado protegida de la luz del sol. Encerrada.

—Quien la encontró, la señora Francesca, nos describió cómo iba vestida, prendas que después tú, Marco, nos mostraste. No llevaba ropa interior, ni zapatos, e iba indocumentada —añadió Minerva.

—Respecto a la ropa, Minerva, tengo unas dudas —planteó Gisela—. El vestido que Fátima llevaba puesto era largo, con escote pronunciado, corsé, mangas abullonadas, cintura estrecha y caída de falda amplia. Tú dijiste que era nuevo, aunque inspirado en los trajes femeninos de ciertas mujeres del siglo XVI. ¿A qué mujeres te refieres?

—Verás —empezó a explicar Minerva—. En la Italia renacentista las mujeres tenían tres opciones a la hora de elegir su modo de vida: casarse, recluirse en un convento o quedarse solteras. A veces no eran ellas las que elegían, sino la clase social a la que pertenecían u otras circunstancias. Supongo que tú sabes a lo que me refiero —miró a Marco.

El jefe de policía las escuchaba boquiabierto, primero a una y luego a la otra como si él sobrase allí: ellas solitas pensaban, argumentaban, relacionaban...

—No, no sé a qué te refieres —soltó con rotundidad.

—Entonces os lo detallo a los dos —reanudó Minerva—. Muchas de las mujeres de aquella época que se quedaban solteras se dedicaban a la prostitución como medio de vida. Pero no todas las prostitutas se consideraban iguales. Se clasificaban en tres rangos diferentes: a las de nivel más bajo se las denominaba *meretrice,* rameras que satisfacían los deseos de sus clientes bajo los puentes. De un estatus superior a las rameras eran las *cortigiane di lume* o cortesanas de la luz. Eran prostitutas ambulantes, cuya clientela pertenecía a la clase media. Y, por último, en la cima, estaban las llamadas *cortigiane oneste* o cortesanas honestas: destacaban por su cultura y buenos modales además de por su belleza. Tenían una exquisita educación e incluso algunas habían logrado éxitos artísticos y literarios. En ellas los hombres de la alta sociedad no buscaban solo sexo, sino también conversación. El tipo de vestimenta con la que encontraron a Fátima Biosca estaba inspirado en las cortesanas honestas.

—¿Crees que la secuestraron para prostituirla? ¿Que todas las turistas jóvenes desaparecidas han sido prostituidas? —cuestionó Marco sin extrañarse.

—Todavía me faltan datos para afirmar tal cosa. Necesito saber las características del resto de las chicas: sus estudios, a qué se dedicaban, lo que les interesaba... Sabemos que Fátima es una joven culta, amante del arte y la literatura, en especial de la poesía. Su perfil encaja con una *cortigiana onesta.*

—Esos detalles los tienes ahí —Marco señaló el papel de sus apuntes—. He hecho un resumen de las características que poseen en común y todas son cultas, bien educadas, con estudios universitarios, en arte, historia o literatura. ¿Dónde estarán metidas? —Hizo un gesto de exasperación.

—Debemos volver al hospital. Fátima es la única persona que nos puede dar esa información y mucha más—. Gisela se enjarretó.

A Marco Palmieri le gustó el carácter fuerte del que hizo gala Gisela y se le escabulló una leve sonrisa. No podían presentarse de nuevo en la habitación del hospital donde estaba Fátima sin comunicárselo antes a la doctora Rossi y contar con su aprobación. Cogió su teléfono móvil y la llamó. La psiquiatra respondió rápido, pero le pareció poco prudente volver a atosigar a la paciente, según dijo. Marco se lo pidió por la amistad que los unía. La doctora aceptó con la condición de estar presente.

—La doctora Rossi accede a que vayamos. No obstante, debemos esperar dos horas hasta que ella pueda acompañarnos.

—Me parece bien —aseveró Minerva—. Mientras, aprovechemos el tiempo para continuar por donde íbamos. Prosigamos con el resumen. Hablábamos de la señora Francesca cuando Gisela me ha preguntado por la vestimenta de Fátima, cuestión a la que ya he respondido. Bien, la señora Francesca dijo haber sido amenazada por alguien de voz afónica a quien no vio la cara. Además, vio o creyó ver que vestía sotana. Su declaración cojea. Sabe más de lo que dice. Ella asegura que lo que vio era una sotana, yo me pregunto ¿podría ser el hábito de una monja, o cualquier persona con una falda larga y negra como la que lleva puesta Gisela? Hemos ido temprano hasta el *Ponte del Paradiso* a hacer la prueba de visibilidad – informó al jefe de policía.

—Eres muy desconfiada —refirió Marco—. Te lo digo sin acritud —reaccionó de inmediato ante el temor de retroceder en el buen entendimiento que habían conseguido—. Incluso creo que es una óptima cualidad en nuestra profesión.

A la investigadora le fue indiferente el comentario de Marco Palmieri. Ella reconocía su naturaleza desconfiada: si se fiase de todo el mundo se tambalearían las bases de su personalidad. Era una mujer pragmática e intuitiva. Y esa intuición le decía en quién podía poner su confianza, le ayudaba a detectar quién mentía, a recapacitar y a no precipitarse.

—Por cierto, Marco, *la desconfianza* que me caracteriza... —pronunció Minerva con tiznes irónicos— me lleva a desconfiar, valga la redundancia, de la policía. Me pregunto por qué se suicidó uno de los agentes que acudieron a la llamada de Francesca cuando esta encontró a Fátima. Según nos dijiste, se quitó la vida aquella misma noche con su arma reglamentaria de un disparo en la sien. ¿Tienes algo que aclarar al respecto?, ¿alguna información relevante que debamos saber?

—Sí...hay algo... Os lo iba a contar, pero no me habéis dado ocasión —carraspeó Marco ante la perforadora mirada de Minerva Nàcher.

16

Aquí está el páter Paolo como un pasmarote, llora que te llora. Debe de ser de lágrima fácil y de reacción lenta porque ni llama a la policía ni a la ambulancia. ¿Por qué no pide ayuda? ¿Y si el cura tirado en el suelo sigue vivo, pero sin conocimiento? La verdad es que está muerto, se ve claramente... Pero que denuncie su muerte o haga algo, digo yo. Por fin mete la mano derecha en el bolsillo del pantalón, agarra el teléfono móvil lo mira y lo vuelve a guardar en el bolsillo. Mete la mano izquierda en el correspondiente bolsillo, «Mierda, no llevo ni un puto pañuelo» espeta cesando de golpe la llorera. Uy, Uy... esto debe ser sacrilegio verbal o algo así. Paolo ha pasado de la tristeza a la histeria, es un poquito neurótico. Ahora da media vuelta, se para delante de la puerta, se remanga la sotana y la utiliza para limpiar la maneta, salimos y hace lo mismo con la otra maneta. Camina con paso firme, sin prisas, como si no hubiese dejado a un cadáver atrás.

Estamos en el exterior de la iglesia, pasea sin rumbo fijo entonando una musiquilla, muy centrado no está este hombre. Lo voy a seguir a ver si se dirige a la *questura police*, allí es donde yo puse la denuncia por la desaparición de mi hermana. Ahora llegamos a la *Piazza San Marco,* tan famosa y turística. De hecho, es la única plaza que recibe dicha denominación, a los otros lugares que en español llamamos «plaza» aquí se les denomina «campo», me lo explicó mi hermana.

Va directo a la basílica de San Marcos, como hipnotizado, sigue con la musiquilla, desafina. Le suena el teléfono móvil, se detiene, lo saca del bolsillo y lo deja sonar mientras observa la pantalla. Ha dejado de canturrear, abre la boca y aprieta los dientes. Tensa las quijadas y se le inflama una vena en la frente. Parece muy enfadado, me asusta. El teléfono vuelve a sonar. Paolo no cesa de mirar la pantalla. La vena de la frente se ramifica por la nariz y palpita rápido, más y más rápido. Responde con un único grito, seco y contundente: ¡Muérete!

Esto no puede quedar así, me veo en la responsabilidad de hacer algo con el muerto de la sacristía. A Paolo parece que se le haya olvidado y le desea la muerte a alguien más. Con lo suavecito que le hablaba hace un rato a Fátima y ahora parece un poseso endemoniado, ¡qué miedo!

Me encuentro en dependencias policiales, intento comunicarles que ha habido un crimen. Al cura lo han matado y Paolo lo sabe, pero se ha hecho el desentendido como si la cosa no fuese con él, pese a haberlo visto tirado en el suelo sin vida. Yo voy a decir por aquí que hay un muerto y dónde se encuentra. Que la Policía investigue las causas del fallecimiento. Me muevo por una enorme sala donde trabajan, supongo, agentes de policía. Algunos frente al ordenador, otros están de tertulia, hay unas agentes que cuchichean y señalan la puerta de uno de los despachos donde no hay nadie. Otra policía pasa por su lado y les dice que se pongan a trabajar y dejen el cotilleo. Voy dando voces, pero nadie me oye... esta situación es desesperante. Traspaso el despacho en el que no hay ni un alma, excepto la mía. Me fijo en uno folios en blanco que hay sobre la mesa y varios bolígrafos en un cubilete. ¿Podré, en mi condición de fantasma, coger un bolígrafo y escribir? Eso espero... ¡He cogido un boli rojo! Estoy contenta, ha sido un logro. Escribo, ¡la letra es la mía, mi bonita y legible letra! Pensaba que quizás me saldría una letra temblorosa y siniestra. Una vez que he terminado, coloco el folio en el centro de la mesa. En la nota, escrito con letras mayúsculas, dice: «HAY UN MUERTO EN LA SACRISTÍA DE LA IGLESIA SANTA MARÍA FORMOSA».

He vuelto junto a mi hermana. Una doctora le habla apoyada en la pared; Fátima escucha sentada en un sillón, ataviada con un camisón largo y floreado. Hace daño a la vista con tantos colores chillones. Seguro que se lo ha comprado mi madre, que le gusta el estilo floripondio, Fátima es más sencilla a la hora de vestir. Yo floto por la estancia.

—Fátima, dime, ¿cómo te encuentras hoy?

La doctora pregunta y se calla, supongo que espera una respuesta. Yo también estoy atenta a ver qué dice mi hermana, qué se cuenta, si está bien o le duele algo. Nada, Fátima no suelta prenda.

—Sé que te cuesta hablar, pero te pido que hagas un esfuerzo.

Qué paciencia la de esta mujer, debe de ser un requisito en su profesión. Fátima la tiene engañada, ¡que no le cuesta hablar!, con el *curita* conversó sin reparos.

—El jefe de Policía volverá hoy con las investigadoras españolas. Estarán a punto de llegar. Tienes que responder a sus preguntas, no existe ningún impedimento médico para que no lo hagas. Como psiquiatra puedo hacer poco más por ti. Deberás seguir tomándote la medicación durante algún tiempo, pero pronto te daré el alta.

¿El jefe de Policía? ¿Investigadoras españolas? La cosa se pone muuuyyy interesante. Aquí me quedo a ver si me entero bien de lo que pasa.

Llaman a la puerta y entra una enfermera, le dice a la psiquiatra que «han llegado». La primera en entrar es una mujer de rasgos exóticos, guapa y estilosa. Saluda con una sonrisa impecable. La segunda no es tan guapa como la otra y creo que ronda los cuarenta, año arriba, año abajo. Lleva un pelo espantoso, encrespado, podría recogérselo en un moño o una coleta para dar mejor imagen. ¡Caray!, parece que me haya oído, ha sacado un coletero de su bolso y se hace un apaño en el pelo.

—Buenas, doctora Rossi; hola, Fátima —saluda. Tiene cara de inteligente.

—Bienvenida de nuevo, Minerva —responde la psiquiatra.

Ahora entra un hombre pelirrojo a más no poder. Él y la doctora Rossi se miran con complicidad. «Hola», se dicen. Mi hermana sigue en su incomprensible mutismo, con lo educada que es, y ni siquiera ha respondido a los saludos. Uy, entra otro más, este sé quién es, el policía custodio. ¡Aquí ya somos multitud!

—Jefe, esta mañana temprano vino un cura a ver a la testigo —le dice al pelirrojo.

—¿Qué? —pregunta este.

—¿Por qué? —indaga la psiquiatra.

—¿Qué cura? —increpa a la que han llamado Minerva.

—¡Con la Iglesia hemos topado! Ya os lo dije —apunta la guapa.

Todos expresan su alerta y mi hermana, calladita, sin mover ni las pestañas. El comportamiento de Fátima no me está gustando nada, me resulta sospechoso.

—Pensé que un cura podía entrar —se excusa el policía guardián, poco convencido.

—Nadie puede estar aquí sin el consentimiento de la doctora Rossi y mi permiso —le replica el jefe pelirrojo—. ¿Se identificó?

—Lo siento, no lo vi entrar y cuando me di cuenta de que estaba aquí, salió corriendo.

Minerva fija la mirada en Fátima, se acerca más a ella.

—Fátima, ¿conoces al cura que ha venido a verte? —le pregunta con delicadeza.

¡No doy crédito! Mi hermana sigue callada como si algo le impidiese hablar. Pero con el cura Paolo sí que hablaba. ¿Por qué no colabora con la Policía? Minerva, que deduzco es la investigadora que, junto a la guapa, han venido de España, coge una silla y toma asiento frente a mi hermana. Se cruza de brazos y mantiene la mirada clavada en Fátima. Ambas guardan silencio.

Un teléfono suena, es el del jefe pelirrojo. Responde. El jefe frunce el ceño y echa la cabeza hacia atrás como si esquivase un puñetazo.

—Voy hacia allí —responde—. Minerva, Gisela, deberíais acompañarme—sugiere el pelirrojo.

Por cierto, me estoy fijando en que tiene un atractivo peculiar. Parece enfadado con el poli custodio y preocupado por la llamada recibida. Minerva gira la cabeza hacia él y le pregunta qué pasa.

—Mi secretaria ha encontrado una nota sobre la mesa de mi despacho, escrita en español y con bolígrafo rojo que dice: «HAY UN MUERTO EN LA SACRISTÍA DE LA IGLESIA SANTA MARÍA FORMOSA».

¡Esa es mi nota!

El jefe de Policía parece estar confuso y malhumorado. Habla en voz alta: «¡¿Quién habrá escrito esa nota y cómo ha entrado en mi cubículo?!». Telefonea a alguien.

—*Questura Police*.

—Soy Palmieri.

—El agente Conti al habla, señor.

—Conti, ¿de dónde ha salido la nota?

—De su despacho, señor.

El jefe de Policía eleva la mirada al techo un tanto desesperado.

—¿Y quién la ha puesto ahí? —inquiere.

—No lo sé. Estamos todos tan extrañados como usted. A su despacho solo ha entrado su secretaria que ha dado la voz de alarma al encontrar el mensaje.

—Ordena que revisen las cámaras de seguridad. La nota no se ha escrito sola. Hay que encontrar al autor. ¡E interrogaré a todo el personal! —cuelga de malas maneras.

Espero que ninguna cámara haya grabado cómo un boli escribía solito sobre un papel... ¡Me los imagino a todos saliendo despavoridos de las instalaciones!

17

Los muertos hablan y los lugares donde son hallados, también. Los turistas que se acercaban a la iglesia Santa María Formosa se extrañaban de que estuviera cerrada sin motivo aparente. Buscaban algún letrero que indicara una razón y curioseaban por los exteriores para encontrar un andamio o una grúa que denotara reformas. Marco, Minerva y Gisela accedieron al interior por la entrada de la fachada barroca. Les abrió un policía vestido de paisano, se cuadró ante el jefe, y le cuchicheó algo en italiano con la jerga propia del cuerpo. Minerva entendió y guardó silencio. Marco miraba hacia atrás de reojo y ordenó al policía que volviese a cerrar. Un transeúnte sugirió que lo más probable es que se celebrara una ceremonia privada en la iglesia. En un santiamén se corrió la voz y la gente dejó de hacer más preguntas salvo quiénes serían los privilegiados que estarían disfrutando del evento. Ignoraban que en el interior de la iglesia no había disfrute alguno, ni tan siguiera para aquellos que eran asiduos a las misas de difuntos, porque difunto había, pero sin misa.

Marco Palmieri se persignó antes de avanzar hacia la sacristía. Gisela y Minerva entrecruzaron las miradas y, ligeras, dibujaron con la mano una cruz en el aire. Habían llegado al escenario del crimen, iniciaron su trabajo con minuciosidad, sin conversar, tenían un orden establecido y mucha disciplina. A Minerva le hablará la víctima. A Gisela, el lugar. Minerva observará y analizará en voz alta, es su manera de memorizar. Gisela se fijará en todo excepto en el muerto y tomará notas. Después, ambas, compartirán la información obtenida.

Minerva se acercó a la víctima y comenzó a relatar con voz media, justo en el tono necesario para que ella misma pudiera escucharse:

—El cuerpo hallado sin vida es de un varón, edad aproximada setenta años. Está tirado en el suelo, colocado boca arriba. Ataviado con ropas y zapatos propios de un sacerdote, no lleva alzacuello por lo que dicha parte de su anatomía queda a la vista. También son visibles la cabeza, el rostro y las manos. Tiene los ojos abiertos y ensangrentados. La cara muestra cianosis. Se observan equimosis en el cuello, pequeñas y redondeadas. Nos encontramos, sin duda, ante un caso de asfixia por estrangulamiento. No parece haber marcas de uñas en el cuello, ni excoriaciones. Tampoco hay marcas de lazo. Sí se evidencian presiones en toda la zona del cuello, por lo que deduzco que el estrangulamiento ha sido manual y han utilizado guantes. A simple vista, diría que lleva varias horas muerto, es muy probable que lo hayan asesinado durante la madrugada. Cuando lo han estrangulado estaba de pie y ha caído al suelo a plomo, debe de tener un hematoma grande en la espalda. Sin embargo, dudo que esté en la misma posición en la que ha caído, es demasiado perfecta. Lo han colocado recto, con las piernas y los brazos alienados al cuerpo. Parece como si el criminal lo hubiera expuesto para que fuese observado por otra persona... o personas...

Gisela tomaba notas en una libretita con un bolígrafo. Le gustaba escribir lo que veía para que no se le olvidase nada y hacerlo así, como los investigadores de épocas lejanas, cuando no existían ni los teléfonos móviles ni una simple grabadora.

Minerva se acercó a Gisela, había llegado el momento del levantamiento del cadáver. Ellas, el jefe de Policía y tres agentes más abandonaron la sacristía y cedieron el paso a la jueza, la Policía judicial y los médicos forenses.

Al pasar por delante de una puerta situada en una pared lateral de la iglesia, Minerva Nàcher sintió un repentino dolor de cabeza y presión en el pecho. Se detuvo. Algo la obligaba a mantenerse allí, como si le hubiesen atado una cadena a los pies y arrastrase una bola de hierro. Se puso una mano en el pecho y otra en la cabeza e intentó respirar despacio. Gisela se giró al darse cuenta de que Minerva se rezagaba y desanduvo sus pasos hasta llegar junto a la puerta.

—¿Qué te pasa? Has palidecido.

—¿Tú no sientes nada? —inquirió la investigadora.

—No. ¿Qué tengo que sentir? —se interesó Gisela.

—Por favor, toca esta puerta —le pidió Minerva.

—Nada —respondió Gisela, presionando su mano contra la puerta—. ¿Tú sientes algo raro? ¿Tienes un presentimiento?

Minerva se agarró al brazo de su amiga y se sintió a salvo, comenzaron a caminar despacio hacia la salida de la iglesia donde las esperaba Marco Palmieri. El exterior mostraba la oscuridad temprana de los días invernales. Minerva pensó que necesitaba un poco de descanso, era hora de retirarse al hotel y así se lo hizo saber a Marco.

Gisela Landon y Minerva Nàcher se alejaron de la iglesia Santa María Formosa sin prisas y con bastante información recabada. Minerva, se había centrado en lo que le decía el cadáver, y Gisela había escuchado al habitáculo, a la misteriosa sacristía. Aunque a ninguna de las dos les había pasado desapercibido el gesto angustioso y rígido de Marco Palmieri al ver a la víctima, y mucho menos su exclamación: «¡Páter Pietro!».

18

Veo a Fátima seria, su mirada es triste, muy diferente a la expresión de desconcertante sorpresa que puso al abrir los ojos y encontrarse de frente con el cura, con Paolo, y a cómo le habló. Es curioso que solo le hable a él. Ahora aquí, sentada en la cama junto a ella, percibo su entereza. Fátima siempre ha sido valiente, además de precavida, en cambio, yo he sido una valiente alocada incapaz de ver el riesgo propio, aunque sí el ajeno, por eso elegí el trabajo de ayudar a mujeres desprotegidas. A pesar de la desaparición de mi hermana y de las crudas historias que escuchaba y vivía a diario, nunca pensé que yo también podía correr ese tipo de riesgo. Ninguna de nosotras somos inmunes a los engaños, a los falsos sentimientos, a las bonitas palabras, a la credulidad, al amor fingido, a los manipuladores psicológicos, a sufrir el síndrome de Estocolmo, a aguantar insultos golpes y patadas... A los violadores, a los asesinos... Deberíamos aprender desde niñas, ¡nos deberían enseñar!, a detectar ese perfil de tipejos y a protegernos de ellos, porque es una evidencia que cada vez hay más víctimas. ¡Qué dura es la indefensión!

Alguien abre la puerta de la habitación. Son Minerva y Gisela. Ahora que estoy muerta retengo más los nombres que cuando estaba viva. ¿Para qué habrán vuelto?

—Minerva, no me parece bien ocultarle a Marco que veníamos de nuevo al hospital —ha dicho la guapa.

—Gisela, lo hemos decidido después de despedirnos de él. No veo la necesidad de informarle de cada paso que damos —replica Minerva, me gusta su carácter.

Fátima se ha puesto tensa al verlas. ¿Por qué se pone tan nerviosa? Lo lógico es que se sintiera aliviada de tener protección policial y que la investigadora esté ayudando a resolver qué y quién hay detrás de su desaparición.

—Hola, Fátima. Me alegro de encontrarte despierta. Te están bajando la dosis de medicación y pronto te darán el alta médica —le dice Minerva en tono cordial—. Supongo que estarás deseando volver a tu casa. No me voy a andar con rodeos, Fátima, tenemos que hablar. Espero que no te escudes tras el absurdo silencio al que recurres cuando intentamos conversar contigo. Ya hemos escuchado tu voz y constatado que, si callas, es por voluntad propia, así que te ruego que respondas a mis preguntas o pensaré que tuviste algo que ver con tu desaparición y durante cinco largos meses has hecho sufrir a tu familia, a tu novio, a tus amistades. Ni siquiera le has dirigido la palabra a tus padres, ¿me puedes explicar el motivo?

Mutismo absoluto por parte de mi hermana. Le tiembla todo el cuerpo, siento su miedo.

—Por favor, dame una explicación plausible —le insiste Minerva.

Yo también estoy a la espera de que diga algo, me tiene en ascuas. Hace unos movimientos con la boca; Minerva y Gisela la miran como si pudiesen hipnotizarla para sacarle alguna palabra. Fátima abre y cierra la boca como un pez ahogándose fuera del agua. Se escucha su respiración agitada. No suelta ni un fonema. Deja de mover la boca y cierra los ojos. Conozco muy bien esa reacción de mi hermana, cerrar los ojos cuando se siente cohibida, cuando le supera la realidad, es una forma de encerrarse en sí misma y pensar que si ella no ve a nadie, los demás tampoco la ven a ella. La investigadora hace un nuevo intento.

—Fátima, mi ayudante y yo hemos estado en la iglesia Santa María Formosa. De hecho, venimos de allí. Había un muerto en la sacristía, un cura estrangulado—. Minerva hace un gesto con las manos como si agarrase el cuello de alguien—. Sabemos que esta mañana vino a visitarte un cura y me pregunto si es el mismo al que han asesinado.

Mi hermana aprieta los ojos con fuerza y niega con la cabeza, la menea con rapidez, creo que está perdiendo el control. Cierra los puños de ambas manos agarrándose a la sábana, abre los ojos, clava la mirada en Minerva y espeta:

—¡Ayúdame!

No quiero que Fátima sufra, ¿cómo puedo evitarlo? Pongo mis esperanzas en Minerva, percibo que su intención de ayudarla es sincera. Mi hermana se levanta de la cama y camina unos pasos hacia la investigadora, creo que se le acerca para explicarle algo. Sí, le habla flojito, como si temiese que alguien más la pudiese escuchar. Sin embargo, en la habitación solo están Fátima, Minerva y Gisela; y yo, pero ellas no lo saben. «Sácame de aquí, estoy en peligro», ha susurrado mi hermana en el oído de Minerva.

—Señoras, vamos a hacer el cambio de turno. Me voy hasta mañana y se queda mi compañero. ¿Todo va bien? —ha interrumpido uno de los policías custodios.

—Quiero hacerle una pregunta, espéreme un momento afuera —le pide la investigadora.

Ahora le habla a mi hermana, le asegura que puede contar con su apoyo y con el de Gisela, que están en Venecia para ayudarla. Sus palabras calman a Fátima. Gisela se acerca y le da un abrazo, esta mujer, además de guapa, es cariñosa. Minerva sale de la habitación, voy con ella.

—Le agradezco la espera —se dirige al policía—. No quería que se fuese sin hacerle una pregunta importante para la investigación. Dígame, ¿cómo era el cura que dice haber visto esta mañana en la habitación de la paciente?

—Me ha sido imposible fijarme bien porque, en cuanto me ha visto entrar, se ha marchado a toda prisa. Era un cura joven, bien parecido. Y alto, medía unos dos palmos más que yo.

—Gracias —le responde Minerva—. ¡Ah!, otra cosa, ¿conocía usted al policía que se suicidó hace poco más de una semana, justo el día que encontraron a Fátima?

—Era, era un compañero, claro que lo conocía —titubea y desvía la mirada hacia el suelo—. Su muerte no tiene explicación, si es eso lo que quiere saber. Era un hombre agradable, alegre, servicial; es incomprensible que se haya quitado la vida. Su pérdida nos ha afectado a todos, en especial a su mejor amigo.

—¿Su mejor amigo? —cuestiona Minerva—. ¿De quién se trata?

—De Marco Palmieri, el jefe de Policía.

19

Las noches de insomnio pueden ser fructíferas. El ingenio humano se activa a cualquier hora, discurre entre la confusión, la mentira, la duda, el misterio…

En la ciudad de Tarragona, varias personas, desde diferentes lugares, cavilaban sobre lo mismo, aunque no de igual manera. Ese pensamiento común era el crimen de Lourdes Biosca…

Ricardo, el padre de las mellizas, había retomado el vicio de fumar. Su mujer no soportaba que la casa oliese a tabaco, así que, pese al frío, Ricardo salía a intoxicarse a la terraza. Daba caladas cortas y rápidas, como las conjeturas que atosigaban su mente: «¿Quién habrá asesinado a Lourdes? Es posible que tuviese una nueva relación y no lo supiésemos. Su ex, Héctor, nunca me ha gustado, y ese empeño por repetir hasta la saciedad que es inocente agrava mi sospecha. También puede haber sido alguno de los maltratadores de las mujeres a las que ayudaba mi hija. O alguien malo que no conocemos, o que sí, pero ni me atrevo a pensarlo».

Lidia tampoco podía conciliar el sueño. Comía y dormía poco desde que la desgracia entró en su hogar. Durante el transcurso de los días, a cada minuto, se disipaba su fe, se escabullía como previamente lo había hecho la felicidad. Y, a falta de fe para seguir viviendo, necesitaba respuestas: «¿Quién es el culpable? ¿Cómo buena cristiana lo perdonaré? No siento odio, ni rabia, pero tampoco capacidad de perdón, no con el asesino de mi hija. Sin embargo, quiero saber quién es, mirarlo de frente, maldecirlo, escupirle en la cara, descargar una parte del dolor que me desgarra el alma».

Héctor sentía la vulnerabilidad de su mala conciencia. Reconocía que no había sido un novio ejemplar. Atosigaba a Lourdes con sus celos obsesivos, la controlaba, la espiaba, la seguía a escondidas. La Policía lo había interrogado y entre la cascada de preguntas que le habían hecho, destacaba la de dónde se encontraba el día y a la hora que mataron a su exnovia: «¿Por qué he mentido? Tranquilo, Héctor, no pierdas los nervios. ¿Qué hubiese pasado si hubiese dicho la verdad? ¿Me habrían detenido? Quizás. Como poco, me habrían pinchado el teléfono y centrarían en mí la mayor parte de la investigación. Respira, respira, no hay huellas ni imágenes grabadas ni testigos. Insistiré en mi versión».

Elda, la amiga médium, recordaba cómo era cada una de ellas. Ya desde la infancia tan iguales y distintas. Su parecido físico contrastaba con la dicotomía de su personalidad. Si bien había algo en lo que eran idénticas, en la belleza de su corazón. Cada una a su manera, ambas eran especiales: «¿Dónde estás, Lourdes? No consigo contactar contigo. Espero que tu espíritu haya encontrado el camino hacia la paz. Aunque creo que la muerte terrenal es el paso a otra vida, me entristece haberte perdido tan pronto, cuando todavía tenías muchas cosas que hacer aquí. Apenas sé cómo consolar a tus padres; tu padre se ha cobijado en la resignación y para tu madre no existe consuelo posible. Yo también me siento confusa, ni mi espiritualidad ni mis creencias y experiencias evitan que mi mente y mi corazón clamen justicia».

Anselmo no paraba de dar vueltas en la cama, cambiaba de posición, buscaba la manera de que el sueño lo atrapase. A su lado, su nueva y joven compañera dormía bajo el efecto de los ansiolíticos. Anselmo se levantó, se enfundó en un batín, fue hasta el salón y se abrazó a una botella de Johnnie Walker de 18 años como si fuese la persona a la que más quería en el mundo. Se sirvió un *whisky* doble que fue deleitando mientras rumiaba: «Ángel no se toma la medicación, está demasiado alterado. Su comportamiento me exaspera. Además, me consume la duda de si le consideran sospechoso del asesinato de Lourdes y si le han interrogado».

Ángel Márquez vivía en el desconcierto. Era incapaz de hacer daño a alguien, se lo decía a sí mismo: «No he hecho nada malo... o eso creo... A veces tengo la mente espesa, confusa. Hoy me ha interrogado la policía, ¿cómo es posible que me hayan incluido en la lista de sospechosos de la muerte de Lourdes? Tampoco tiene sentido que hace cinco meses, cuando desapareció Fátima, recayesen las miradas de culpabilidad sobre mí, ¡solo discutimos un poco por una desavenencia puntual! Y ahora que ha aparecido, no me dejan verla. No entiendo nada de lo que sucede. Quiero muchísimo a Fátima, mi deseo es pasar el resto de mi vida con ella. Sé que entre nosotros eso será posible porque no me parezco a mi padre, creo que nunca ha querido a mi madre y ahora está liado con una mujer más joven. Puede que yo sea raro, un hombre que cree en el amor para toda la vida; mi mayor deseo es vivir y envejecer junto a Fátima».

Eloísa, la madre de Ángel, era una bendición para su hijo. Aunque la plena confianza que tenía en él no evitaba un atisbo de duda y preocupación: «Me siento culpable de haber permitido el avasallamiento que mi exmarido ejercía sobre mi hijo. ¿Por qué seguí durante años atada a un ser tan prepotente e incomprensivo? Anselmo siempre fue muy exigente con Ángel, quería endurecerle el carácter para que se pareciese a él, sin embargo, mi hijo se parece más a mí, es una persona sensible y cariñosa. Sufro a la par que él porque lo consideran sospechoso en la muerte de

Lourdes y de la desaparición de Fátima. Si lo conociesen bien no, pensarían mal de él, ¡es un trozo de pan! Es innegable que, a raíz del accidente, cambió. A veces se encierra en sí mismo. La dichosa moto que le había regalado su padre cuando cumplió veinte años casi lo mata a los veintiuno. Ángel compaginaba los estudios universitarios con el trabajo en un laboratorio. Aquel día comió rápido, agarró el casco y subió a la moto. Media hora más tarde mi hijo estaba en coma. Le han quedado secuelas, pero la maldad no es una de ellas».

En Venecia, aquella noche estaba siendo larga para Minerva y Gisela. Se habían quedado charlando en la habitación de Minerva, ataviadas con el pijama, tumbadas en la cama bajo el edredón que las acariciaba con su suavidad y aroma a limpio. Los temas de conversación eran recurrentes, la investigación todavía estaba envuelta en una nube oscura y difusa, si bien ambas coincidían en que la aparición de Fátima estaba relacionada con la muerte de Lourdes.

Justo ahora que despuntaba el día, el cansancio las obligaba a cerrar los ojos, empezaban a quedarse traspuestas con las cabezas apoyadas sobres los mullidos almohadones. No hizo falta el despertador para que se levantasen de golpe, alarmadas por el inesperado sonido del teléfono móvil de Minerva. Miró la pantalla, desconocía el número. Respondió.

—Diga.

—Buenos días, Minerva. Soy la doctora Rossi. Disculpa que te moleste tan temprano, pero hay algo que considero importante que sepas y, tanto ayer como el otro día, me olvidé de decírtelo.

—Buenos días, doctora. ¿De qué se trata?

—Hay un dato relevante en el examen médico de Fátima. Sobre todo, el hecho me llama la atención por su juventud; si fuese una mujer de más edad, lo encontraría normal.

—Doctora Rossi, le ruego que vaya al grano —le pidió la investigadora cansada de secretos y medias verdades.

—Fátima Biosca tenía ligadas las trompas.

—¡¿Qué?! —preguntó Minerva, incrédula.

20

Mi hermana ha pasado mala noche, le costó conciliar el sueño. Supongo que es porque en cuanto se va la enfermera que le trae la medicación, ella se levanta y tira por el inodoro las pastillas que la aturdían y provocaban somnolencia. Durante el breve rato que ha dormido, nombraba a Ángel.

Recuerdo el día que Ángel tuvo el accidente. Aquella tarde coincidimos las tres en casa: mamá, mi hermana y yo. Habíamos comido juntas y alargado la sobremesa con una de las charlas «interrogatorio-sermón» que tanto le gustan a nuestra madre: lo bonito que sería que nos casásemos el mismo día y por supuesto en una ceremonia eclesiástica; las ganas que tenía de ser abuela, pero que no tuviésemos prisas; lo feliz que era cuando nos veía juntas... Nos hizo prometerle que siempre nos querríamos y, en cualquier circunstancia, seríamos el apoyo la una de la otra.

La terrible noticia llegó a través de una llamada que Eloísa le hizo a mi hermana desde el hospital. Acudimos las tres a urgencias. Fuimos en mi coche, mi hermana temblaba de manera incontrolable y lloraba tanto que las lágrimas le impedían ver. Por primera vez noté su vulnerabilidad y supe lo que la ocasionaba. Mi hermana tiene la fortaleza de sobreponerse a cualquier cosa, por dura que sea, siempre que le suceda directamente a ella, a su persona. Sin embargo, es muy sensible ante el sufrimiento de los demás, en especial de las personas que quiere. Y en el momento en que recibió la noticia de que su novio había sufrido un accidente y estaba en la UCI, su entereza se diluyó, convirtiéndose en un charco de aflicción. Cuando llegamos al hospital, la madre de Ángel estaba sola e inmersa en el desconsuelo, su hijo había entrado en coma. Su marido, Anselmo, estaba de viaje por motivos laborales. Pasamos toda la noche en el hospital las cuatro juntas. Eloísa nos contó lo sucedido entre amargos suspiros que le rompían las palabras: Ángel comió en casa y sin demora, salió hacia el laboratorio donde trabajaba. Sobre el recibidor de la entrada había dos cascos, el suyo y el de su padre. Cogió uno al azar y subió en la moto. A los pocos minutos chocó con una furgoneta que se había saltado un stop. Su cuerpo salió disparado y el casco, que era el de su padre y no se le ajustaba, voló por los aires. La cabeza de Ángel quedó desprotegida y sufrió un fortísimo golpe en el lóbulo frontal.

Estuvo quince días en coma y cuando despertó, empezaron los brotes psicóticos...

21

«Una mujer joven, de veintitrés años, no se somete voluntariamente a una ligadura de trompas. Las trompas de Falopio conectan los ovarios al útero. Las mujeres a las que se realiza este tipo de cirugía ya no pueden quedarse embarazadas», pensaba en silencio Minerva.

—¿Qué pasa, Minerva?, ¿por qué te has quedado muda? —le preguntó Gisela.

—Pienso...

—¿En qué?

—En lo que me ha comunicado la doctora Rossi. Dice que Fátima tiene hecha una ligadura de trompas.

Gisela Landon la miró boquiabierta. Las elucubraciones de ambas parecían interconectarse en una mañana que empezaba tanto o más desasosegante de lo que había sido la noche.

—¡Es absurdo! Fátima es joven, tiene novio y planes de futuro con él. ¿Por qué iba a someterse a una ligadura de trompas? ¿Quería evitar posibles embarazos? No lo entiendo —expelió Gisela.

—Yo empiezo a entender... —dijo Minerva—. Gisela, escúchame bien, no podemos fiarnos de nadie. La única persona que me da un poco de confianza es la doctora Rossi.

—¿Y Marco Palmieri?

—No, en absoluto —habló con firmeza—. Sé que te gusta, Gisela, me he fijado en tus reacciones cuando lo tienes delante. Por favor, desconfía de él, por lo menos de momento, hasta que esclarezcamos algunos temas.

Gisela hizo una mueca de fastidio con la boca y fue hasta su habitación a darse una ducha estimulante. Estaba muy cansada, el fuerte dolor que tenía en el bajo vientre era señal de que se acercaba su menstruación. De repente, recordó algo y desanduvo sus pasos volviendo a la alcoba de Minerva.

—Quería preguntarte una cosa y con todo lo que hemos hablado esta noche se me había pasado.

—Dime —le mostró una sonrisa conciliadora. Sabía que a Gisela no le había gustado su comentario sobre el jefe de Policía.

—Ayer me dijiste que el cura hallado muerto en la iglesia Santa María Formosa había sido asesinado. ¿Estás segura? Quizá se quitó la vida.

—Ya te adelanté que había muerto asfixiado, la autopsia lo confirmará. Durante la inspección ocular observé pruebas claras de una estrangulación manual por comprensión del cuello. En estos casos, queda descartado el suicidio, la estrangulación a mano es siempre homicida ya que se debe mantener la presión después de haber perdido el conocimiento —explicó Minerva—. Por cierto, tienes mala cara, ¿te pasa algo?

—Se me ha juntado el cansancio con la inflamación de ovarios —se encogió de hombros y caminó despacio hasta el baño.

Minerva se puso un albornoz sobre el pijama y salió al balcón. El frío de la mañana avivó su raciocinio y capacidad de dilucidar. Se alegró de ver el cielo azul sin mácula de niebla. Venecia despertaba y se evidenciaba el incipiente ajetreo del Gran Canal, por donde algunos gondoleros madrugadores deleitaban a los enamorados con una serenata. La imagen de Víctor, el hombre al que amaba, cruzó el pensamiento de la investigadora y exhaló un suspiro de nostalgia acompañado por la tentación de hablar con él. Se retuvo, repitiéndose que debía concentrarse en la investigación, el enamoramiento era un estado emocional turbador del que en ese momento debía alejarse. Entró en la habitación y empezó a hacer esquemas mentales que repetía en voz susurrante mientras caminaba por el amplio cuarto, de un lado a otro, en círculo, en diagonal...

«Me gustaría que mis sospechas no fuesen certeras, presiento que lo son y que descubriré más detalles en los que profundizar, indicios, datos y pruebas que me irán ayudando a esclarecer este doble caso de las hermanas Biosca. Aunque intento centrarme en el trabajo, echo de menos a Víctor, a toda mi familia de acogida y en especial, a María, mi abuela biológica, de cuya existencia no sabía hasta hace poco. Lo primero que haré a mi vuelta a España será ir a verla. Creo que nos encontramos ante uno de esos casos escabrosos e incomprensibles. Y los implicados, lo digo en plural, ya que no me cabe duda alguna de que hay más de uno, coexisten camuflados tras apariencias normales y vidas rutinarias.

En mi esquema mental, he vuelto a clasificar a Marco Palmieri como sospechoso. Tras dudar de su sinceridad y pasar por una fase en la que he intentado confiar en él, los últimos acontecimientos me han llevado a considerarlo no exento de culpabilidad. Espero estar equivocada y que me dé una explicación convincente sobre su relación con el agente de policía que se suicidó y me diga de qué conocía al cura estrangulado.

Lo prioritario es poner a salvo a Fátima. El hospital no es un lugar seguro y menos con los guardias que se supone que la protegen, cuando la mayor parte del tiempo están dando cabezadas. El hecho de que ayer me pidiese ayuda, añadido a lo que hace un momento me ha comentado la doctora Rossi, me hace pensar que mis sospechas no son infundadas. Doy incesantes vueltas a tres premisas: la vestimenta que llevaba Fátima cuando la encontraron; que hayan desaparecido otras turistas de edad similar, y la curiosa circunstancia de que todas ellas sean mujeres cultivadas, instruidas, con interés por el arte y la literatura..., piensa, Minerva, piensa... Jóvenes, cultas, atractivas, ropa de *cortigiane oneste*... ¡Eso es, lo tengo, Verónica Franco es la clave!».

Minerva se detuvo en seco y exclamó el nombre de su ayudante. Al no obtener respuesta entró en su habitación. Gisela estaba sentada en un sillón propio del palacio que en otra época había sido el hotel. Estaba ojerosa con una mano sobre el vientre.

—¿Qué te pasa? —Minerva se acercó a ella preocupada.

—Tranquila, no es nada. Me ha bajado la regla y me duele la cabeza, la barriga, las lumbares, en fin, lo de cada mes.

—Tómate algo y acuéstate. Yo tengo que salir. ¿Quieres que llame y pida que te suban el desayuno?

Gisela negó con la cabeza, sacó la lengua e hizo el gesto de vomitar.

—Me queda claro —dijo Minerva—. Duerme un rato, te despertaré cuando vuelva.

Minerva Nàcher salió del hotel con rumbo fijo hacia el lugar que, desde que estaba en Venecia, visitaba a diario: el hospital. Avanzaba por el pasillo y cerca de la habitación de Fátima se detuvo, resopló y volvió hasta la máquina expendedora de café. Con un vaso repleto de cafeína se posó frente al policía custodio y se lo dio.

—¡Despierte! ¡Tenga, bébase esto, todo, hasta la última gota! —expelió y refunfuñó ante el sobresalto del policía—. Ahórrese el darme las gracias, me conformo con que se mantenga despierto —zanjó e irrumpió en la habitación donde la doctora Rossi atendía a Fátima Biosca.

—Buenos días —saludó.

—Hola, Minerva. Me alegro de verte —la doctora le ofreció una sonrisa sincera—. Le estaba comunicando a Fátima la probabilidad de que pronto le dé el alta médica.

—Es una gran noticia, ¿no crees? —se pronunció Minerva dirigiéndose a Fátima.

—Sí, supongo que sí... —dudó algo confusa, pensativa.

—Fátima, he venido a ver cómo te encuentras hoy y a hacerte una pregunta que quizá te suene extraña. Respóndeme solo si quieres, pero recuerda que me pediste ayuda y lo que intento es ayudarte, pero me va a ser difícil sin tu colaboración —Minerva tomó asiento a los pies de la cama, buscando la proximidad de la joven, su confianza.

—¿Cuál es la pregunta? —se interesó la paciente.

La doctora Rossi escuchaba expectante.

—¿Te sugiere algo el nombre de Verónica Franco?

Pese a que Minerva habló en voz pausada e incluso cariñosa, en el rostro de Fátima se reflejó la angustia que tanto la atormentaba. Tragó saliva varias veces seguidas, como si tuviese un obstáculo en la garganta. Las lágrimas empezaron a humedecer sus ojos azules, otorgándoles un brillante tono esmeralda que desentonaba con su mirada de terror. La sensación de que algo le obstruía la respiración le produjo náuseas y, entre arcada y arcada, escupió:

—¡Todas éramos Verónica Franco!

Venecia. Cinco meses antes.

En los dos días que llevan en Venecia, Ángel ha percibido la tensión que desprende Fátima y no entiende el porqué. Habían planeado el viaje con una ilusión desbordante de la que a Fátima no le queda ni la sombra. Ángel cree que es culpa suya, que con toda seguridad está haciendo algo que a su novia le molesta, pero de ser así, sus actos no son premeditados; él ama a Fátima y lo único que desea es que ella sea feliz.

Habrían preferido hacer el viaje solos, como en un principio tenían previsto, la compañía de Lourdes y Héctor, en cierto modo, los aturde, sobre todo a Fátima. Ángel se ha percatado de los desaires que su novia le hace a Héctor en cuanto este propone cualquier cosa.

La pareja que conforman Lourdes y Héctor es muy distinta a la de Fátima y Ángel. La primera es un torbellino de emociones fuertes, continuadas, explosivas; se pelean, rompen la relación y la retoman varias veces al día. En cambio, Fátima y Ángel son puro sentimiento y si tienen alguna desavenencia, la solucionan con diálogo. Nunca han pensado en dejar su relación, al contrario, comparten la intención de afianzarla, casarse y crear una familia.

—Ángel, ¿qué te parece si hoy nos vamos a nuestro aire? —le propone Fátima. Están despiertos, desnudos sobre la cama, asidos de la mano.

—Lo que tú quieras, cariño. Aunque no creo que a tu hermana le agrade la idea.

—Es una mandona, le gusta organizarlo todo y no compartimos gustos. Y Héctor es mucho peor... —reconoce Fátima—. ¡Hoy nos escapamos! —asevera, se miran, se acarician, se besan, se abrazan piel con piel...

En otra habitación del sencillo hotel, donde comparten cama Lourdes y Héctor, el despertar ha sido agitado.

—Haz algo con esto —Héctor coge la mano de Lourdes y la pone sobre su miembro erecto.

—Apáñate tú. Tengo sueño —Lourdes retira la mano y se da media vuelta en la cama.

—Hemos quedado con tu hermana a las diez y son las nueve. ¡Espabila! —habla molesto.

Lourdes da un salto de la cama, está de mal humor. Se pregunta qué hace junto a un hombre al que cada día soporta menos. En su trabajo está acostumbrada a dar muchos consejos, sin embargo, ella no se aplica ninguno.

—Antes de darme una ducha para quitarme tu desagradable olor, te voy a hacer una propuesta —le habla despectiva—. ¡Vete!

—Tranquiiiiilaaaa —La trata como si fuese una yegua salvaje y la intentase domar—. Me siento amenazado por esos arrebatos que te dan. Dúchate, seguro que te calmas.

Héctor intenta aplacar la tensión. Sabe que la única manera de estar cerca de Fátima es a través de Lourdes, y ese es el motivo por el que la aguanta. También porque no le gusta que lo dejen. Si alguien rompe la relación tiene que ser él. Su ego es demasiado grande.

Lourdes, posicionada bajo la roseta, agradece la tibieza del agua que resbala por su cuerpo. «Es insoportable, le he cogido asco», se dice a sí misma enjabonándose. «Voy a mantener la calma por mi hermana, para no fastidiarle las vacaciones, pero en cuanto volvamos a Tarragona me libero de Héctor. Hasta entonces, me mantendré aséptica con él.»

Son las 9:45, Ángel y Fátima salen del cuarto a paso ligero y caminan hacia la salida del hotel. Una vez fuera, respiran aliviados, se miran, se sonríen como niños traviesos que inician una aventura. El entusiasmo se lo trunca una voz que Fátima detesta: la de Héctor.

—*Hey*, ¿dónde vais tan temprano? ¿Os queríais escapar? —suelta una carcajada sarcástica.

Tras él aparece Lourdes.

—¿Qué pasa? —mira a su hermana y a Ángel—. ¿Os ibais sin nosotros? —se extraña.

—Lourdes, necesito hablar contigo. A solas —le dice Fátima.

Las dos hermanas caminan un trecho, el espacio suficiente para no ser escuchadas por sus respectivas parejas.

—Por favor, Lourdes, no te lo tomes a mal. Hoy me gustaría estar a solas con Ángel. Quiero visitar iglesias y sé que a ti te agobian. Sabes que me apasiona el arte. Las iglesias y catedrales son lugares repletos de pinturas, esculturas y secretos de la antigüedad —le explica Fátima.

—Vale, me parece lógico. Si tienes algún problema me llamas enseguida.

Lourdes pasa con suavidad sus manos por el rostro de su hermana. Fátima le da un beso en la mejilla.

Desde la corta distancia, Héctor las observa temeroso de lo que Fátima pueda decir.

«Cuando se es feliz, el tiempo pasa demasiado rápido, de ahí las ganas de querer detenerlo para que se eternicen esos maravillosos momentos que no volverán», piensa Fátima Biosca tras una placentera jornada a solas con Ángel.

—Estoy felizmente agotada —afirma Fátima con la cabeza apoyada sobre el hombro de su novio.

—Pese al dolor de piernas, te aseguro que volvería a recorrer todos los monumentos eclesiásticos con tal de estar a solas contigo. Ahora disfrutemos del paseo en góndola —dice él.

El aire liviano del mes de julio que se respira en el Gran Canal les atenúa el cansancio que han acumulado durante el día.

—Con el jaleo de esta mañana me he olvidado preguntarte si te has tomado la pastilla —quiere saber Fátima.

—Eres como mi madre, estáis obsesionadas con mi medicación. Claro que me la he tomado. No es necesario que me lo recordéis a diario. Soy una persona adulta y consciente de que, por ahora, la pastillita forma parte de mi desayuno. —Ángel le da un beso en la frente.

Los pensamientos de Fátima navegan en silencio con ella. Se entremezcla la felicidad con el conflicto. Siente remordimientos por ocultarle a Lourdes y a Ángel el acoso que sufre por parte de Héctor. Debería contárselo a ambos, pero quiere evitar dañarlos, por eso se resiste a decirlo. Siente una contradicción interna; ella, que siempre ha defendido la sinceridad, ahora la rehúye. Se abraza con fuerza a Ángel, él le acaricia el cabello y le susurra «te quiero».

Lourdes y Héctor están sentados en un banco, aburridos. De vez en cuando cruzan alguna palabra.

—Creo que nos teníamos que haber quedado en Tarragona y dejar que los tortolitos hicieran este viaje solos. Venecia rezuma romanticismo y entre nosotros no lo hay —suelta Lourdes.

—Cierto —Héctor le da la razón—. Aunque no creas que somos un estorbo para ellos. Si te propuse venir fue porque tu hermana me lo pidió —agrega.

—¿¡Cómo!? Mi hermana te pidió... ¿el qué? —parpadea Lourdes, anonadada.

—Me dijo que se sentía insegura junto a Ángel y viajar a un lugar desconocido con él la asustaba.

—Héctor, ¿por qué será que no te creo? De ser así, mi hermana me lo hubiese dicho a mí —le responde con sequedad.

—No sé cómo decirte esto sin hacerte daño, Lourdes... Verás, Fátima no es tan santa como parece. Me está acosando, me ha pedido varias veces que te deje y nos vayamos juntos. Si está con Ángel es por pena y porque espera que yo tome una decisión. He intentado convencerla de que conmigo no tiene nada que hacer, y, aun así, insiste.

—¡Qué tontería! Mienteeesss. ¿Estás fantaseando con mi hermana? —Lourdes le clava la mirada, Héctor la mantiene, desafiante.

22

Mi madre roza el fanatismo cristiano. Desde siempre nos ha dicho que, al traspasar el umbral de la vida, nos esperan Dios y los seres queridos que dejaron este mundo antes que nosotros. En lugar de cuentos infantiles, nos leía la Biblia a edad tan temprana que éramos incapaces de entenderla o de interpretarla. Aunque, de escuchar repetitivamente durante años las mismas palabras, los mismos mensajes, al final sucede como con los anuncios y la publicidad subliminal: machacan tu voluntad y se te instalan en el cerebro.

De momento, todavía no he visto a Dios; ese Dios misericordioso que perdona al arrepentido. Y me pregunto, si cuando mi asesino muera, muestra arrepentimiento, ¿Dios lo perdonará? ¡Qué más me da si ni siquiera soy creyente! Lo que sí espero es que se le juzgue en vida.

Por cierto, he vuelto al lugar donde el criminal hundió mi cuerpo, en este mini laguito o *ullal* que es como se denomina. Despuntaba el día cuando me he venido hasta aquí, mi hermana dormía. Quería ir directamente a ver a mis padres, también tengo que visitar a Elda e intentar que, como la médium que dice ser, me vea o me perciba de alguna manera. La cuestión es que he hecho una paradita sin sentido en este lugar que solo me aporta malos recuerdos. Hasta muerta soy incomprensible. La de veces que mi madre me ha dicho: «Lourdes, hija, no te entiendo.» Y es que para según quien, resulto un poco complicada.

Veo que un coche se acerca y se detiene ante el cartel explicativo de Los *Ullals* de Baltasar. Yo leí toda la información cuando mi cuerpo estaba hundido en el fondo de uno de ellos y mi espíritu flotaba por aquí, y estuve un rato repitiendo, como si fuese el estribillo de una canción, la frase final: «Los Ullals, ¡disfrutémoslos y conservémoslos!» Hasta le puse música. ¡Qué cosas más raras hacemos los muertos! La verdad, esta zona tiene un encanto especial; todo el entorno es peculiar. Aunque ahora lo envuelve el manto lúgubre del invierno, en primavera y verano debe ser un lugar bonito. Si estuviese viva me gustaría visitarlo y disfrutar de un paseo relajante entre la espesura de la arboleda. Estos eucaliptos deben ser centenarios, la de cosas que habrán presenciado. Sus raíces, que sobresalen de la tierra, parecen dedos gigantescos en forma de garras que se aferran a su espacio natural. Me gustan los nenúfares que flotan en las aguas de los *ullals*; cuando emergí del fondo, mi pelo se enredó con alguno. Las pasarelas de madera que marcan el recorrido necesitan algún arreglillo, con un poco de mantenimiento serían más seguras, ahora hay traviesas fuera de lugar, medio hundidas.

El vehículo ha parado el motor. Me acerco. Es el mismo modelo y color que el coche de mi padre. El conductor abre la puerta y sale. ¡¿Es mi padre?!

La mañana del día que me mataron, mi padre, mi madre y yo discutimos. No fue una pelea, más bien fue un intercambio de opiniones antagónicas. Ni era la primera vez que diferíamos ni sería la última. ¡Vaya!, eso es lo que siempre se piensa, pero en esta ocasión sí fue la última... Quizás mis padres viven con la pena de que nuestras palabras finales no fueron un cariñoso «que tengáis un buen día», por mi parte ni un «te queremos, Lourdes», por la suya. Ellos recriminaron mi cabezonería y yo me despedí con un portazo.

La culpa de nuestra desavenencia la tuvieron las lenguas viperinas del grupo a quien llamo *las licuadoras*. *Las licuadoras* son un grupo de mujeres que ven pecado en todas partes y, donde no lo ven, se lo inventan. Creadoras feroces de chismes, conocen a mi madre de coincidir los domingos en misa y llevan tiempo tras ella intentando que pase a formar parte del dichoso grupito. Les puse el mote por su afán insaciable de despotricar sobre los demás ¡pobre de la víctima que elijan!, le sacan todo el jugo.

La cuestión es que cuando llegué a casa por la tarde, después del trabajo, el día antes de mi muerte, me encontré a *las licuadoras* sentadas junto a mi madre en los sofás del salón, chismorreando, claro. Dije «buenas tardes» con mala cara y ellas me respondieron con un «buenas tardes, guapa», todas con la misma sonrisa hipócrita que parece que tengan ensayada. Mi madre solo me miró. Fui hasta mi habitación y no salí hasta el día siguiente para evitar un enfrentamiento con mamá. Sabía que me iba a reprochar que saludase con cara de grima. Pude dormir tranquila, pero la reprimenda llegó por la mañana, a la hora del desayuno, antes de irme a trabajar.

—Eres incorregible. ¿Dónde está tu educación? —fueron los buenos días que me dio mi madre cuando traspasé la puerta de la cocina.

—Si te refieres a mi saludo a *las licuadoras,* fui lo más correcta que pude.

—¡Deja de llamarlas así! Vinieron a darme consuelo. Ya hace cinco meses que no sabemos nada de tu hermana...

—Son falsas, mamá. Se aprovechan de tu pena para conseguir integrarte en su maléfico grupo.

—¡Basta, Lourdes! —ordenó mi padre presenciándose—. Eres una contestona. ¿Por qué no intentas parecerte a tu hermana?

—Nunca supliré la ausencia de Fátima. Si os supongo un estorbo, hoy mismo empezaré a buscar piso de alquiler —zanjé con un portazo.

Sé que tengo un carácter impulsivo, y durante el día me arrepentí de lo que les dije.

Mi padre está apoyado en su coche como si esperase a alguien, ¡qué extraño! Ahora llegan dos coches más; aparcan cerca de donde está mi padre. Salen y caminan hacia él. ¿Qué hacen estos aquí? No entiendo nada. Anselmo Márquez, mi ex, Héctor, y papá, se saludan y forman un aireado corrillo.

23

La frase exclamada por Fátima «¡Todas éramos Verónica Franco!», retumbó por la habitación azotando los oídos de Minerva y de la doctora Rossi quien, sorprendida, enseguida reaccionó.

—¿Estamos hablando de la famosa cortesana del siglo XVI? —inquirió, arqueando las cejas—. ¿Qué locura es esa de que «todas erais Verónica Franco»? —clavó la mirada en Fátima.

—Veo que conoce la historia de su ciudad, doctora Rossi —intervino Minerva—. Creo que deberíamos hablar a solas y dejar que Fátima se tranquilice.

—Sí, claro. Le pediré a una enfermera que le dé un relajante y se quede con ella un rato. Nosotras hablaremos en mi despacho —otorgó la doctora cargada de interrogantes.

De camino al despacho de la doctora Rossi, Minerva iba inmersa en sus cavilaciones: «Ahora entiendo la reacción de Fátima cuando le nombré a Ángel, no fue de miedo, fue de vergüenza. Ha vivido cinco meses sometida y ultrajada. Le han practicado una ligadura de trompas con la que han querido evitar embarazos, es obvio. Dice que todas eran Verónica Franco, lo que me lleva a pensar que ha sido prostituida junto con otras mujeres, posiblemente las jóvenes turistas desaparecidas de las que nos habló Marco Palmieri. ¿Por qué las llaman Verónica Franco a todas? ¿Quién hay detrás de esto?».

—¿Qué murmuras Minerva? —preguntó la doctora Rossi mientras caminaban hacia su despacho.

—Cosas mías. A veces, para ordenarme las ideas, pienso a media voz.

La psiquiatra asintió con la cabeza, con naturalidad. Por su profesión estaba acostumbrada a escuchar hablar a las personas sin existencia de interlocutor, incluso ella lo hacía de vez en cuando. En algunos casos era un síntoma de esquizofrenia u otro tipo de patología, en este no. Los soliloquios eran la manera que utilizaba mucha gente, como ella y como Minerva, para ordenar sus ideas y emociones.

El despacho de la psiquiatra semejaba un centro budista. Sobre su amplia mesa, junto al ordenador, reposaban pequeñas figuritas de diferentes tipos de budas y sus mudras. De las paredes, además de un sinfín de títulos enmarcados, colgaban fotos de la doctora en distintos lugares de Tailandia, la India, y resaltaba una del Tíbet en la que sonreía junto a un grupo de personas.

—Toma asiento, Minerva. Y, por favor, dime qué relación hay entre la cortesana más famosa de la historia de Venecia y mi paciente. —La miró atenta.

—Doctora Rossi, todavía no lo sé, pero mi intuición y los datos que hasta ahora tenemos de la investigación me han llevado a pensar en Verónica Franco.

—Llámame Rossi a secas. Es obvio, por la reacción de Fátima, que tu intuición ha sido acertada. Hace muy poco que nos conocemos, Minerva, sin embargo, tengo la sensación de que puedo confiar en ti. Dime, ¿qué está pasando?

La doctora Rossi se apoyó en el respaldo de la silla, cruzó los brazos y, con aire circunspecto, esperó una explicación verosímil por parte de Minerva. La investigadora le respondió con una sonrisa prieta.

—Antes de que yo me sincere necesito que lo hagas tú. No me ha pasado inadvertida la relación que tienes con Marco Palmieri. ¿Me la cuentas?

Minerva intentó escudriñar los pensamientos de Rossi y la doctora se sintió contrariada por la pregunta. Frunció las cejas, insegura de contestar, era reservada para hablar de su vida íntima. Aun así, lejos de mostrarse evasiva, manifestó interés por el motivo que llevaba a la investigadora a ser tan directa lanzándole la cuestión. Habría desconfiado si, con artimañas, Minerva le hubiese intentado sonsacar dicha información. Respondió sin remilgos.

—Mantuvimos una relación sentimental corta, de tan solo tres meses. En lo único que nos acoplábamos a la perfección era en el sexo, pero yo necesito algo más para no cansarme y, como no lo hubo, me cansé y se acabó. En todo lo demás éramos, como se suele decir, una pareja de caracteres incompatibles.

—¿Se tomó mal que rompieses con él? —preguntó Minerva en tono incisivo.

—¡En absoluto! De hecho, somos amigos. Marco es una buena persona, con sus rarezas. ¿Y quién no las tiene? Lo que pasa es que para mí, las suyas eran desconcertantes y sobre todo me aburría, me aburría mucho —aclaró la doctora Rossi y fijó la mirada en el exterior a través de la ventana, rememorando—. A veces estábamos hablando y de repente se callaba. Yo le preguntaba si sucedía algo y no obtenía respuesta, se mantenía en silencio, serio. Al principio no le di demasiada importancia, sin embargo, no tardé en darme cuenta de que, aparte de eso, había muchas más cosas que nos distanciaban. Marco está inmerso en su trabajo. Es una persona obstinada, hermética, no le gusta socializar, se encierra en sí mismo y muestra enfado sin motivo aparente. Entiendo que su profesión es dura, pero la mía también lo es y necesito mantener un equilibrio mental y emocional. Soy una persona alegre y positiva, Minerva, y en el tiempo que fuimos pareja casi consigue arrastrarme a su amargura —volvió a fijar la mirada en la investigadora.

—Te entiendo... —repuso Minerva—. He oído por ahí que Marco era muy amigo del policía que se suicidó el día que hallaron a Fátima. ¿Tú sabes algo?

La doctora Rossi movió de un lado a otro la cabeza azorada por la inesperada pregunta. Se recompuso en un santiamén e intentó responder con mesura.

—Sí, eran amigos. Por cierto, ¿dónde está tu amiga? Me refiero a Gisela, tu ayudante. —La doctora encontró un modo para desviar el tema de conversación.

—Esta mañana se sentía indispuesta y se ha quedado descansando en el hotel. No es nada preocupante, cosas de cada mes. Te agradezco que te intereses por ella —le sonrió Minerva—. Prosigamos, Rossi. ¿Qué sabes del agente que se suicidó? —la investigadora hizo hincapié en la pregunta.

—Verás, no puedo contarte mucho sobre Vincenzo porque era paciente mío. El secreto profesional, la confidencialidad... ya sabes.

La doctora hizo un nuevo intento para escabullirse del tema sin imaginarse lo implacable que podía ser Minerva Nàcher. Sin embargo, la investigadora no quería atosigarla, corría el riesgo de que se pusiese a la defensiva y necesitaba su colaboración. El hecho de que el policía suicida hubiera sido paciente de Rossi acrecentaba su interés por saber más. La doctora tenía una información que podía ser relevante en la investigación; como mínimo, seguro que resultaba útil.

Minerva respiró hondo, alzó el cuello con disimulo al tiempo que sonreía con suavidad, como si se deshiciera de la tensión cervical para bajar sus niveles de cortisol. Mientras, pensaba en la manera de persuadir a la doctora Rossi y que siguiese confiando en ella. Le habló con delicadeza, disminuyendo la intensidad de su vehemencia.

—Rossi, él está muerto, no tienes que seguir manteniendo la confidencialidad. Además, te lo pido por Fátima, nos necesita. Sé que me vas a ayudar. Estamos ante un asunto turbio, muy turbio, me temo.

—¡Me estás presionando, Minerva! —exclamó con voz adusta—, pero creo que tienes razón, disculpa mi arrebato —aplacó el tono—. Estoy un poco agobiada. ¿Qué te parece si salimos del hospital y hablamos distendidamente en un lugar tranquilo? —propuso.

—Excelente idea—. Minerva le guiñó un ojo.

La complicidad entre la doctora Rossi y Minerva Nàcher acababa de iniciarse en ese preciso instante.

El páter Paolo Chisso estaba encerrado en la que fue su habitación cuando era niño. No era un cuarto infantil, nunca lo había sido, era un lugar sobrio con un escritorio sobre el que perduraba una antigua bola del mundo, una cama estrecha en la que ahora le sobresalían los pies, una mesilla de noche y poco más. Pese a que detestaba a su madre, siempre acababa acudiendo a ella, a refugiarse en aquella casa donde había nacido y vivido durante ocho años. Tapado hasta la cabeza, escondía su miedo bajo la manta. El enfrentamiento consigo mismo lo estaba enloqueciendo, sus pensamientos forcejeaban entre ellos y ninguno desistía en favor de los otros. Arrepentido de sus actos, excepto de uno, buscaba el valor para entregarse a la Policía y contarlo todo; pero era débil, cobarde y manipulable.

—Abre la puerta, ¡ya! Tenemos que hablar —le exigió una voz afónica.

La doctora Rossi y Minerva cruzaron la Plaza de San Marcos y se sentaron en un banco frente a la bahía. La ausencia de niebla les regalaba una visibilidad perfecta de la belleza de la amplitud del dorado sol reflejado en las aguas. Estaban solas, no había nadie a su alrededor. El lugar era ideal para seguir conversando con la serenidad e inteligencia que ambas poseían.

—Rossi, creo que el jefe de Policía se calla cosas relevantes para la investigación y por eso no avanzamos —se sinceró Minerva.

—¡Pero si solo llevas cinco días en Venecia! Un asunto como este no se resuelve en un plis. —La doctora alzó ambas manos como clamando paciencia—. Sobre Marco, ya te he dicho que es una persona reservada...

—Tienes razón. Hay ciertos asuntos que, si bien requieren inmediatez, se alargan. Algunos, indefinidamente. —Dime, ¿cuánto tiempo estuviste tratando a Vincenzo?

—¡Eres incapaz de tomarte un respiro! —Rossi dejó escapar una risa fugaz y recordó, fijando la mirada en el horizonte, más allá de las aguas de la bahía—. Casi un año, con interrupciones. Era inconstante en las visitas —dijo poniéndose seria—. Aparte de mi trabajo en el hospital, tengo una consulta privada. Un día Marco se presentó allí, me dijo que necesitaba hablar conmigo. Hacía poco que habíamos roto la relación y creí que quería retomarla. Fue un pensamiento presuntuoso por mi parte y un alivio cuando me dijo el verdadero motivo por el que había venido: Vincenzo.

—¿Tú lo conocías?

—No. Marco me explicó que estaba preocupado por uno de los agentes que trabajaban con él. Llevaba un tiempo observándolo; había cambiado su forma de ser, parecía otra persona, tenía frecuentes y bruscos cambios de humor, no se concentraba en las tareas. Según Marco, se había vuelto asustadizo, sufría sobresaltos repentinos sin motivo, estaba extremadamente nervioso. Esto último, el elevado nerviosismo, fue la causa de que Marco se decidiese a acudir a mi consulta. Temía que Vincenzo cometiese una locura con el arma. No pensaba que pudiera quitarse la vida, sino que pudiese atentar contra alguien en un arrebato. Accedí a tratarlo.

Minerva miró a los ojos a Rossi, sin duda era una mujer cordial y honesta. La doctora le devolvió la mirada, serena y sincera. Prosiguió.

—En la primera visita Vincenzo se mostró reticente. Me dijo que si había venido era porque se lo había ordenado el jefe, que él estaba bien. Apenas abrió la boca durante la hora, excepto para responder con monosílabos a algunas de mis preguntas, a otras, ni eso. Su nerviosismo era evidente, aunque lo quisiese negar, y los ratos de silencio lo acrecentaban. Llegó un momento en que se inclinó hacia adelante en el asiento, apoyó los codos sobre la mesa y la cabeza en ambas manos, y deslizó los dedos hacia una nuca rígida que parecía apelmazada como la grava por una apisonadora.

»Cuando salió de la consulta, que está en un primer piso, me asomé por la ventana y lo observé. Ya en el exterior, caminó inquieto mientras apretaba los nudillos. De repente miró hacia un lado, hacia el otro, en actitud de defensa, como si presintiera que alguien lo fuese a atacar. Se detuvo en seco y dio un giro de ciento ochenta grados con el cuerpo, lo que provocó un choque frontal con el viandante que se aproximaba por detrás. Retrocedió en acto reflejo e hizo un gesto de disculpa. Agilizó la marcha sin razón aparente y lo perdí de vista.

»La siguiente visita y sucesivas fueron diferentes; Vincenzo necesitaba liberarse, vomitar lo que le angustiaba durante el día y causaba desvelo en sus eternas noches, como él mismo reconoció. Sin embargo, nunca logré que me explicase el motivo que provocaba su angustia. Lo único que me repetía una y otra vez con las mandíbulas rígidas, casi encajadas era: «Mi ansiedad va en aumento. Las palpitaciones se me disparan cada vez que piso la calle. Tomo caminos distintos cada día con la intención de despistar a los que me siguen, sin tener certeza física de que lo hagan. A veces creo que me he vuelto loco. Los presiento por todas partes. Es posible que estén en mi campo de visión, pero de ser así, ¿quiénes son?, ¿quién me observa y quién no?, ¿cómo diferenciar una mirada espía de otra casual que, sin más, se cruza con la mía?».

»Vincenzo vivía atemorizado por la tortuosa y punzante sensación de ser un objetivo, el objetivo de alguien. Si bien nunca me dijo de quién ni por qué —concluyó la doctora.

Minerva frunció los labios, estaba más confusa que al inicio de la conversación y sumida en un mar de conjeturas.

—¿Se lo contaste a Marco? —inquirió la investigadora.

—Todo no, el secreto profesional me lo impedía. Sí le dije que Vincenzo no estaba en condiciones de seguir desempeñando su trabajo. Le insistí en ello varias veces.

—Y no te hizo caso...

La doctora Rossi negó con la cabeza. Miró su reloj, en hora y media empezaba a pasar consulta. Le propuso a Minerva ir a comer algo rápido. La investigadora Nàcher accedió de buena gana, estaba en ayunas.

Caminaron hasta la Plaza de San Marcos y entraron en un restaurante al que la doctora Rossi solía ir cuando estaba por la zona. El lugar era coqueto, con una decoración en la que predominaba la madera. Minerva pensó en lo bien que olía a buena comida. El camarero que las recibió en la entrada les dio a elegir entre varias mesas libres. Minerva y Rossi rastrearon con la mirada antes de decidir donde sentarse y, de repente, Rossi le susurró a Minerva.

—¿Esa de ahí no es Gisela? Pensaba que estaba indispuesta —dijo señalando con disimulo hacia una mesa.

—Yo también lo pensaba —refunfuñó Minerva mientras observaba cómo Gisela se atusaba el cabello y sonreía a su acompañante, Marco Palmieri.

24

Mi padre, siempre tan correcto, hasta en los momentos difíciles. Ha saludado a Anselmo y a Héctor con educación, aunque con cara de pocos amigos. Mi ex, está pálido, creo que le teme a mi padre. No se puede decir que entre ambos exista afecto, todo lo contrario, a mi padre nunca le gustó que tuviese una relación con él y se alegró cuando le dije que habíamos roto. Y creo que Héctor le teme desde el día que mi padre le dio una reprimenda a raíz de lo pesado y controlador que era conmigo. En cambio, Héctor siempre tuvo la aprobación de mi madre, el mero hecho de que fuese médico, para ella, era un valor añadido. Mamá estaba empeñada en que Fátima y yo nos casásemos con chicos que tuviesen estudios universitarios; muy religiosa mi madre, pero también un tanto clasista... Al volver de Venecia rompí la relación tóxica que mantenía con Héctor, pero no se dio por aludido. Una vez vino a casa con sus exigencias y, aunque yo no me achicaba, aquel día mi padre intervino y le paró los pies:

—¿Qué haces aquí? —le pregunté al verlo entrar en el salón. Mi madre le había abierto la puerta de casa.

—Vengo a buscarte —me dijo Héctor con sus aires de superioridad.

—Te he dicho mil veces que nuestra relación se ha acabado. No quiero volver a salir contigo —le recordé.

—¡Claro que quieres salir! Nos vamos —me ordenó.

—Te vas tú solo, ahora mismo —lo miré desafiante.

—Lourdes, no te pongas rebelde que sabes que no me gusta.

Me agarró del brazo y me solté de un tirón. Le repetí que se fuese y me dejara en paz. Me enfadé mucho, de hecho, fue nuestra última pelea. Mi padre, que nos estaba escuchando desde algún lugar de la casa, se personó de inmediato y... ¡menudo rapapolvo le echó! A Héctor se le bajaron los humos y se fue con la cabeza gacha. Así que no entiendo qué hace aquí con mi padre.

Anselmo Márquez y papá se conocieron a raíz del noviazgo entre Ángel y mi hermana. Se consideran futuros consuegros. Digamos que no son amigos del alma, pero tampoco se llevan mal. A mí, desde que su mujer lo dejó y le contó a mi madre que Anselmo la había maltratado psicológicamente durante años, el tipo me cae fatal. Mi padre no se mete en la vida de los demás. Dice que en todas las relaciones que se rompen hay dos versiones diferentes y él prefiere mantenerse neutral.

—Gracias por venir —les dice mi padre.

Presumo que les ha citado él.

—¿Qué hacemos aquí, Ricardo? —le pregunta Anselmo.

—Ahí encontraron el cadáver de mi hija —mi padre señala hacia el Ullal conteniendo las lágrimas.

—Yo no la maté, Ricardo. Te lo he dicho a ti y a la Policía. Me... me... me voy —dice Héctor muy nervioso.

—Tú te quedas hasta que escuches lo que os tengo que decir —Papá se impone—. Ni la Policía ni yo te creemos, Héctor, eres uno de los principales sospechosos. Anselmo, tu hijo también está en la lista que baraja la Policía y ya no sé qué pensar, la verdad, aunque me cueste creer en la culpabilidad de Ángel. Te he citado a ti en lugar de a él para no ponerlo nervioso, pero por lo menos que estéis al tanto de cómo va la investigación.

—Te lo agradezco, Ricardo. Se lo comentaré a mi exmujer, sabes que mi relación con Ángel es bastante tensa —reconoce Anselmo—. ¿Sabes si hay más sospechosos?

—Por el momento la Policía no descarta nada. El primer informe de la autopsia ha revelado que Lourdes no murió ahogada. La mataron de un golpe en la cabeza y después la trasladaron hasta aquí y la hundieron en el Ullal —mi padre mira de reojo a Héctor. Creo que lo ha hecho venir hasta aquí para ver su reacción—. Héctor, si has sido tú, por favor, dímelo —lo presiona—. Eres el número uno en la lista de sospechosos.

—¡Hostia! ¡Hostia! ¡Maldita la hora en que conocí a tu hija! —responde fuera de sí. Sube a su coche y acelera levantando la tierra en una nube de polvo.

Mi padre observa la escena con el ceño fruncido. Conozco a Héctor y sé que esconde algo. Dudo si ha sido él quien me ha matado, sin embargo, sabe más de lo que dice, de eso estoy segura.

Anselmo y papá se han quedado solos, quietos y callados ante la reacción de mi ex.

—¡Cómo está la juventud! —exclama Anselmo—. Se han perdido los valores morales y las buenas formas que imperaban en épocas pasadas.

—Héctor es un descerebrado. Nunca me ha gustado, no me fío de él —afirma mi padre—. Tu hijo es diferente, espero que pronto arregléis vuestras desavenencias.

—Ángel está preocupado por Fátima —responde Anselmo—. ¿Cómo se encuentra?

—Fátima está bien y, según nos ha dicho la Policía de Venecia, pronto le darán el alta. A mi mujer y a mí nos gustaría estar con ella. Lo que nos está pasando es horrible, Anselmo, no sé cómo lo vamos a superar. Parece que Dios nos haya abandonado, hasta Lidia ha perdido la fe.

Anselmo abraza a mi padre que se ha derrumbado, llora como un chiquillo desconsolado. Pobrecito. Te quiero mucho, papá, ojalá pudieses oírme.

Estoy en casa de Elda. No hay nadie. Siempre me ha gustado el olor a incienso que impregna cada rincón de su hogar, las cortinas, los cojines, el ambiente en general. Me pregunto cómo puedo oler si soy un fantasma, o cómo puedo ver y oír si no tengo cuerpo físico..., incluso pude escribir la nota que dejé a la Policía. ¡Un espejo! Sé que Elda tiene uno de cuerpo entero en su habitación. Voy hacia allí, me detengo al escuchar la puerta de entrada y regreso al recibidor. Elda entra acompañada por mi madre y la de Ángel. No es extraño verlas juntas, mamá y Eloísa son muy amigas. Se conocen desde que Fátima y Ángel iniciaron su relación y desde entonces, ellas hicieron buenas migas. Son muy parecidas, no me refiero al aspecto físico, que también, sino a su forma de ser y de pensar; ambas son mujeres de sentimientos compasivos, de ayudar a los demás, de desvivirse por el bienestar de su familia. Para Eloísa toda su familia es Ángel. Desde que se divorció se la ve más repuesta, distanciarse de Anselmo le ha hecho bien. Hay parejas que toman decisiones adecuadas y otras que se empecinan en mantener una vida juntos, aunque sea una vida insoportable. Bueno, allá cada cual.

—Voy a dejar el pan y la bolsa en la cocina. Sentaos, por favor — les dice Elda. Al parecer se las ha topado cuando venía de comprar.

Eloísa y mi madre toman asiento en el sofá, una pegadita a la otra como dos niñas modosas. Yo también me siento en el sofá, han dejado mucho espacio libre.

—¿Os apetece un té? Lo preparo en un momento —les ofrece Elda.

—No, no, gracias —responden mamá y Eloísa al unísono.

Elda se acomoda en la mecedora, era de su abuela y todavía la conserva; es el único mueble antiguo de toda la casa, mi amiga siempre detalla que es «una alhaja con alma». Las mira y sonríe trasmitiendo esa paz suya que hace tanto bien a los demás.

—Le he pedido a Eloísa que me acompañase a hacerte esta visita —dice mi madre—. Como tú te comunicas con los mu- mu- muer- muertos, ¡Dios mío cuánto me cuesta pronunciar esa palabra! Pensar que mi niña está entre ellos... —solloza—. Elda, ¿podrías invocar a Lourdes? Necesito saber si está bien allí donde se encuentre.

Mamá le suplica con la voz y la mirada. Quien me ha asesinado debería sufrir lo que están sufriendo mis padres, no le deseo ni más ni menos. Es un ser desalmado que, además de quitarme la vida, no ha pensado en los daños colaterales, en el dolor que ha provocado a mi familia ¡Los ha destrozado! Me acerco a mi madre y le acaricio el rostro, no reacciona, no percibe mi tacto. ¡Mamá, te quiero, estoy aquí, a tu lado! ¡Qué desesperación! Tampoco me oye.

—Tranquilízate, Lidia —le responde Elda con su voz algodonada. —Lourdes está bien, sigue entre nosotros.

—¿Ha venido a verte? ¿Te ha dicho algo? —duda mi madre con un atisbo de esperanza y emoción.

—Sé que os quiere mucho a Fátima, a Ricardo y a ti, y que está a vuestro lado —afirma mi amiga.

Ignoro si Elda está diciendo mentiras piadosas para serenar y aliviar el desconsuelo de mi madre o si me está viendo de verdad. Me muevo y vuelvo a sentarme en el sofá a ver si me sigue con la mirada. Nada, está centrada en mi madre. Envuelve las manos de mamá entre las suyas en posición de rezo. Lloran las dos... ay, las tres, Eloísa también.

—Mi hijo no ha sido, aunque la Policía tiene el foco puesto en él. Ángel es incapaz de hacerle daño a nadie. Sólo quiere ayudar a resolver lo sucedido —aclama Eloísa muy afectada.

—Lo sé, Eloísa. Confío en Ángel —asevera mi madre.

Me cuestiono por qué todo el mundo exime de culpa a Ángel. ¡Tampoco es un santo!

Se enjugan las lágrimas con pañuelos de papel, respiran despacio y se van calmando. Elda se levanta, va hasta la cocina y vuelve con una bandeja y tres vasos llenos de agua. Dan unos tragos que les deshacen los nudos de la garganta.

—¿Cómo se encuentra Ángel? ¿Todavía tiene secuelas? —quiere saber Elda.

—Se toma una pastilla diaria porque sufre altibajos en su estado anímico.

—Bueno, de eso padecemos todos —mi amiga le quita importancia y vuelve a regalarles su reconfortante sonrisa.

Mamá y Eloísa se levantan, dan las gracias a Elda con un afectuoso abrazo, ella las acompaña a la salida.

Elda vuelve y se sienta a mi lado en el sofá, ¡qué raro que no lo haya hecho en la mecedora!

—Por fin te has decidido. Estaba esperando tu visita —dice Elda girando la cabeza hacia mí.

—¡¿Me ves?!

25

—¿Nos quedamos o nos vamos? —preguntó la doctora Rossi.

—Mejor nos vamos antes de que nos vean —respondió Minerva.

Salieron del restaurante a hurtadillas y entraron en otro cercano donde tomaron asiento en una mesa situada junto a un ventanal. Les sirvieron rápido. A Minerva le había sorprendido ver de sopetón a Gisela, pensaba que estaría en el hotel. Sin embargo, enseguida se percató de que su ayudante se encontraba mejor y hacía su trabajo: investigar. Si parecía que Gisela tonteaba con Marco era para sonsacarle información y Minerva confiaba en que lo iba a hacer bien. Aunque, dado el carácter cerrado de Marco Palmieri, no le sería fácil.

—Qué rápido hemos comido —se extrañó la doctora Rossi, que solía masticar veinticuatro veces cada bocado—. Ahora hasta me sobra tiempo —dijo consultando su reloj.

—A mí tampoco me gusta engullir —indicó Minerva—. ¿Te apetece una infusión?, siempre llevo conmigo unas que son deliciosas.

—Sí, gracias.

La doctora Rossi se sentía cómoda en compañía de Minerva. En el restaurante había pocos comensales y, de fondo, música instrumental de canciones italianas. El lugar era propicio para disertar sin que nadie prestase atención a las conversaciones ajenas.

—Minerva, estoy intrigada desde que, tanto tú como Fátima, habéis nombrado a Verónica Franco. ¿Qué tiene que ver en todo este embrollo una mujer del siglo XVI?

—Los datos que tengo hasta ahora, unidos a mis cábalas mentales, me han llevado a remontarme al pasado y a evocar el nombre de la cortesana honesta más famosa de aquella época —aclaró Minerva—. Por la reacción de Fátima al escuchar el nombre del personaje, veo que mis pesquisas van por buen camino y me imagino el motivo de su reacción y respuesta: «Todas éramos Verónica Franco». Rossi, sin la ayuda de Fátima no podemos avanzar. Hay que sacarla del hospital, dale el alta médica por favor.

—Hablaremos de ello, Minerva. De hecho, ya lo había pensado porque no hay ningún motivo para mantener a Fátima ingresada. Si todavía no le he dado el alta médica ha sido por petición de la Policía, de Marco. Ahora tengo que volver al trabajo. —La doctora tenía prisa, había apurado el tiempo.

Tres camareros situados en hilera frente a la mesa donde todavía charlaban Gisela Landon y Marco Palmieri los miraban con énfasis sin que la pareja se diera por aludida; eran los únicos clientes que quedaban en el restaurante y sobrepasaba la hora de cerrar. Marco estaba embelesado con las historias de Gisela. Ella reaccionó:

—¡Oh! Creo que deberíamos irnos —le dijo a Marco mientras deleitaba con una sonrisa de disculpa a los camareros.

Gisela pensó que había hablado mucho y Marco muy poco, cuando la intención de haber accedido a aquella cita, por llamarla de alguna manera, era todo lo contrario: sonsacarle a él toda la información posible. Marco se había mostrado agradable y próximo pero parco en palabras y Gisela pensaba retenerlo junto a ella hasta conseguir su objetivo.

—Marco, si el deber no te llama con alguna urgencia, ¿qué te parece si damos un paseo juntos? ¿Me harías un rato de guía por esta encantadora ciudad?

—¿Qué tal un recorrido en góndola por los canales? —se entusiasmó el jefe de Policía.

—Eso suena muy romántico... —le sonrió pícara—. Acepto, me gusta tu compañía. —Le clavó su exótica e irresistible mirada.

Marco Palmieri estaba disfrutando de la jornada y, pese a ser una persona recelosa, el encanto de Gisela lo había embelesado. Las artimañas de una mujer que se propone algo no tienen límites.

Gisela sacó del bolso su teléfono móvil y escribió un mensaje a Minerva:

Gisela:

Me encuentro mejor, no te preocupes. Estoy con Marco Palmieri.

Minerva:

Lo sé, os he visto juntos en un restaurante. Luego me cuentas.

¿Cómo se las apaña para estar en todas partes? Susurró Gisela tras la respuesta de Minerva.

—¿Me dices algo? —se interesó Marco.

—Nada, pensaba en voz alta lo bien que me siento —disimuló.

La góndola navegaba bajo el cielo azul del magnífico día soleado. El gondolero, ajeno a la conversación, silbaba una apacible musiquilla.

—¿No te echará de menos Minerva? —insinuó Marco.

—De ser así me hubiese llamado. Salió temprano del hotel, es una mujer infatigable.

—Y, ¿a dónde ha ido? —se interesó.

—A seguir con la investigación. Supongo.

Gisela le lanzó una mirada de desaprobación como si se sintiese molesta por las preguntas sobre Minerva. Marco Palmieri la captó e intentó cambiar rápido de tema, sin embargo, Gisela aprovechó la brecha para lanzarse a la yugular.

—Tú conocías al cura asesinado en la sacristía, ¿verdad?

—Todavía no sabemos si fue asesinado. Estoy pendiente de los resultados de la autopsia —respondió Marco con cierta acritud.

—Ya... ¿Y lo conocías? —insistió Gisela con una sonrisa sibilina.

—Un poco. Me lo presentó Vincenzo.

—¿Vincenzo?

— El agente de policía que se suicidó. Éramos vecinos y en alguna ocasión me los encontré hablando en el portal. Una de esas veces, Vincenzo me presentó al páter Pietro.

La táctica de Gisela Landon empezaba a hacer olas como el agua sobre la que navegaban. El jefe de Policía se había puesto el escudo tras el que se solía proteger ante situaciones o preguntas incómodas. Enmudeció de inmediato y fijó la vista al frente, hacia la nada. De repente sonó su teléfono y respondió:

—De acuerdo. Voy enseguida.

—¿A dónde vamos? —se incluyó Gisela con delicados ademanes.

—Hablando de la autopsia del páter Pietro..., ya han enviado el informe preliminar a la *questura police.* Si quieres, me puedes acompañar.

Gisela abrió mucho los ojos mostrando interés y asintió con la cabeza. La góndola los dejó en el embarcadero más cercano y allí subieron a una lancha taxi. En escasos minutos se personaron en dependencias policiales. Un especialista forense esperaba al jefe de Policía en su despacho. Lo saludó al verlo entrar. Marco Palmieri lo acució para que le leyese y explicase el informe, no sin antes presentarle a Gisela Landon con escaso ímpetu.

—El resultado de la autopsia nos dice que la víctima murió asfixiada por estrangulación manual —el forense inició su disertación, alzó un instante la mirada por encima de las gafas y prosiguió—. Hubo una oclusión completa y simultánea de venas y arterias, circunstancia que hizo aparecer hemorragias petequiales en el cadáver. También se han podido observar abrasiones curvilíneas producidas por las uñas del agresor, aunque el hecho de que estas marcas fuesen leves y la falta de huellas, nos hace pensar que llevaba guantes. Ahora están estudiando los restos de tejidos adheridos al cuerpo, cosa que nos dará más pistas. También han hallado abrasiones y contusiones en el área de la nariz, y en el examen interno del cuerpo se han encontrado varios traumas en el área interior del cuello.

—El asesino debió de apretar muy fuerte para ocasionarle esos traumas —dijo Gisela con voz apagada.

—Así es —continuó el forense—. Tenía hemorragias en los músculos del cuello, fracturas de la glándula tiroides y hueso hioides, así como contusiones de la musculatura intrínseca de la laringe.

Minerva Nàcher, tras despedirse de la doctora Rossi, deambulaba por las calles de Venecia sin rumbo fijo, como si la magia de la ciudad la guiase y en algún momento descubriría sus secretos más ocultos. Sus pasos la llevaron hasta el distrito de Castello y de repente se vio frente a la fachada barroca de la iglesia Santa María Formosa. Sus pensamientos empezaron a entrelazarse, a rememorar, a relacionar el distrito de Castello con Verónica Franco y su historia. Minerva recordó lo que había leído sobre la vida de la *cortigiane oneste* más bella, culta y refinada del siglo XVI:

Verónica Franco nació en Venecia en 1546, en el seno de una familia de clase media. Su madre había sido cortesana, oficio que dejó al casarse y que retomó tras la temprana muerte del padre de Verónica. Pese a ello, dio a su hija una vida honorable. Verónica recibió una buena educación y a los dieciséis años le concertaron matrimonio con un médico. Su marido resultó ser aficionado al juego y a la bebida. Con dieciocho años y embarazada de su primer hijo, harta de recibir palizas de su esposo, decide abandonarlo.

Tras su separación, Verónica regresó junto a su madre, quien le enseñó el oficio de cortesana e incluso ambas lo ejercieron a la vez. Hermosa, inteligente y culta, pronto empezó a codearse con los poderes fácticos de la ciudad. Tuvo relaciones con personajes importantes como senadores, cardenales, académicos, e incluso con el rey Enrique III de Francia cuando visitó Venecia y que ensalzó el éxito de la afamada *cortigiane oneste*, consagrándola como la más influyente de Venecia. Verónica Franco vivía en un palacio en Santa María Formosa, donde se reunían músicos, pintores y nobles y donde, además de los placeres terrenales, también se disfrutaba de conciertos, debates filosóficos y lecturas de poesía.

Pero en una sociedad de hombres, enamorada de uno y envidiada por otros, no se libró de obstáculos e incluso fue condenada por brujería. Con gran temple se enfrentó al inquisidor y fue absuelta, no obstante, perdió a sus clientes y cayó en desgracia. Verónica consiguió sobreponerse y dedicarse a lo que era: una gran poetisa. Además, cultivó su espíritu y frecuentó la iglesia de Santa María Formosa. Promocionó la cultura y trabajó hasta el final de sus días para que las mujeres que dejaban la prostitución tuvieran una segunda oportunidad. Falleció a la edad de cuarenta y cinco años.

Inmóvil, plantada como un árbol más de la plaza, Minerva seguía mirando la fachada de la iglesia y le daba vueltas a las palabras de Fátima: «Todas éramos Verónica Franco». De nuevo sonó su móvil.

—Diga —respondió seca.

—¿Investigadora Nàcher?

—La misma. ¿Con quién hablo?

—Soy Ángel Márquez, el novio de Fátima Biosca.

26

Elda acerca sus manos a mi rostro y dice palpar la energía de mi cuerpo etéreo. Yo percibo su pena, su ternura; la amalgama de sentimientos que desprende.

—¡Quiero vivir, Elda, ayúdame! —le suplico.

Mi amiga me envuelve con un silencio húmedo, empapado en lágrimas. Durante años ha intentado explicarme su saber y me he negado a escucharla. Ahora, en cambio, soy yo la que le pide que me ayude a entender lo que me está pasando. Le explico cómo alguien se abalanzó sobre mí en el callejón y me golpeó la cabeza contra la pared y después me hundió en el ullal. Pese a que evito darle detalles escabrosos, se le desencaja el rostro, los ojos le chispean congoja.

—Lourdes, déjate llevar. Si sigues aferrándote a este mundo, a un mundo al que ya no perteneces, sufrirás. Tienes que proseguir el camino hacia la otra vida —me dice con dulzura; intenta transmitirme paz.

—¿Y cuál es ese camino? ¿Dónde está?

—Tranquila, amiga, te conduciré hacia él.

—Elda, ¿por qué sigo en mi cuerpo si lo he visto hundirse hasta el fondo?

—Lourdes, es normal que estés confusa. Estás atrapada en el mundo terrenal porque tu muerte ha sido violenta e inesperada. Cuando morimos, nuestro cuerpo etéreo o espiritual sale del cuerpo físico para iniciar su viaje dejando el plano terrenal. En tu caso, como sigues aquí, necesitas utilizar tu cuerpo físico para, por ejemplo, mostrarte ante mí. También puedes seguir usándolo en tu viaje.

—Y cómo me ves, ¿estoy mojada? —le pregunto con interés.

—Nooo —me sonríe—, estás preciosa, ataviada con el vestido bicolor que tanto te gusta. Llevas el cabello suelto a la altura de la cintura, como siempre. Tu cara se ve natural, sin chispa de maquillaje. Me miras con tus ojos azulados sin que te acaben de convencer mis palabras. Ven, vamos a mi cuarto y te verás en el espejo.

—Era mi intención, pero ¿los fantasmas nos reflejamos en los espejos? —pregunto, todavía confusa.

—Ahora lo comprobarás —asegura.

Me coloco delante del espejo. Estoy tal y como me ha descrito Elda. El día que me asesinaron me había puesto un vestido que combina dos colores, beis y marrón. Me gusta porque abriga y es cómodo.

—Lo habitual es que nos mostremos con el cuerpo físico que teníamos antes de morir —me explica Elda.

—Seguiré en este mundo hasta asegurarme de que Fátima está a salvo y averigüe quién me ha quitado la vida. ¡Me da igual ser un espíritu errante! Tiene sus cosas buenas... ¿Sabes que ahora estoy aquí y en un instante puedo encontrarme en Venecia junto a mi hermana?

—¿Has visto a Fátima? —se interesa emocionada.

—Sí, pero ella no me ve a mí, de hecho, solo me ves tú... También he intentado comunicarme con mis padres...

—Hay maneras para que perciban tu presencia. Las irás descubriendo en el momento adecuado.

Mi amiga es especial, siempre lo he sabido y nunca la había creído, hasta ahora. Quizá, con esa capacidad suya, también pueda ayudarme a adivinar quién me quitó la vida y dónde ha estado Fátima durante estos meses. Se lo pregunto, envuelta en esperanza. Su respuesta me decepciona.

—Lo siento, Lourdes. Soy médium, no vidente —aclara—. Si bien podemos intentar recordar juntas todo lo que hiciste aquel día. Creo que nos podría ayudar a encontrar alguna pista.

—Aquel día lo empecé con mal pie, Elda. Discutí con mis padres y salí de casa dando un portazo, ¡ni te imaginas cuánto me arrepiento! Después me dirigí a mi trabajo en la asociación de víctimas de maltrato. Estuve todo el día allí. El disgusto de la mañana me había quitado el hambre y no salí ni para comer, me bastó con un café con leche y unas galletas de la máquina dispensadora. Por la tarde me reuní con una chica joven que había sufrido un fuerte desengaño y malos tratos físicos y psicológicos. Recuerdo el terror que acompañaba a cada una de sus palabras. Confiaba en mí, el centro era su refugio. Y yo me preguntaba, mientras la escuchaba, como tantas otras veces me lo cuestionaba con otras mujeres: ¿qué sería de ella cuando, tras el tiempo estipulado, tuviese que dejar el centro?

Cuando salí del trabajo mi intención era ir directa a casa y disculparme con mis padres. Estaba oscuro, nunca me han gustado los días de invierno ¡qué cortos son! Mi madre siempre me decía que, aunque diese un poco de vuelta, fuese por la Rambla Nova que está iluminada y suele haber gente. Una vez más, no le hice caso y atajé por el callejón.

—¿Cómo te atreves a pasar por ahí? —me regaña Elda.

—Podría decirte que, por valentía, pero, la verdad, es por cabezonería y necedad. Me metí, como se suele decir, en la boca del lobo. Caminaba rápido y no me percaté de su presencia hasta que se me echó encima y me empujó contra la pared. Me sujetó con fuerza por los brazos oprimiendo mi cuerpo, como si fuese un acordeón. Llevaba un pasamontañas, me fui imposible verle la cara. Todo sucedió de manera vertiginosa. Me movió hacia él como si yo fuese un muñeco de trapo y volvió a golpearme con fuerza contra el muro, esta vez la cabeza. No recuerdo nada más hasta que me llevó a la zona de los Ullals de Baltasar.

—Intenta recordar como si hubiese sucedido a cámara lenta —me sugiere Elda—. ¿Le viste los ojos?

—Muy poco. En ningún momento me miró de frente.

—Intenta visualizar toda la escena, ¿ves algo o a alguien más?

—En la esquina de abajo veo los contenedores de la basura, esa zona está semiiluminada. Si miro hacia la parte de arriba... nada... ¡Espera! Atisbo un abrigo gris entre la negrura.

—Sigue concentrada, Lourdes. Visualiza despacio.

—Es un hombre. Nos observa impávido desde la distancia.

—Fíjate en su cara. ¿Lo reconoces? ¿Lo has visto alguna vez o es un desconocido? —Elda me dirige pausada.

—Le veo el rostro difuminado, borroso...

—Persevera, Lourdes, no desvíes la mirada hasta que lo veas con mayor claridad.

—¡Héctor! ¡Es Héctor!

27

A Minerva Nàcher le desconcertó la llamada de Ángel. En décimas de segundo se cuestionó el motivo por el que la llamaba, si considerarlo o no libre de sospecha, y cómo aprovechar la injerencia del joven para saber más sobre él.

—Ángel Márquez —repitió Minerva.

Se hizo un silencio.

—Te escucho, Ángel. ¿A qué debo tu llamada?

—Tengo que hablar con usted, investig...

—Tutéame, llámame Minerva, por favor —lo interrumpió—. ¿De qué me quieres hablar? —preguntó directa.

—Hay algo que no le conté a la Policía veneciana.

—¿El qué?

—La verdadera razón por la que Fátima salió corriendo el día que desapareció. Sé que ella tampoco lo ha contado.

—¿Cómo estás tan seguro de que no lo ha hecho?

—Porque sus padres me han dicho que no habla.

—Pues te informo de que ya habla.

—¿Está mejor? ¡Necesito verla! —alzó la voz.

—Tranquilo, Ángel, sé que no te va bien alterarte.

—Alterarse no es bueno para nadie —respondió más sosegado—. Me han colocado el estigma de loco y no lo estoy. Es normal que me alegre de que mi novia presente mejoría. Estoy preocupado por ella y no me dejan visitarla. El jefe de Policía me lo tiene prohibido.

—¿Te refieres a Marco Palmieri?

—Exacto. Aunque, a no ser que Fátima se niegue a que la visite, cosa que no creo, la Policía no me lo va a impedir —aseveró—. Estoy en el aeropuerto de Barcelona, en pocos minutos embarcaré en un vuelo hacia Venecia. Necesito tu apoyo, Minerva —su voz sonó suplicante.

—Abre la puerta, Paolo —insistió la voz afónica—. Si me obligas a forzar la cerradura serás castigado. ¿Es lo que quieres?, ¿qué te azote con el látigo?

El páter Paolo revivió recuerdos de su niñez y su cuerpo se ovilló sobre el catre.

—Déjame en paz, ya no soy un crío, no mandas en mí.

—¿Y por qué has venido a mi casa? Yo te lo diré: has venido a refugiarte bajo las faldas de mamá. ¿Verdad, hijo?

—No sé por qué he venido. Eres cruel conmigo. Eres cruel con todo el mundo —exclamó sin moverse de la posición.

—Qué sabrás tú lo que es la crueldad si te has criado rodeado de comodidades.

—Sí, tienes razón. Pero las comodidades no me las has dado tú, sino el páter Pietro. Fue una suerte que me acogiese como monaguillo. ¡Era bueno, me quería, y tú le has quitado la vida! —exclamó rabioso.

—No me grites, me estás faltando al respeto. Abre ahora mismo la puerta. ¡Es una orden! —se impuso.

La puerta se movió lentamente y el páter Paolo apareció tras ella, medio escondido, timorato. Miró a Isabella y le pidió perdón.

—Lo siento, madre —se disculpó y agachó la cabeza.

Ella lo acogió entre sus robustos brazos. Desaprobaba el carácter endeble de su hijo. Pensó que lo mejor sería espabilarlo de golpe, explicarle la verdad para que de una puñetera vez abriese los ojos y se dejase de pamplinas. Tenía que evitar que Paolo se fuese de la lengua, sabía demasiado y eso los ponía en peligro a ambos; eso y que Fátima Biosca siguiera viva.

Isabella Chisso utilizó la táctica de la madre abnegada, prostituta, sola en la vida y embarazada. Las circunstancias la arrastraron a tomar decisiones duras, tal vez equivocadas, pero era tarde para revertir sus acciones. Debía seguir adelante en su supervivencia y para ello, necesitaba la ayuda de Paolo. Es lo que le dijo y prosiguió:

—Cuando me quedé embarazada podía haber abortado y sin embargo luché por darte la vida. Sabes lo que supuso para mí, ¿verdad? Mi cuerpo cambió y dejé de resultar atractiva para los clientes. Me quedé sin ingresos y tenía que criarte. Me puse a servir en una casa, tu padre me consiguió el empleo —fingía apenarse.

—¿Mi padre? ¿Sabes quién es? —Paolo reaccionó con curiosidad.

—Ay, hijo, qué inocente eres. ¡Piensa un poco, ata cabos!

—No te entiendo madre. Por favor, dime quién es, quiero conocerlo —suplicó.

—Era. Está muerto. Y lo conocías —Isabella respondió brusca y continuó— ¿Nunca te has preguntado por qué el páter Pietro te incluyó entre sus monaguillos? ¿No te extrañaba ser el único al que acogió en su casa y educó hasta que fuiste al seminario?

—Tus palabras son un sinsentido. ¿Insinúas que mi padre era el páter Pietro? ¿Que lo sedujiste? —Paolo se tambaleó y tomó asiento en la cama.

—¿Me culpas a mí, hijo? ¿De verdad crees que lo seduje? ¡El páter Pietro era un putero! Frecuentaba el prostíbulo donde yo trabajaba y se encaprichó de mí, de las cosas que le hacía. ¡Era un degenerado, como tantos otros!

—¡Cállate! ¡No quiero escucharte! —Apretó con fuerza las manos oprimiéndose las orejas.

Isabella perdía la templanza fingida y se mostraba tal cual era.

«Vas a poner a Paolo en tu contra. Retoma la aflicción, que te vea triste», se dijo a sí misma.

—Por favor, hijo mío, no me juzgues. Todo lo hago por tu bien. —Se sentó a su lado y lo miró implorante.

—¿Por mi bien has matado a mi padre? ¿Por mi bien me has utilizado de cebo? ¿Por mi bien quieres convertirme en un asesino? —Paolo la censuraba alicaído.

—Escúchame, Paolo. Deja que te explique... Ya te he contado que cuando naciste, estuve unos años sirviendo en una casa. Cuando Pietro decidió darte una educación, me pareció buena idea que te fueses a vivir con él. Además, seguiría viéndote, fue una de las condiciones que le puse. La otra condición era dinero, que me diese una cantidad suficiente para poder abrir mi propio prostíbulo, ya me entiendes, convertirme en *madame* y dejar de limpiar la porquería de los demás. Trabajaba menos y ganaba más. El negocio funcionaba porque supe poner las pautas y seleccionar con cabeza a ambas partes: a las chicas y a los clientes. Todas ellas refinadas y ellos de buena posición socioeconómica.

—Sé a lo que te dedicabas, madre, nunca ha sido un secreto; tampoco pediste mi aprobación. Lo que no entiendo es cómo sigues viviendo en este cuchitril. ¿Qué has hecho con el dinero que has ganado?

—¡Maldito dinero! El dinero es el motivo por el que ahora nos vemos así, en esta terrible encrucijada. Ahorré todo lo que pude para empezar una nueva vida lejos de aquí. Y un nefasto día, uno de los clientes me ofreció la posibilidad de ganar mucho, muchísimo más si seguía su plan... El plan lo conoces porque has formado parte de él —Isabella se encogió de hombros y bajó la mirada.

—Sí, muy a mi pesar he formado parte del plan..., del proyecto «Verónica Franco» —su voz era casi inaudible—. Perdono tus errores y le ruego a Dios que también perdone los míos. A partir de ahora, madre, nuestras vidas seguirán caminos separados.

—Recapacita, hijo —reaccionó con desespero—. Si no cumplimos sus órdenes, nos matará a los dos.

—¿Quién da las órdenes? —inquirió Paolo poniéndose en pie.

Isabella soltó un breve suspiro, se mantuvo muda con la respiración afanosa.

—¿Quién da las órdenes? —insistió en tono abrupto.

Paolo estaba fuera de sí. Asqueado de sí mismo por lo que había hecho. Harto de su madre y del olor a humedad rancia que saturaba la casa.

—¡Respondeee! ¿Quién da las órdenes? —asestó una patada colérica a la puerta.

28

Minerva reaccionó rápidamente a las palabras de Ángel. Lo que pensaba hacer el joven trastocaba el plan de la investigadora. Tenía que evitar que cogiese el avión.

—Te entiendo, Ángel. Me pongo en tu lugar y, sin reflexionar, mi impulso sería idéntico al tuyo: coger ese avión —aseguró Minerva—. Ahora te pido que me escuches con atención y aplomo. Eres un chico inteligente, no te dejes arrastrar por una decisión impetuosa. Recapacita, por favor. Te recuerdo que eres sospechoso del asesinato de Lourdes y...

—¡Soy inocente! —la interrumpió.

—Tranquilízate. He dicho que eres sospechoso, no que seas culpable. Y, como sospechoso, creo que la Policía te habrá prohibido, o como poco recomendado, no salir del país.

—Cierto. Así me lo ha indicado el inspector Clotet —admitió.

—Te sugiero que le hagas caso o empeorarás tu situación, Ángel. Es arriesgado y absurdo que cojas el vuelo para venir a Venecia.

—¿Absurdo?

—Sí, es una insensatez. Te aseguro que yo misma, muy pronto, llevaré a Fátima de vuelta a casa.

—Me lo dice para mantenerme alejado de ella. Cumple órdenes de Marco Palmieri, ¿verdad? —se reveló Ángel.

—Me ofendes. En mí no manda nadie —replicó Minerva—. Haz lo que quieras. Te he dado un consejo por tu bien. La decisión es tuya.

—Perdón. A veces pierdo los modales —se disculpó Ángel preso del nerviosismo—. Gracias, investigadora. Confío en sus palabras.

—Minerva, llámame, Minerva —le recordó—. Nos vemos pronto.

A Minerva le bullía la información junto a las especulaciones. Pese a ser una persona ordenada, en esos momentos su mente se parecía más a un jeroglífico que a un Excel. Quizá porque en las cuadrículas de Excel no hay cabida para la intuición. Con el teléfono móvil aún en la mano le envió un mensaje a Gisela:

—¿Todavía estás con Marco Palmieri?

—Sí, ahora en la comisaría. Ha llegado el informe de la autopsia. El resultado concuerda con lo que me dijiste. La víctima murió asfixiada por estrangulación manual.

—Voy a telefonear a Marco. Tú síguele la corriente y observa su reacción. Nos vemos en un rato.

—OK.

Con la máxima agilidad que le permitían sus dedos, la investigadora marcó el número del jefe de Policía:

—Hola. Dime —respondió con fastidio al ver el número de Minerva reflejado en la pantalla del teléfono.

—Buenas tardes, Marco —saludó cortésmente—. Te noto un tanto malhumorado.

—Estoy cansado de tus pullitas, Minerva. ¿Qué quieres? —bramó molesto.

—Mañana por la tarde voy a llevar a Fátima de vuelta a Tarragona, a su hogar, junto a sus padres. La encontrasteis indocumentada, así que necesito que expidas un certificado con urgencia que le permita viajar.

—¿Has perdido la cabeza?

—Respétame, Marco Palmieri. En un par de horas me personaré en la comisaría y no saldré de allí sin el certificado identificativo de Fátima Biosca.

Minerva se expresó con rotundidad. Colgó y, acto seguido, llamó a la doctora Rossi.

—Hola, Minerva. ¿Es urgente? Estoy pasando visita a los pacientes.

—Sí, lo es —afirmó—. Necesito que le des el alta médica a Fátima Biosca. Mañana por la tarde la sacaré de Venecia. Ya te dije que corre peligro. ¡Ah! Te va a llamar Marco Palmieri para intentar persuadirte de que Fátima siga hospitalizada.

—¿Cómo lo sabes? Tengo una llamada suya en espera.

—Pues que espere. Si le haces caso a Marco y le sucede algo a Fátima, tú tendrás parte de responsabilidad. No es una amenaza, Rossi, te hablo con sinceridad.

—Mañana a primera hora Fátima Biosca tendrá el alta médica —aseguró la doctora.

—Te lo agradezco, Rossi. Sabía que podía confiar en ti —la psiquiatra percibió una sonrisa en la voz de Minerva.

Minerva Nàcher dejó caer los hombros relajando la tensión acumulada durante los últimos quince minutos. Seguía en la plaza frente a la fachada de la iglesia Santa María Formosa. Caminó unos pasos y entró en el templo. Tomó asiento en uno de los bancos de la última fila; estaba sola. En los más cercanos al altar mayor se congregaban varias personas, parecían formar parte de un grupo organizado de turistas. Todavía con el teléfono en la mano, aprovechó la tranquilidad para conectarse a internet y buscar vuelos de Venecia a Barcelona para el día siguiente. Aunque dudó si encontraría asientos libres, la búsqueda fue rápida y resultó fructífera: reservó dos pasajes en clase turista. Guardó el teléfono en el bolso, alzó la mirada y decidió estar un rato en aquel templo cristiano en el que imperaba el silencio. Ni tan siquiera eran audibles sus susurrantes cavilaciones...

«¿Es necesaria la suntuosidad? Si el cristianismo cree que Jesucristo fue una persona humilde y que es el Hijo de Dios, y las iglesias son las casas donde Dios acoge a sus feligreses, ¿no sería más coherente la sencillez en lugar de tanta magnificencia?

Han abierto demasiado pronto las puertas y permitido la entrada a personas ajenas a la investigación. Esta iglesia es el escenario de un crimen y debería permanecer cerrada al público hasta que no se esclarezca o, como mínimo, se avance un poco más en la investigación. De hecho, la noticia del cura asesinado en la sacristía no ha trascendido, se ha quedado aquí, en la casa del Santísimo. Ni en los periódicos, ni en la televisión. Nadie ha filtrado la noticia. Supongo que el Vaticano actuó con rapidez y sus advertencias fueron tajantes, últimamente le sobran escándalos.

Por ahí va otro cura, ¿será el suplente del difunto páter Pietro? Avanza hacia la sacristía con parsimonia. El aburrimiento me hace fijarme en detalles banales. Se detiene ante una puerta del lateral, la misma ante la que yo me detuve al salir de la sacristía el día que encontraron el cadáver. Lleva una llave en la mano, la inserta en la cerradura. ¡Quiero saber que hay tras esa puerta!»

Minerva echó a correr hacia el cura. El páter Paolo entró y se dispuso a cerrar cuando una fuerza al otro lado de la puerta se lo impidió. De inmediato pensó que Isabella lo había seguido hasta allí tras la discusión y su fuga repentina. Ella se negaba a darle respuesta a una pregunta de gran relevancia para él: quién daba las órdenes. Cauteloso, se asomó por la rendija que había quedado abierta y se topó con los ojos avellanados de una atractiva mujer.

—Buenas tardes —saludó Minerva Nàcher.

—Buenas —respondió el páter frunciendo el ceño.

—¿Puedo hablar con usted? —Minerva empujó un poco más la puerta.

—Dígame. —Paolo contrarrestaba la fuerza de ella.

—Quiero confesarme —improvisó la investigadora.

—Los horarios del confesionario están en un cartel en la entrada principal —le hizo saber el cura.

—¡Es una urgencia! —Minerva alzó la voz e intentó asomarse un poco más, pero hacia el fondo solo veía oscuridad.

—Shhh. Silencio. En una iglesia no se vocifera, señora —la amonestó.

—Disculpe, son los nervios de esta culpa que me corroe por dentro —teatralizó—. ¡Le ruego confesión!

—Shhh. Tranquilícese por favor. Rece para expiar su tormento, háblele a Dios y él le ayudará —le dijo el páter Paolo y cerró los ojos como si se aplicase sus propias palabras.

—Disculpe mi insistencia, páter. Parece que usted está ocupado en otros asuntos, que tiene prisa. Pero quizá el páter Pietro sí me pueda confesar —arguyó Minerva, atenta a la reacción que pudiese tener el clérigo.

—¿Co-co-noce al páter Pietro? —tartamudeó con los ojos llenos de rabia e impotencia. Vio en Minerva la imagen de Isabella y exclamo en voz alta: ¡Te odio! Cerró de un portazo con tal rapidez que Minerva no tuvo tiempo de retroceder y recibió un golpe en la parte izquierda de la frente, casi en la sien.

La investigadora empujó la puerta con todas sus fuerzas para perseguirlo. Fue inútil, había cerrado por dentro. Corrió hacia la salida de la iglesia buscando puertas secundarias en el exterior. Pensó que el cura podría salir por alguna de ellas. Sentía un dolor palpitante en un lado de la cabeza junto a un ligero mareo. Se apoyó en una farola, cerró los ojos un instante y palpó con una mano el prominente bollo que le había ocasionado el porrazo de la puerta. Cuando abrió los ojos, aún con la visión un tanto borrosa, vislumbró la silueta de un cura que avanzaba azorado.

Agudizó la vista: era el mismo que se había escabullido. «¿De dónde ha salido?», se preguntó. Todavía aturdida, caminó rápida tras él, intentando darle alcance. A los pocos pasos, Minerva aminoró la velocidad, el mareo iba a más. Tomó asiento en el primer banco que encontró, enfadada consigo misma por haber dejado escapar a un individuo sospechoso. Empezaba a caer la tarde, pronto la oscuridad envolvería la ciudad de Venecia. Se levantó despacio, fue hasta el canal y subió a un taxi acuático del que se apeó minutos después en el destino solicitado: el embarcadero de entrada a la *questura police.*

—Hola, Minerva. Te estábamos esperando. Marco me dijo que venías hacia aquí —disimuló Gisela al verla entrar en el despacho de Marco Palmieri, donde todavía seguían ellos dos.

—Lamento el retraso. He tenido un pequeño percance. ¿Está listo el certificado identificativo de Fátima? —dirigió la pregunta al jefe de Policía.

—Todavía no. La burocracia es lenta y tú tienes demasiada prisa —argumentó Marco.

—¿Qué te ha pasado en la frente? —Gisela se acercó a un palmo del rostro de su amiga y observó el bulto amoratado que afeaba su rostro— Mañana a primera hora buscamos una peluquería para que te corten el flequillo, así te tapará ese horror.

—Gisela, no es el momento ideal para pensar en nuevos estilismos —refunfuñó.

—Te has dado un buen golpe. ¿Cómo ha sido? —se interesó Marco Palmieri.

—Concretamente un cura me ha dado, como se suele decir, con la puerta en las narices.

—¿¡Qué!? ¡Le estoy cogiendo miedo a los curas! —exclamó Gisela—. Voy a buscar hielo para ponértelo en la frente —añadió saliendo del despacho.

—¿Te puedes explicar mejor, por favor? —le rogó Marco.

—Estaba en la iglesia Santa María Formosa cuando me ha llamado la atención un sacerdote que abría una puerta lateral. Me he acercado por curiosidad y me ha sacudido con la puerta, cerrándola de golpe —resumió Minerva—. ¡Ah! Antes ha gritado que me odia. Creo que me confundía con otra persona —añadió.

—Lo siento, no queda hielo. —Volvió Gisela esbozando una mueca de fastidio. Tras ella entró un agente y le entregó unos papeles a Marco Palmieri.

—Tenga, jefe, solo falta su firma.

—Gracias. Puede irse —le hizo un gesto con la mano que reafirmaba sus palabras.

El jefe de Policía firmó los documentos y se los dio a Minerva.

—Con esto Fátima Biosca podrá salir del país. No entiendo tu premura, Minerva. Cuando contacté contigo fue en busca de ayuda, no para que me pusieras palos en las ruedas —el tono de Marco delataba su enfado.

—Somos diferentes en muchas cosas, Marco. Para ti lo primero es resolver el caso, también es importante para mí y no dudes que lo resolveremos, pero yo priorizo a las personas, no busco galones ni reconocimientos. La vida de Fátima Biosca corre peligro. Por lo tanto, en estos momentos considero primordial sacarla de Venecia.

Los vocablos salían de la boca de Minerva con firmeza y, a cada palabra, un doloroso pálpito le rebotaba en el chichón.

—¿Cuándo nos vamos? —le preguntó Gisela.

—Tú te quedas. Seguirás investigando junto a Marco. Si a él le parece bien. Ambas clavaron la mirada en el jefe de Policía que asintió de inmediato.

—Sí, sí. —Acompañó a los monosílabos con un movimiento de cabeza.

—Fátima y yo volaremos mañana por la tarde. Ya he reservado los billetes.

—Os acompañaremos al aeropuerto en una lancha de la Policía. —Se ofreció Marco Palmieri.

—Me parece bien —añadió Minerva—. No te pienses que te vas a librar de mí mucho tiempo, en un par de días estaré de vuelta —aseveró Minerva con una cordialidad que Marco agradeció.

—¿Sólo un par de días? Los aprovecharé al máximo sintiéndome libre de tu constante presión —bromeó.

Gisela Landon los escuchaba a sabiendas de que ambos fingían buen rollo. «Mejor así que sin parar de discutir», pensó. Ella se quedaba en Venecia y no podía bajar la guardia. Además, debería mantener informada a Minerva.

—¿Le has dicho a Fátima que mañana os vais? —preguntó Gisela.

—Todavía no. Cuando salgamos de aquí iremos al hospital y hablaremos con ella. Supongo que le alegrará la noticia.

—Os acompañaré —soltó Marco Palmieri—. Si os parece bien, claro —suavizó sus modales.

—Por supuesto. —Minerva forzó una sonrisa mientras pensaba «¡Qué agobio de hombre!».

Hay personas que nacen con la maldad en el cuerpo. Reencarnaciones de espíritus infernales cuyos pensamientos y acciones destruyen vidas normales. Lo hacen sin remordimientos y sin motivo aparente, excepto su propia satisfacción, sus logros maquiavélicos. Isabella Chisso era uno de esos espíritus y Paolo tuvo la desgracia de ser engendrado en su seno.

Paolo Chisso había crecido en la confusión del mundo que lo rodeaba. Era un ser puro al que su madre intentaba, una y otra vez, corromper; al igual que él, una y otra vez también, acudía al encuentro de su madre y cedía víctima del chantaje emocional.

—Has vuelto...

Al verlo entrar de nuevo en casa, Isabella se prometió que esta vez su hijo solo saldría por la puerta para cumplir su cometido.

—Sí, madre, he vuelto en busca de tu perdón —suplicó Paolo Chisso—. Perdóname por odiarte —suplicó con los ojos acuosos.

—Te perdono, Paolo. Sé que en el fondo de tu corazón no existe tan terrible sentimiento. Ven, siéntate a mi lado. —Isabella Chisso abrió los brazos extendiéndolos hacia su hijo.

—¿Por qué soy tan débil, madre? —se fustigó, acurrucándose entre los brazos maternos.

—El páter Pietro fue demasiado permisivo y protector contigo. El resultado es que con treinta años eres un iluso, no sabes nada de la vida y te montas sueños propios de un adolescente. Dime, cariño, ¿todavía eres virgen?

Paolo se despegó de los brazos de Isabella y le respondió cabizbajo.

—Madre, recuerda que soy un siervo de Dios. El celibato forma parte de mi condición de sacerdote, he hecho voto de castidad.

Isabella lo escuchaba cuestionándose cómo había nacido de ella una persona tan anodina.

Paolo Chisso amaba de una manera pura. Reprimía sus pensamientos pecaminosos, aquellos relacionados con el deseo de la carne, flagelándose con el látigo. Hacía cinco meses que creyó haber descubierto el sentimiento sumo al cruzar su mirada con unos celestiales ojos azules. Unos ojos que ahora su madre le obligaba a cerrar para siempre, a quitarles toda viveza y expresión si mataba a la mujer que los lucía, a la mujer de quien estaba enamorado.

—Paolo, hijo, sé que lo que te pido no es fácil. Sé que la chica te gusta, estás encaprichado de ella, pero es su vida o la nuestra.

Hazlo de una manera que no sufra, despídela con el cariño que le profesas. Nosotros seguiremos haciendo penitencia en este patético mundo, mientras ella descansará junto a Dios.

—Madre, voy a atentar contra el quinto mandamiento, ¿qué clase de persona soy? —se martirizaba Paolo.

—Hijo, deja de darle vueltas. Hay que actuar, se nos acaba el tiempo. Sé que esta vez no me vas a fallar porque soy tu madre y, pese a todos mis defectos, me quieres. Al igual que yo te quiero y siempre te querré —arguyó con su voz afónica y fingidamente quebrantada.

Sin despedirse de Isabella, Paolo abandonó la casa despacio. Con paso derrotado avanzó entre la penumbra, medroso al pensar lo que iba a hacer. «¡Fuera de mi cabeza, fuera!», le gritaba a las voces que solo él escuchaba animándole a seguir «¡Lo voy a hacer, dejad de martirizarme!». Y siguió discutiendo con ellas hasta que consiguió acallarlas. Había llegado al hospital. Ante la puerta de la habitación de Fátima no había nadie. Era la hora del cambio de turno de los policías custodios; uno se había ido con prisa y el otro llegaba rezagado. El páter Paolo Chisso entró. El corazón de Fátima dio un vuelco al verlo.

—Paolo, ¿qué haces aquí?

—He venido a matarte —dijo con voz temblorosa.

El jefe de Policía Marco Palmieri aceptó a regañadientes que Minerva Nàcher se llevase de Venecia a Fátima Biosca, la única testigo que podía dar luz al caso que llevaba tres años intentando resolver, desde que empezaron a desaparecer turistas jóvenes, todas cultas y bellas. En los pocos días que llevaba tratando con la investigadora había aprendido que, cuando tomaba una decisión, era irrevocable. También era consciente de que la vida de Fátima corría peligro, lo mejor era que regresase a su país.

Marco Palmieri, Gisela Landon y Minerva Nàcher subieron en una lancha de la Policía en dirección al hospital con la intención de comunicarle a Fátima que al día siguiente se marcharía, acompañada por Minerva, de vuelta a su hogar en Tarragona, junto a sus padres. Al llegar a la planta de psiquiatría, la investigadora se detuvo ante la máquina dispensadora de café y apretó el botón de uno doble.

—¿Vas a tomarte un café? —se extrañó Gisela sabedora de que a Minerva le daba asco.

—No es para mí — aseguró y lo cogió.

—Llegaron ante la puerta de la habitación de Fátima y Minerva le entregó el vaso al agente de turno —tome, le irá bien.

—¡Gracias, señora! Jefe Palmieri, no lo esperaba a estas horas —se puso en pie.

—¿Todo bien por aquí? —pregunto Marco Palmieri.

—Sí, jefe. Hace escasos minutos que hicimos el cambio de turno. El otro agente se fue un poco antes de que yo llegase. Parece estar todo tranquilo. Ahora iba a asomarme a la habitación, pero no quiero molestar a la muchacha.

—¿Está diciendo que esta puerta se ha quedado sin vigilancia? —espetó Minerva.

—Unos minutos escasos, como les he dicho, ahora iba a entrar —se excusó el agente dando un sorbo al café.

Mientras Marco Palmieri amonestaba al agente custodio y le pedía explicaciones del porqué de su tardanza, Minerva Nàcher y Gisela Landon abrieron la puerta y entraron rápido en la habitación. Gritaron al unísono, aterradas ante la imagen esperpéntica del crimen que se estaba ejecutando en el silencio de la noche: un cura presionaba con todas sus fuerzas la almohada sobre el rostro de Fátima, quien, tumbada sobre la cama, pataleaba su último aliento de vida.

—¡Cabrón, mal nacido! —exclamó la investigadora, se quitó una bota y golpeó la cabeza del atacante con el tacón.

El cura se revolvió y cruzó su mirada con la investigadora. Se reconocieron y forcejearon mientras la brecha abierta por el golpe supuraba un fino hilo de sangre que resbalaba por el lateral y caía sobre la sotana. Minerva se defendió dándole una patada en los testículos con la punta de la bota que llevaba puesta. Al doblarse del dolor, Marco Palmieri le agarró ambas manos por detrás y le colocó las esposas. Gisela retiró la almohada que taponaba el rostro de Fátima y la joven recuperó la respiración a pequeñas bocanadas de aire. Avisaron a las enfermeras que acudieron con una bombona de oxígeno y avisaron al equipo médico.

Marco Palmieri ordenó al agente custodio que pidiese refuerzos. Giró hacia sí el cuerpo del agresor y una exclamación retumbó por la habitación:

—¡Páter Paolo!

—Vaya, parece que tienes una estrecha relación con los clérigos de esta ciudad. ¿Los conoces a todos? —espetó Minerva, alterada, mientras se volvía a calzar.

El jefe de Policía se abstuvo de contestar. Conocer a curas no era indigno ni anormal. Sin embargo, admitía que el hecho de que uno de los curas fuese hallado muerto y el otro con las manos sobre una almohada tratando de asfixiar a una persona, no eran sucesos que pudiesen pasar desapercibidos. Y sí, era innegable que los conocía a ambos.

La doctora Rossi traspasó el umbral de la puerta con taquicardia. En el momento del suceso estaba ausente del centro hospitalario. Una enfermera la había avisado por teléfono. Sin saludar a nadie, fue directa a su paciente; Fátima Biosca seguía con la máscara de oxígeno puesta, la mirada angustiada, los nervios deshechos.

—Respira despacio, Fátima, despacio, despacio...—la doctora le iba marcando el ritmo al tiempo que le acariciaba el cabello.

Los refuerzos policiales habían llevado al detenido a urgencias para que le curasen la herida antes de trasladarlo a comisaría. La paciente entraba con lentitud en una calma luctuosa, con resabios del terror que había vivido durante cinco meses y que la perseguía implacable.

Minerva Nàcher salió de la habitación con evidente enfado. Caminó de un lado a otro, a lo largo del pasillo, susurrando sus reflexiones:

«¡Casi la mata! La culpa es mía por no haberla sacado antes de aquí. Es una obviedad que Fátima Biosca es un estorbo para alguien, pero ¿para quién? ¿Y qué relación tienen los curas en este turbio asunto? Supongo que el que ha intentado asfixiarla es un mandado, ¿de qué lo conocerá Marco Palmieri? ¿Quién da las ordenes en este entramado criminal y quién lo compone? No voy a esperar a mañana para llevarme a Fátima. En cuanto se restablezca y recupere los niveles de oxígeno se viene conmigo. Si, por prescripción médica, debe hacer noche en el hospital, la pasaré a su lado».

Minerva vio cómo la doctora Rossi y el jefe de Policía salían al pasillo y se acercó a ellos.

—No me hago responsable de su seguridad ni un minuto más. ¿Me escuchas? La doctora increpó al jefe de Policía.

—El responsable soy yo —respondió —. Sabes que tengo dos agentes día y noche ocupándose de la vigilancia.

—Te iría bien un poco de humildad, Marco. —Minerva interfirió en la conversación con tono incisivo— Sí, eres el responsable de la seguridad de Fátima Biosca y estás demostrando tu incompetencia al respecto. ¡Han estado a punto de matarla!

—Ni un minuto más, Marco Palmieri —recalcó la doctora Rossi y volvió a entrar en la habitación.

El jefe de Policía se mordió la lengua para evitar responderles, no tenía defensa posible; dos mujeres de fuerte temperamento y capacidad dialéctica eran demasiado para un solo hombre.

En el pasillo del ala de psiquiatría, con quejidos de diferentes voces de fondo, todos cercanos aunque sonaran remotos,

Minerva Nàcher y Marco Palmieri mantenían un pulso con la mirada; la de Minerva, intimidadora; la de Marco, implacable.

—¿De qué conoces al cura agresor? —inquirió Minerva.

—A veces lo veía con el páter Pietro. Creo que desde niño fue su discípulo o algo así.

—¿Los veías?, ¿dónde?

—Ya se lo he explicado a Gisela. Al páter Pietro me lo presentó Vincenzo, el agente de policía que se suicidó. Éramos vecinos y en ocasiones, me lo encontraba en el portal con el páter Pietro; un día me lo presentó. Lo mismo sucedió con el páter Paolo, uno de los días que acompañaba al páter Pietro, Vincenzo también me lo presentó —se notaba la premura en el habla del jefe de Policía, la urgencia por zanjar el tema.

—¿Por qué se veían un policía y dos curas en un portal? —presionó la investigadora.

—¡Deja de atosigarme! No - lo - sé —Marco Palmieri dio media vuelta y regresó a la habitación.

Minerva Nàcher aprovechó para ir en busca del cura agresor, quería hacerle unas preguntas sin que nadie más estuviese delante. Bajó las escaleras hasta llegar a la planta donde atendían las urgencias. Agudizó la vista y reconoció a uno de los policías que había llegado con los refuerzos, estaba delante de un *box*. Al aproximarse, la investigadora se percató de que el acceso estaba flanqueado por el resto de los agentes que componían los refuerzos. Sin desistir de sus planes, Minerva traspasó la barrera humana con naturalidad y firmeza. Obtuvo un saludo con la cabeza de algunos policías que la reconocieron y ella imitó el gesto. Entró en el cubículo. El sacerdote estaba tumbado en la cama, sujeto con unas correas de seguridad. Las manos esposadas sobre el cuerpo. Una venda le rodeaba la cabeza como si fuese un tocado blanco. Tenía los ojos abiertos y la mirada abstraída.

—¿Te duele la cabeza? —fueron las primeras palabras que Minerva le dirigió.

—Sí —reconoció.

—A mí también. Por tu culpa. ¿Te acuerdas de la mujer a la que, hace unas horas, has golpeado con una puerta en la iglesia Santa María Formosa? Pues era yo. Y el causante de esta inflamación eres tú —recalcó señalando con el dedo índice el chichón de su frente.

El detenido giró la mirada y la observó. Minerva Nàcher dibujó una tenue y satírica sonrisa.

—¿Cómo te llamas? —continuó la investigadora.

—Paolo Chisso. Soy el páter Paolo Chisso. ¿Y usted?

—Las preguntas las hago yo, Paolo Chisso —aclaró rápida—. ¿Eres un cura de verdad o te disfrazas?

—¡¿Qué?! —pareció ofenderse— Claro que soy cura, ¿por qué lo duda?

—Quizá porque no estoy acostumbrada a ir por ahí viendo a miembros del sacerdocio cometer homicidios —expelió Minerva.

—¿Cómo está Fátima? ¿Ha muerto? Si sigue viva, la tengo que matar. No quiero, pero debo hacerlo...

Las palabras del páter Chisso hicieron temblar a Minerva Nàcher. Se cuestionaba cómo era posible que el cura se reafirmase en su intención de quitarle la vida a Fátima al tiempo que se mostraba contrario a querer hacerlo. Con anterioridad, la investigadora ya se había imaginado que Paolo era un mandado, ahora comprobaba que sufría algún tipo de trastorno y alguien se aprovechaba de él. Llegó a sentir pena y suavizó el tono del interrogatorio.

—¿Por qué dices que debes matarla? ¿Oyes voces que te incitan a ello?

—Sí, sí, la escucho sin cesar, es la voz de mi madre. Y a una madre se le debe respeto. La tengo que obedecer — Paolo hablaba con convicción.

—¿Quién es tu madre? ¿Quieres que venga?

—Nooooo, no, no, no quiero verla. Se va a enfadar mucho conmigo. Soy un fracaso, todo lo que me ordena lo hago mal. —Parecía un niño asustado, hasta la voz había adquirido un tono infantil.

—Entiendo... Tal vez podamos llamar a tu padre —le propuso Minerva.

—Falleció. —Al decirlo los ojos se le aguaron.

—¿Tienes algún familiar o amigo en quien confíes?

—Sí, en Francesca, Francesca Longo, pero no quiero preocuparla.

Minerva envió un mensaje a Gisela:

—¿Recuerdas el apellido de la señora Francesca? ¿La que encontró a Fátima?

—Creo que se llama Francesca Longo. Espera que lo miro en mis apuntes y enseguida te lo digo seguro.

En décimas de segundo Minerva obtuvo la respuesta definitiva.

—¡Buena memoria la mía! Su nombre completo es Francesca Longo.

La investigadora, con el corazón acelerado, le dijo al páter Paolo que intentase dormir un rato, necesitaba descanso. Salió rauda, subió las escaleras y en un momento, entró en la habitación donde Fátima seguía acompañada por Gisela, la doctora Rossi y el jefe de Policía.

Minerva se dirigió a Marco Palmieri y le masculló:

—Creo que Francesca Longo corre peligro. Ordena que vayan a buscarla y la lleven a comisaría. Sabe más de lo que nos dijo. Hay que protegerla.

—¿Por qué? —replicó Marco.

—Hazme caso, por favor. Luego te lo explico.

Minerva insistió a Marco Palmieri y este salió a hacer las llamadas pertinentes. Acto seguido, la investigadora se acercó a Fátima. Ya respiraba con normalidad sin necesidad de la máscara de oxígeno.

—He de hacerte una pregunta, Fátima. ¿Conoces al cura que te ha atacado?

A Fátima Biosca le asaltaron los recuerdos, todos los tormentos que ahora eran su réproba nocturna en forma de pesadillas. Buscó en su interior la reciedumbre que se necesita para sobrevivir y respondió con entereza.

—Sí. Su nombre es Paolo Chisso. Él me secuestró y él me liberó.

Venecia. Cinco meses antes.

Hace un calor tan sofocante que hasta las palomas que suelen invadir la Plaza de San Marcos se han escondido hoy. Pocas son las que picotean restos de comida por el suelo y menos las que sobrevuelan al gentío ruidoso y chispeante que camina o se sienta bajo los brillantes rayos solares del mes de julio.

Las hermanas Biosca, junto a sus respectivas parejas, hacen cola para entrar en la catedral. Lourdes y Héctor apenas se dirigen la palabra, salvo lo justo. Lourdes siente la necesidad de aclarar con su hermana lo que Héctor le dijo; pese a que le parece increíble, le pellizca un atisbo de duda y quiere saber la verdad. «Es una mentira de este fanfarrón», intenta convencerse Lourdes. «Debería desenmascararlo, ponerlo en evidencia y mandarlo a la mierda».

Fátima está incómoda; Ángel, percibe el desasosiego que desprende su novia.

—¿Qué te pasa? —le musita al oído.

Ella lo mira con sus enormes ojos azules, irritados por el desvelo. No ha dormido en toda la noche y está a punto de explotar, quiere gritar y desahogarse. Pero ¿y si su hermana y Ángel no la creen? Solo de pensarlo le aumenta la angustia. No quiere dañar a nadie y sabe que sus palabras lo harán. Ella no es culpable. Va a decir la verdad. Y la verdad, aunque duela, libera.

—Tengo que explicarte algo. Salgamos de la fila —le dice a Ángel.

—Llevamos mucho rato esperando y perderemos el turno —se extraña él.

—¡Da igual! —Fátima lo agarra del brazo y tira de él.

Lourdes los observa y arguye sus propias conclusiones. No se ha fijado que ha sido su hermana la que ha sacado a Ángel de la fila y cree que es él quien se niega a entrar en la catedral. «Ya se le han cruzado los cables», piensa sin perderlos de vista.

Ángel y Fátima caminan escasos metros por la Plaza de San Marcos. Ella se detiene y lo frena. Fátima le coge ambas manos, se las aprieta con la tensión que la ahoga. Se miran de frente.

—Cariño, estoy preocupado. Dime de una vez qué te pasa, por favor.

—Héctor me acosa. —Fátima suelta y resopla, empieza a hiperventilar. Palidece.

—¡¿Qué?! Tranquila, relaja los brazos y el cuello. —Ángel, atónito por las palabras de su novia, la ayuda a pausar la respiración.

—No sabía cómo decírtelo... Lleva tiempo detrás de mí, me aborda en lugares inesperados e insiste en que te abandone y me vaya con él.

—¿Te ha hecho algo? ¿Ha intentado propasarse contigo? ¡Lo mato!

Ángel se altera. Hace el gesto de ir hacia donde se encuentran Héctor y Lourdes, todavía en la fila que avanza con una lentitud pasmosa. Fátima lo detiene.

—¡Espera! ¿Qué vas a hacer? No me ha tocado, te lo prometo.

—Voy a pedirle que se vaya, que se aleje de ti para siempre. ¡Que se larguen los dos! Porque… ¿se lo has contado a tu hermana? —Ángel aprieta los labios, disgustado.

—No, no me he atrevido… —responde Fátima con la cabeza gacha.

—Pero ¿te das cuenta de lo grave que es esto? Pensaba que entre vosotras dos había confianza. ¿Cómo permites que Lourdes viva en la ignorancia de qué tipo de gentuza es su «amigo especial» o como quieran llamarse? Sí que es especial, sí, ¡un grandísimo cabrón!

Lourdes Biosca los observa desde la corta distancia que los separa. Está atenta a cada gesto que hacen y se pregunta de qué estarán hablando. Se alerta al ver los aspavientos de los inquietos brazos de Ángel, cree que él y Fátima discuten. Sin dudarlo, se dirige hacia ellos, se siente con el deber de proteger a su hermana. Héctor la sigue.

—¡No le grites a mi hermana! —recrimina Lourdes a Ángel.

—Te equivocas, Lourdes. Ángel está enfadado con razón, pero no conmigo —aclara Fátima.

—¡Mal nacido! ¡Aléjate de Fátima, para siempre! —Ángel agarra de la pechera a Héctor que se le encara.

Las hermanas Biosca los separan. Lourdes sospecha que la tirante situación tiene algo que ver con el disparate que le ha explicado Héctor horas antes.

—Fátima, ¿tienes algo importante que contarme? Este me ha dicho que lo acosas, pero no le creo —dice señalando con asco a Héctor.

—¿Yo a él? ¡Por supuesto que no! —El nerviosismo de Fátima va en aumento—. Es él quien me persigue, Lourdes. No te quiere, es un manipulador mentiroso. Lo siento hermana, te lo he ocultado para evitar dañarte… A Ángel se lo acabo de contar… ¿Me creéis verdad?

Fátima Biosca se siente atacada por ella misma, por la desconfianza que ha creado. Le gustaría estar en su casa, meterse en la cama y despertar escuchando la voz de su madre. Así se daría cuenta de que está en su hogar y esto es solo una terrible pesadilla. Cierra con fuerza los ojos y en una décima de segundo los vuelve a abrir; todos discuten. Fátima echa a correr huyendo de una realidad que le disgusta y la ahoga.

—¡Espera Fátima! ¡¡Fá-ti-maaa!!

Ángel corre tras ella gritando su nombre, pero la pierde de vista entre la multitud.

El primer impulso de Lourdes es seguirlos, pero han desaparecido tan rápido, que le sería imposible dar con ellos. Confía en que su hermana se cansará, Ángel la encontrará y regresarán juntos. Mira con asco a Héctor que observa la escena como un pasmarote, como si no le incumbiese lo que sucede.

—Si le pasa algo a mi hermana, tú serás el responsable y jamás te lo perdonaré. Reza para que Ángel vuelva con ella sana y salva —le escupe a Héctor.

—¿Qué forma es esa de hablarme? Soy tu hombre —fanfarronea.

—¡¿Mi hombre?! ¡¿De qué vas, imbécil?! Tú no eres un hombre, eres un despojo humano.

Fátima cesa su huida, exhausta por el cansancio. Ha dado tantas vueltas sin rumbo fijo que ahora está desorientada. Con el corazón acelerado y la respiración fatigosa, intenta recomponerse. En lugar de buscar asiento, camina despacio, sabe que parar en seco tras un ejercicio brusco es contraproducente. Su largo cabello está alborotado por el movimiento de la carrera, usa los dedos de la mano como peine. Al ralentizar el ritmo de los pulmones, por sus fosas nasales penetra un olor que le resulta familiar. Un agradable aroma a libro antiguo la conduce hasta un lugar desconocido para ella: la librería Acqua Alta. Viejos libros y otros que no lo son tanto se apilan en las estanterías, se acumulan dentro de góndolas e incluso en bañeras, un ambiente peculiar que la invita a sumergirse en su interior y a disfrutar de los miles de libros que la rodean. Es su momento «aquí y ahora», no quiere pensar en nada más.

Una persona la observa. Merodeaba por el Campiello del Tintor cuando la ha visto entrar. «Es perfecta», piensa. Pasea a escasa distancia de la joven, simula interesarse por algún libro cuando su verdadero interés está puesto en ella. En uno de los pasillos finge un encuentro fortuito, simula interesarse por el mismo libro que la joven acaricia con curiosidad. Es entonces cuando la mira de frente y se topa con los ojos más bellos que ha visto jamás. Algo le recorre el cuerpo, siente una extraña felicidad y un deseo que se contrapone al deber que le tienen asignado.

—Disculpe, padre. Coja usted el libro. —Fátima retira la mano.

—Soy yo quien debe disculparse. Ten, por favor. —Le ofrece el ejemplar— Permíteme que me presente, soy el páter Paolo Chisso. ¿Cuál es tu nombre?

—Fátima, Fátima Biosca —responde tímida.

—Bonito nombre, el de una virgen milagrosa. ¿Estás de vacaciones en Venecia?

Al escuchar las palabras del cura, Fátima se ha acordado de su madre y de las veces que repite que sus dos hijas tienen nombre de vírgenes milagrosas. También recuerda lo que su madre le ha inculcado desde niña: la fe en Dios y la confianza en quienes lo representan en la tierra.

—Sí, hago turismo cultural. Me gustan el arte y la literatura —responde más relajada.

—¿Ya has visitado la iglesia Santa María Formosa?

—La he visto por fuera. Ambas fachadas, la renacentista y la barroca.

—Me ofrezco a hacerte de guía por el interior, conozco bien su historia y todos los detalles.

Fátima se deja convencer por el rostro angelical del páter Paolo Chisso y su voz melódica. Salen juntos de la librería. De repente, Fátima recapacita. Ángel y Lourdes deben de estar preocupados por ella. Se dice a sí misma que estará poco rato en la iglesia. Un poco de paz y recogimiento le irán bien. Avanzan en silencio; el páter pide perdón a Dios por lo que va a hacer. Fátima piensa que Dios ha puesto en su camino al cura justo cuando lo necesitaba.

Llegan al interior de la iglesia. Ambos se persignan. El páter le pide que lo acompañe por el lateral, esperarán a que finalice la misa para hacer el recorrido. El páter Pietro Cacciari desea la paz a los fieles y pide que repartan el saludo de paz entre ellos como signo de reconciliación, al mismo tiempo mira de reojo al páter Paolo al verlo entrar con una nueva presa. Paolo Chisso abre una puerta y empuja a Fátima hacia el interior. Él se queda fuera y cierra la zona insonorizada.

La joven no entiende qué sucede.

—¿Páter? ¡Páteeeeeerrr!

Fátima Biosca se funde entre chillidos con la tenebrosa oscuridad.

29

Mi amiga Elda se ha quedado perpleja al decirle que he conseguido ver y distinguir, gracias a su ayuda, a mi ex. Héctor estaba allí, en la esquina del callejón, viendo cómo alguien me agredía y me golpeaba hasta matarme. No hizo nada para evitarlo y tampoco se lo ha contado a la Policía ¿Será cómplice de mi asesino? ¿Contrató a un sicario y estaba mirando cómo cumplía con tan despreciable encargo? ¿Hasta qué punto está involucrado en lo que me sucedió? Prefiero dejar de hacerme preguntas, pero me va bien saber que ese malnacido tiene las respuestas. De una u otra manera se las voy a sacar.

Elda propone ir a la Policía y contárselo. Rápidamente hemos desechado la idea, ¿quién la iba a creer? La tomarían por loca.

Le he dicho a Elda que volveré a su casa en otro momento y me he ido a la de mis padres. Ojalá me pudiesen achuchar, necesito su cariño. Por lo menos tengo su proximidad, aunque ellos no perciban la mía. A veces, cuando estaba viva, era un tanto despegada... En cambio, ahora quisiera impregnarme de su amor, que me envolviesen con sus brazos fuerte, muy fuerte y no me dejasen ir.

Uy, están serios y silenciosos. Algo sucede entre ellos. Parecen enfadados. Mi madre está en la cocina, mi padre en el sofá; hay cosas que no cambian.

Mamá apaga los fogones y se dirige al salón.

—Ricardo, la comida está lista —le dice con tono áspero.

—No tengo hambre. Come tú si los remordimientos te lo permiten —la mira con despecho.

—Dime de una vez por qué estás así, me es insoportable esta tensión que hay entre nosotros, este silencio que me hace sentir culpable —estalla Lidia.

—Te sientes culpable porque lo eres —responde él.

Papá dice que mi madre es culpable... ¿de qué? Esto se pone feo. Entre ellos saltan chispas que anuncian reproches. Se avecina una pelea que no quiero presenciar, ¿o sí? Sí, por supuesto que sí. Es posible que muerta me entere de más cosas que cuando estaba viva, pese a que me entristezca ver cómo se enfrentan mis padres.

—¿Por qué dices eso? ¿Acaso no quieres a nuestras hijas? ¿Me culpas de su existencia? —Mi madre se ha puesto melodramática y dice tonterías. Sus palabras carecen de sentido. Culpa a mi padre de no querernos a Fátima y a mí. Ahora empezará a nombrar a Dios, seguro, seguro—. —¡Dios mío, apiádate de nosotros!

Qué previsible es. En esta casa se nombra más a Dios que en las iglesias.

—Nos está castigando, Lidia, por crear un hogar basado en una mentira. Y no te quieres dar cuenta. Yo asumo mi parte de culpa, sin embargo, tú te niegas a admitir la tuya.

—Ricardo, estuviste de acuerdo en todo lo que hicimos. Anhelabas ser padre.

—Claudiqué ante tus deseos, como siempre. Pero sí, también son mis hijas, aunque no lleven mi sangre.

Porque estoy muerta, si no ahora mismo me daría un soponcio. ¿Mi padre no es mi padre? ¿Quién es mi padre? Con razón sus conocidos siempre decían: «Qué ojos tan azules tienen estas niñas, ¿de quién los habrán sacado?». Y es que, en nuestra familia, excepto mi hermana y yo, todos tienen los ojos marrones. Siempre he pensado que mis padres, Ricardo y Lidia, eran una pareja sólida, sencilla, sin secretos. Mi madre, una mujer comedida y casera. Mi padre, un hombre trabajador y responsable. Y ahora, al escucharlos, deduzco que el milagro de nuestra creación es una farsa que han mantenido toda la vida. Tanto decir que nuestros nombres, Fátima y Lourdes, son en agradecimiento a dos vírgenes milagrosas, ¡menudo rollo! ¡Cómo se entere mi hermana...! Mejor que se lo oculten eternamente o su mundo de familia feliz, que se resquebrajará cuando sepa de mi muerte, se acabará desmoronando del todo.

—Tú organizaste la gran mentira y lo hiciste de manera magistral —dice mi padre y se enciende un cigarro.

Es raro que mi madre no lo obligue a salir a fumar a la terraza. Da un par de profundas caladas y sigue hablando con el gesto adusto. Ahora que me fijo, veo lo mucho que ha envejecido en poco tiempo.

—Te inventaste que eras tú la que no podía gestar cuando era yo quien tenía problemas de fertilidad. Me lo dijiste de una manera que hasta llegué a avergonzarme de ser estéril, me sentía menos hombre y acepté tu propuesta. ¡Qué estupidez! Estaba cansado de escucharte repetir lo que pensaría la gente de mí, lo que chismorrearían. ¡Estoy harto de pensar en «el qué dirán» y hasta los huevos de cotilleos!

En los veintitrés años que he tenido de vida jamás había oído hablar así a mi padre. Las salidas de tono y las palabrotas estaban prohibidas en este que parecía el hogar perfecto. Mi madre lo escucha como si tal cosa, mantiene el sosiego pese a los reproches, deja que él se desahogue y soporta sin rechistar la peste a tabaco que tanto detesta. Ahora se sienta a su lado, le irá a quitar el cigarro de la mano y apagárselo. ¡Ah!, pues no, se ha puesto mimosa y le acaricia la espalda por encima de la camisa como si intentase calmar a un animalito. Lo siguiente será hablarle con toda la paciencia del mundo y, como antes, la primera palabra que salga de su boca será «Dios».

—Dios es piadoso y no nos está castigando. ¿Por qué motivo nos iba a castigar? ¿Por una mentira hecha sin malicia alguna? Ni siquiera fue una mentira, ocultamos una información que solo nos afectaba a nosotros, a ti y a mí, Ricardo. La decisión fue de mutuo acuerdo. Me sometí a una inseminación artificial y dijimos a la gente que, después de tantos años e intentos, sin perder la fe, se obró el milagro y me quedé embarazada.

—Somos un par de hipócritas...

Mi padre se lleva una mano a la frente y la desliza por toda la cara como si se despojase de una máscara. Prosigue con su disertación.

—Fátima ha salido a ti, Lidia. Es dulce, obediente, se nota que nos quiere. En cambio, Lourdes era diferente, quizás se parecía al donante de esperma que no sabemos quién es. Cada vez que se ponía respondona me acordaba de que era hija de otro. Y aunque intentaba borrar rápido ese pensamiento, Lourdes siempre hacía algo que me lo devolvía. No fuimos capaces de encauzarla, la rebeldía corría por sus venas.

Yo también os quiero, igual que a Fátima, sois mi familia. Papá ¿cómo tienes ese pésimo concepto de mí? ¿Tan mala hija he sido? Me he saltado alguna de vuestras normas, sí, la de no ir los domingos a misa. Pero de niña iba siempre. He sido estudiosa y trabajadora. He tenido un temperamento fuerte y en muchas cosas no coincido con vosotros, pensamos de manera diferente. Pero es normal que pase entre padres e hijos, tanto si son de sangre como si no lo son. Papá, es muy triste lo que dices de mí, no me has considerado tu hija. Parece que mi muerte te haya liberado de mi presencia, una presencia que te resultaba molesta. ¿Por qué os hablo? Ya no podéis oírme ni percibir mi tristeza. Para mí quede.

—¡Basta, Ricardo! Estás hablando de Lourdes como si fuese un monstruo y era una persona llena de virtudes. Tenía defectos, claro que sí, como tú, como yo, como todo el mundo. Era mi niña, la traviesa, la inquieta, la que no se andaba con dobleces y decía lo que pensaba. Tenía que haber aprendido yo más de ella que ella de mí. La querré siempre y la echo muchísimo de menos.

Mamá ha dejado mudo a mi padre. Se ha puesto en pie y le está echando un buen rapapolvo moviendo el dedo índice de la mano derecha con una intensidad que marea. De repente, papá se echa a llorar con desespero, se arrodilla y dice que lamenta de corazón lo que ha dicho, que él también me querrá siempre y nunca me olvidará.

—Recomponte. Hemos iniciado el duelo, Ricardo, y va a ser un proceso difícil. Pero piensa que dentro de un rato llegará Fátima acompañada por Minerva y tenemos que recibirlas con entereza. Además, en algún momento tendremos que decirle lo que le ha sucedido a Lourdes, que en paz descanse.

¿Cómo voy a descansar en paz con tanto sobresalto y esta confusión que me impide seguir el camino debido? Un camino que no sé dónde está, ni si existe, pero quiero creer en lo que me dice Elda y que no me voy a pasar toda la eternidad pululando por aquí; es agotador.

Dice mi madre que Fátima vuelve a casa, ¡por fin una buena noticia! Me gusta que la acompañe la investigadora, me da buen rollo. ¿Quién le dirá a mi hermana que estoy muerta? ¡Qué mal trago! Mis padres, más calmados, han empezado a hablar de ello. Me voy a la habitación de mi hermana, a ver si está todo ordenado como a ella le gusta. Cuando llegue se sentirá mejor que en un hotel de cinco estrellas gran lujo, ¡lo bien que se está en casa! Ojalá yo también pudiese volver en carne y hueso, pero sé que es imposible, así que ni me voy a asomar a mi cuarto para evitar nostalgias en balde. Lo que tengo que hacer es ir desprendiéndome poco a poco de todo lo que me ata al mundo material al que ya no pertenezco.

La habitación de mi melliza está impoluta; ordenada y limpia. Huele a jazmín. Desde que Fátima desapareció en Venecia, mamá tiene la costumbre de esparcir por la habitación unas gotas de su fragancia preferida. Voy a mirar qué tiene por aquí, aunque sé que está mal hurgar en lo ajeno, como soy un fantasma me voy a permitir la licencia de hacer lo que me plazca. A ver en este cajón... un montón de libros. A ver en el siguiente... otro montón de libros. Voy a mirar en el baúl que hay a los pies de la cama, yo tengo uno igual, nos los compró papá hace muchos años para guardar juguetes. Claro está que luego les hemos dado otros usos, en el mío acostumbro a guardar ropa de entretiempo. ¿Qué guardará Fátima en el suyo? Lo abro. ¡Oh, menuda sorpresa!, más libros. Un momento, por aquí asoma otra cosa, parece un cuaderno, debe ser uno de tantos donde escribe sus poemas. Lo saco. Es bonito, tiene las tapas duras forradas con un papel envejecido. Lo abro por la primera página. Empiezo a leer:

«Soy Fátima, la persona más falsa que hay sobre la tierra».

Un taxi conduce a Minerva Nàcher y a Fátima Biosca desde el aeropuerto hasta la zona centro de Tarragona. Habían hablado poco durante el vuelo, cosas triviales como el frío que hacía o lo lleno que iba el avión. Antes de salir de Venecia, Minerva estuvo dando instrucciones a su ayudante, Gisela Landon, para que le consiguiera información precisa y urgente sobre:

El interrogatorio realizado al páter Paolo Chisso, trasladado a comisaría la misma noche del intento de homicidio de Fátima, y con quien Minerva tuvo ocasión de hablar en el hospital.

La búsqueda de la señora Francesca Longo. Habían intentado dar con ella en cuanto el páter Paolo Chisso dijo que era la única persona en quien confiaba, pero no la habían encontrado en su domicilio.

El informe de la revisión de las cámaras de la *questura police,* para saber quién había escrito la nota que encontraron en el despacho de Marco Palmieri y que alertaba de que había un muerto en la sacristía de la iglesia Santa María Formosa.

Suena el timbre de la puerta de entrada, deben de ser mi hermana y la investigadora. Cierro el cuaderno y lo coloco donde estaba. Encontraré el momento para seguir leyendo, la frase inicial me ha dejado atónita. Mis padres se han lanzado sobre mi hermana en el descansillo afianzando el vínculo al que he dejado de pertenecer. Forman un conmovedor entrelazado de brazos, besos y caricias. Minerva Nàcher los observa con una amplia sonrisa. Es una mujer que va de dura, supongo que forma parte de su trabajo, porque en realidad, por lo que yo he visto, es empática y protectora. Quiero formar parte del amor que desprenden, ¡allá voy, a unirme a ellos! Caray, no puedo, han creado una energía tan hermética que he rebotado como un globo hacia atrás. Ahora floto por el salón.

—Buenas tardes —carraspea la investigadora y los hace reaccionar antes de que estrujen por completo a Fátima.

—Disculpe, Minerva, nos hemos dejado llevar por la emoción. Pase, por favor —dice mi padre.

Mamá coge el poco equipaje que trae mi hermana y le indica a Minerva dónde puede dejar su maleta, en un rincón junto al mueble en el que hay expuestas más fotos de las que caben. Unas se tapan a las otras. Es la historia de nuestra vida en familia. El teléfono de la investigadora suena, lo saca del bolso y mira la pantalla. Responde.

—Hola, acabamos de llegar. Espera un momento.

Les pide permiso a mis padres para salir a hablar a la terraza, es un tema privado. Ambos asienten con la cabeza y continúan agasajando a Fátima. Creo que la están agobiando. Salgo a la terraza tras Minerva a enterarme de algo, lo que sea.

—Te escucho, Gisela. Dime.

—Tenemos los resultados de las cámaras.

—¿Y? ¿Se ve quién escribe la nota?

—Más o menos... Es... suponemos que es una ¿¿persona?? que accede a la *questura police* por la puerta principal. Avanza como si flotase por el lugar hasta entrar en el despacho de Marco Palmieri. Es algo fusiforme y luminoso. Las imágenes son borrosas, difusas. La supuesta persona, cuando acaba de escribir la nota, sale como si no temiese ser vista. De hecho, nadie la recuerda, pasó inadvertida.

—Es muy raro. ¡Parece que hables de un espectro! ¿Tienes algo más que contarme? ¿Habéis encontrado a Francesca?

—Todavía no. En cuanto tenga noticias nuevas te llamo. Y, respecto a lo del espectro... mejor me callo...

¡Las cámaras de seguridad han captado mi imagen fantasmal! Minerva vuelve al salón, yo detrás. Parezco un perrito faldero. Mamá le ofrece a Minerva un café, ella le responde que prefiere un vaso de agua y le da las gracias. Mi hermana también está bebiendo agua, sujeta un vaso entre las manos. Está sentada en el sofá. Tiene cara de cansada, debería acostarse un rato. Mamá le da el agua a la investigadora que ha tomado asiento en una silla y recomienda a Fátima lo mismo que yo pienso, que se vaya un rato a descansar a su cuarto.

—Primero quiero ver a Lourdes, me muero por darle un abrazo. ¿Dónde está? ¿Sabéis si tardará? Supongo que le habéis dicho que yo llegaba hoy.

Las palabras de mi hermana dejan sin respiración a mis padres, pese a ser conscientes de que es inevitable enfrentarse a este momento. Papá hace el ademán de coger el paquete de tabaco, pero el temblor de sus manos se lo impide. Los ojos de mamá están vidriosos, la boca seca por los nervios. Minerva Nàcher los mira expectante. Percibe que son incapaces de contarles la verdad sobre mi ausencia y toma la decisión para facilitarles el trance.

—Fátima, sé que eres más fuerte de lo que crees y vas a tener que seguir siéndolo. Tu hermana no va a venir. Ha fallecido. Lo siento. —Minerva Nàcher es directa.

A Fátima se le cae el vaso con agua de las manos. Mamá se levanta sin decir palabra para limpiar el estropicio. Papá tiene la mirada puesta en la investigadora, como a la espera de que sea ella quien lo cuente todo y le evite pasar esa angustia. ¿Nadie consuela a mi hermana? A veces sigo sin entender a mis progenitores. ¡Qué digan algo! O hablan o cojo papel y boli y escribo un relato de lo que me ha sucedido. Es mala idea, mi madre pensaría que un espíritu diabólico anda por la casa e iría en busca de un exorcista. Aunque hay algo que sí puedo hacer para ayudar en la investigación de mi asesinato; igual que escribí la nota en Venecia, puedo escribir otra donde ponga que Héctor presenció mi muerte... Podría servir de pista a la Policía. No sé, no sé... ¡Uy! Minerva coge su silla y la pone frente a mi hermana, se sienta y la mira fijamente a los ojos. Vuelve a hablar:

—Fátima, sabes que te he sacado de Venecia porque allí corrías peligro, pero debo decirte que aquí tampoco estás a salvo. Verás, el mismo día que a ti te encontraron con vida en una góndola cuando levantaba el alba en Venecia, tu hermana desapareció al anochecer en Tarragona. Después, Lourdes apareció muerta en la zona de los Ullals de Baltasar.

—En los Ullals?

—Sí. Lo cuestionas como si conocieses el lugar.

—He ido a veces con Ángel. Es un sitio tranquilo.

Es verdad que mi hermana y yo solo nos parecemos en los ojos y el pelo, puede que también en algún otro rasgo, pero en el carácter, ni chispa. Si yo estuviese en su lugar y me hubiesen dicho que a ella la habían matado, estaría histérica maldiciendo a diestro y siniestro.

Siguen conversando las dos, Fátima y Minerva. Mis padres parecen figuras de piedra.

—Creo que tu desaparición hace cinco meses en Venecia y el crimen de tu hermana están relacionados. Necesito que me des toda la información que tengas. Ahora te voy a dejar descansar. Voy a instalarme en el hotel y mañana temprano tengo una reunión en la comisaria de los Mossos d'Esquadra con el inspector Clotet, encargado de dirigir la investigación. Por favor, no salgas de casa. Y que nadie, aparte de ustedes, entre —pide dirigiéndose a mis padres.

—Mejor, porque quiero estar sola. He venido todo el viaje pensando en abrazar a mi hermana, es a ella a quien anhelo ver. No soy nadie sin Lourdes, ¡la necesito!

Fátima solloza, reacciona poco a poco. Se levanta como si le pesase el cuerpo, creo que lo que le pesa es el alma. Camina despacio hasta mi habitación, se tira encima de mi cama, se abraza a la almohada y ahoga un chillido: ¡Lourdeeeessss!

El sufrimiento ajeno siempre me ha resultado más insufrible que el propio, sobre todo si lo padecen mis seres queridos. Le hablo a mi hermana con la esperanza de que me oiga:

Fátima, estoy a tu lado, siempre lo estaré y te protegeré. Te quiero, hermana, y no voy a permitir que te hagan más daño. ¿Recuerdas la oración que mamá nos hacía rezar de niñas antes de dormir? Aunque cabeceásemos de sueño no nos dejaba acostarnos hasta que escuchaba nuestras vocecillas. «Ángel de la guarda, dulce compañía, no me dejes sola ni de noche ni de día». Lo repetíamos al unísono y nos sonreíamos la una a la otra. ¡Qué bonitos recuerdos!

A partir de ahora tu ángel guardián soy yo.

Dejo a Fátima que se desahogue sobre mi cama y vuelvo al salón. Minerva se está despidiendo.

—Volveré mañana. Insisto, que nadie salvo ustedes entre en esta casa. Fátima está en peligro.

La investigadora coge su maleta. Papá, que permanece inmóvil, le dice un «gracias» hueco y mamá la acompaña hasta la salida.

Desolación; es la realidad actual de mi familia. Ha sido cerrar la puerta, volver a estar solos, y la palabra «Dios» es la que más se oye. Mi madre no cesa de nombrarlo, «ay, Dios mío» dice repetitivamente. Papa ha salido a la terraza, supongo que para no escucharla.

Me asomo a mi habitación y compruebo que mi hermana se ha quedado dormida en la posición que la he dejado, abrazada a la almohada. Me voy a la suya. Cojo el cuaderno, releo la primera frase y continuo.

«Soy Fátima, la persona más falsa que hay sobre la tierra. Los que me rodean creen conocerme bien y eso es malo, no soy como ellos creen y cuanto más tiempo viva en la mentira, más me costará salir de ella.

Desde la adolescencia he querido ser como mi hermana Lourdes. Somos más parecidas de lo que mis padres piensan, excepto en la valentía de la que yo carezco y a ella le sobra. Si tuviese su arrojo, viviría en paz conmigo misma, dejaría de ser la víctima de mi propio engaño, sería una persona auténtica en vez de intentar contentar a los demás a costa de dejar a un lado mis deseos. Ya no sé ni quien soy. Vivo en una lucha interna, en un constante estado de ansiedad. Quiero decírselo a Lourdes, es la única que me puede entender. Aunque sé que me reñirá por ser tan tonta. Seguro que esas son sus primeras palabras, pero las dirá con buena intención, para que espabile. Lo tengo decidido, en cuanto volvamos de Venecia me pongo en sus manos. Este es el listado de prioridades de lo que quiero cambiar:

Aprender a decir «no».

Dejar de ser una santa. Mi madre tiene unos planes para mí que no me gustan. Quiere que siga sus pasos de mujer dedicada al hogar. Que me case y no tarde en tener hijos a los que debo inculcar, como ella hace conmigo, la religión católica. Vaya, pasarme los domingos del resto de mi vida yendo a misa. ¡Estoy harta de ir a misa! Me gusta visitar las iglesias, las catedrales..., porque admiro el arte.

Mi padre es bastante machista y me gustaría apoyar a mi hermana cuando se lo insinúa. En cambio, salgo en defensa de él ¡no entiendo por qué! Sí, sí lo entiendo, por lo que he escrito antes, me falta valentía.

Con Ángel, mi novio, también tengo que aclarar algunos temas. Lo quiero, de eso no tengo dudas. Sin embargo, no tengo sus prisas por casarme y tener descendencia. Solo tengo veintitrés años, por lo menos quiero estar diez más sin tener hijos.

Lo que me está pasando con Héctor es lo primero que debo hablar con mi hermana. ¿Cómo se lo digo? ¿Cómo le digo que está saliendo con un acosador?

30

Isabella Chisso empezaba a inquietarse. Habían transcurrido dos noches y un día desde que su hijo salió, a petición suya, en dirección al hospital, convencido de poner fin a la vida de Fátima. Ignoraba su paradero desde entonces. Ella esperaba que regresara de inmediato tras culminar el objetivo. Se cuestionaba si, de nuevo, se habría sentido incapaz y, arrepentido, vagaba por las calles sin rumbo fijo, como solía hacer cada vez que se bloqueaba. También cabía la posibilidad de que Paolo hubiese buscado refugio en la casucha de la persona que lo trataba mejor que ella, la que lo quería como al hijo que nunca tuvo. De ser así, significaba que lo planificado no había salido bien y que debía huir con urgencia para esconderse del que daba las órdenes. Aunque quizá sería mejor decirle la verdad a tiempo para que él también tuviese la ocasión de escapar a algún lugar donde la Policía no pudiera localizarlo.

Al mandamás nunca se le nombraba. Había sido quien inició el plan y junto a Isabella fueron los instigadores del resto de personas que habían formado parte de un lucrativo e ilegal negocio durante tres años; hasta que Fátima Biosca apareció fuera del lugar donde estaba cautiva. Era un hecho extraño dada la imposibilidad que tenían las chicas para escapar. Isabella lo pensaba una y otra vez y siempre se repetía que Fátima tuvo la ayuda de alguien de dentro. Sospechaba de todos excepto del que daba las órdenes quien, al enterarse, se enfadó incluso más que ella. Al fin y al cabo, los que ganaban dinero a espuertas eran ellos dos. El resto, Pietro y Vincenzo, actuaban bajo extorsión y Paolo, además de su hijo, era su particular marioneta.

Al cabecilla solo lo habían visto Isabella y el páter Pietro Cacciari, quien se había opuesto desde el primer momento a facilitarles un lugar donde llevar a cabo la atrocidad que le propusieron, aunque terminó cediendo al chantaje: su nombre, su reputación y su carrera eclesiástica estaban en juego. A Isabella le bastó con amenazarlo con sacar a la luz lo acontecido durante una época que al páter no le gustaba rememorar: cuando frecuentaba los burdeles más exclusivos de Venecia a consecuencia de lo cual tenían un hijo en común. Al desmontar el negocio, el páter Pietro ya no les servía para nada, sabía demasiado y a Isabella no solo no le costó matarlo, sino que sintió placer al hacerlo.

La maléfica mujer consultó su reloj de muñeca, marcaba las 7:12 horas. Asió el impermeable largo que colgaba de una percha y salió de su casa a toda prisa. Quería llegar al Puente del Paraíso antes de las 7:30. La humedad del suelo la hacía patinar, poniéndola en riesgo de sufrir una caída, pero ella era amiga del peligro, no conocía el miedo y se fortalecía ante el conflicto. Tenía que llegar a tiempo para hablar con Francesca.

Isabella no era la única que se dirigía al Puente del Paraíso para salir al encuentro de Francesca Longo. El jefe Palmieri y Gisela se le habían adelantado y estaban a punto de llegar. Paolo estaba en dependencias policiales y se negaba a declarar sin ver antes a su amiga Francesca, así la llamaba: «amiga». Además, Minerva les había pedido que la encontrasen ante la posibilidad de que corriese algún riesgo; y en ello estaban.

Marco y Gisela interceptaron a la mujer cuando cruzaba el Puente del Paraíso para dirigirse a la casa donde trabajaba realizando tareas del hogar. Unos pasos por detrás, Isabella detenía en seco su avance, rabiando por dentro, y daba media vuelta sin saber muy bien qué hacer. No tardaría en enterarse de lo que le había sucedido a su hijo.

Al escuchar la voz del jefe de Policía, Francesca Longo se sobresaltó. Vivía asustada y, entre la escasa luz del amanecer y las finas vetas blanquecinas y ondulantes que formaba la humedad, veía con dificultad.

—Buenos días, señora Francesca —saludó Palmieri.

—Buenos días, Francesca. ¿Cómo está? —añadió Gisela.

—Buenos días. Ahora mismo estoy temblando del susto que me han dado. No esperaba cruzarme con nadie a estas horas y menos que pronunciasen mi nombre. —Se le notaba la agitación al hablar.

—Disculpe, no era mi intención alterarla —respondió Marco—. Ayer fuimos hasta su casa a buscarla, pero al no encontrarla allí, pensamos en venir hoy hasta aquí, sabíamos que salía hacia el trabajo a esta hora.

—Así es, y si me entretienen demasiado, llegaré tarde. ¿En qué puedo ayudarles? —se mostró colaborativa.

—¿Conoce al páter Paolo Chisso? —Marco fue directo.

—Sí, lo conozco. ¿Por qué me lo pregunta? ¿Le ha sucedido algo? —La angustia se reflejaba en su voz.

—Está detenido en la *questura* por el intento de homicidio de Fátima Biosca, la joven a quien usted encontró en la vieja góndola.

—¡Por todos los santos! Espero que la chica esté bien, ¿lo está?

—Sí, está fuera de peligro —intervino Gisela observando cada reacción, cada palabra, cada movimiento de Francesca.

—Llévenme con Paolo, por favor. Si me ha mandado llamar es porque está desesperado...

El páter Paolo Chisso estaba en una de las salas de interrogatorios de la comisaría. Lo acompañaba una agente de policía ante el riesgo de que tuviese la tentación de suicidarse. Por lo que les había contado Minerva tras hablar con él, algo fallaba en su cerebro y lo mejor era tratarlo con mucho tacto. La investigadora dudaba de que el ataque de Paolo a Fátima Biosca fuese malintencionado, estaba manipulado por el mismísimo diablo; un diablo en forma de mujer. La mujer que lo desdeñaba, la que tergiversaba las palabras y los hechos en pro de sus maquiavélicas intenciones, la que dulcificaba el tono y las formas cuando necesitaba tenerlo a su favor, la que pensó en deshacerse de él en cuanto se enteró de que lo estaba engendrando, pero cambió de opinión para utilizarlo como moneda de cambio. Así era su madre, la persona a la que temía por encima de cualquier otro sentimiento.

—Señora Francesca, el páter está en esa sala. —Marco Palmieri señaló una puerta— Le informo de que, desde afuera, les estaremos viendo y escuchando en todo momento.

Francesca asintió y cruzó los brazos, agarrando su extrema delgadez, como si con dicho gesto insuflase a su cuerpo la fortaleza que tuvo en el pasado, pero de la que ahora carecía. Palmieri abrió la puerta e hizo una señal con la mano a la agente que estaba en el interior para que saliera de inmediato.

—Puede entrar —le dijo a la fatigada mujer.

Gisela y Marco se posicionaron delante del cristal unidireccional desde donde observaban todo lo que pasaba en la sala de interrogatorios, mientras que las personas que estaban dentro solo veían su imagen reflejada en un espejo.

Francesca caminó hacia Paolo quien, sentado en una de las cuatro sillas que había en la sala, tenía los codos apoyados sobre una mesa ancha y rectangular y se sujetaba la cabeza entre las manos. Tenía los ojos cerrados por una acumulación de cansancio y desconcierto.

—Paolo, muchacho, soy Francesca —le habló con una ternura que evidenciaba el cariño que le tenía.

El sacerdote reaccionó de inmediato. Abrió los ojos, se puso en pie y se agachó para abrazar a la menuda mujer que siempre le ayudaba. La única que lo entendía, le daba buenos consejos y lo protegía de sí mismo. La que se desvivía por él como si fuese una madre, aunque, por suerte, en nada se parecía a la suya.

—Francesca, ayúdame a salir de aquí, tengo que matar a Fátima Biosca —le susurró al oído.

A Francesca se le encogió el corazón. Paolo estaba peor de lo que imaginaba. Necesitaba con urgencia la atención de un médico, de un psiquiatra.

—Le ha dicho algo al oído y tardan mucho en separarse. Voy a entrar. —Palmieri se adentró en la sala. El páter soltó a Francesca y se dirigió a él repitiendo:

—Ayúdeme a salir de aquí, tengo que matar a Fátima Biosca.

Marco intentó mantener calmado al páter Paolo mientras miraba a Francesca y le hacía una indicación con los ojos para que abandonase el lugar. Ella estaba paralizada. Enseguida Gisela la sacó de allí.

Paolo repetía una y otra vez su deber; un deber que se oponía a su deseo. Por su forma de ser y por cómo había sido tratado desde su infancia, el páter parecía sufrir un problema de salud mental que Francesca siempre temía que explotara.

En el momento en que dos agentes lo sacaban de la sala de interrogatorios, mientras Marco Palmieri les franqueaba el paso, Francesca tomó conciencia de que no había vuelta atrás. Había llegado la hora de enfrentarse al miedo, de decir la verdad pese a los escollos, de estar mentalmente preparada por si la consideraban culpable de ocultar pruebas u otro tipo de información y, sobre todo, de abrirse a la muerte, porque en un santiamén podría venir a por ella. Avisada estaba. Hay quien siempre cumple sus amenazas.

—Señora Francesca, nos ha ocultado información y dudamos de que la que nos ha facilitado sea cierta —la voz de Marco sonó ingrata.

—Tiene razón. Al igual que tiene motivos para desconfiar de mis palabras. Pero quiero contar todo lo que sé, sincerarme de manera voluntaria. Lo que para ustedes será un interrogatorio, para mí será una conversación. —Sus ojos vidriosos y la sonrisa rota apenaban a Gisela.

—Entonces, acepta ser interrogada de manera voluntaria. Todo lo que diga será grabado y se podrá utilizar en su contra o como prueba, pese a no ser considerada sospechosa ni presunta culpable de delito alguno. ¿Es así? — inquirió Palmieri.

—Así es. «Quién encubre su pecado jamás prospera; quien lo confiesa y lo deja, halla perdón». Proverbios 28:13.

—¿Cuál es su pecado, señora?

—Callar.

Marco le preguntó a Gisela si quería estar presente durante la declaración de Francesca. Gisela no esperaba ser invitada, era algo que daba por hecho. Se había quedado en Venecia supliendo a Minerva, la investigación continuaba y su presencia iba a ser permanente hasta que el caso se resolviese. Había convenido con Minerva que cada noche se darían el parte de lo ocurrido durante el día. Si Marco Palmieri creía que Gisela iba a ser más transigente que Minerva, estaba equivocado.

—Entremos —indicó el jefe de Policía.

Marco, Francesca y Gisela Landon se adentraron en la aséptica sala de interrogatorios. Alguien había colocado sobre la mesa tres botellines de agua. Francesca pidió permiso para beber un poco, su palidez era extrema. Tenía dificultad para mantener los ojos abiertos y parpadeaba con pesadez. Sintió un calor repentino al que prosiguió un escalofrío sudoroso. Gisela se fijó en cómo el rostro de la mujer lo invadían diminutas gotas que terminaban resbalando por el cuello. Se puso en pie a su lado y la ayudó a beber un poco más. Francesca había perdido todas las fuerzas que le quedaban y se desplomó como un frágil pajarillo sobre los brazos de Gisela.

Por primera vez en su vida, Isabella Chisso se sintió acorralada y creyó perder el oremus. Había presenciado cómo el jefe de Policía se llevaba a Francesca con él, suponía que a la *questura*. Desconocía el motivo, supuso que para interrogarla, pero ¿por qué?, y ¿cuánta información tenía Francesca? Se hacía esas y otras muchas preguntas, dudas a las que daba respuestas fatídicas: «¿Dónde está Paolo? Lo habrán detenido por matar a Fátima Biosca. ¿Y si no ha sido capaz de matarla y se ha entregado a la policía? No quiero ni pensarlo. ¿Y si lo han detenido cuando la intentaba matar y no ha llegado a consumar su objetivo? Ese sería el peor de los escenarios». Sentada en la mesa de un bar, ahogaba la incertidumbre en cerveza. Al mirar hacia la barra para pedir otra jarra, se fijó en los diarios que reposaban en una esquina e indicó a la camarera que le trajera uno. En cuanto se lo dejó sobre la mesa, pasó con impaciencia las hojas hasta llegar a las noticias de sucesos. Leyó los titulares y dio con el que tenía la esperanza de no encontrar y la convicción de que estaría. Leyó en voz alta lo que sus ojos veían y su mente quería borrar:

Continúa detenido el páter que agredió a una mujer que se encontraba hospitalizada. La joven, de veintitrés años y nacionalidad española, ha sido dada de alta y, según hemos podido saber, ha regresado a su país.

Isabella cerró el diario y lo plegó pese a que la noticia continuaba; ya sabía lo suficiente. Tenía una urgencia imperiosa por realizar la llamada que sería concluyente. Durante un ínfimo segundo sopesó escapar y no hacerla, pero enseguida desistió de tan absurda idea; la encontraría, era mejor contarle la gravedad de la situación. Se acabó la cerveza en cuatro tragos, salió del bar y corrió a encerrarse en su casa. Tiró el abrigo al suelo y se apoyó en la puerta tras cerrarla, clavándose en la espalda los relieves cuadrados. Presionó con todas sus fuerzas para sentir el placer del dolor, hasta que la camisa se le manchó de sangre. Pasó las manos por la tela y se las llevó a la boca, lamió cada dedo sintiendo un gozo ambiguo. Era un animal salvaje en su guarida, le gustaba chupar su propia sangre, pero temía que otro animal, de su misma fiereza, acabase con ella; en la selva solo había un rey.

Fue hasta el baño y se lavó las manos. Ya no sentía dolor, tenía la mente ocupada en la llamada. ¿Cómo se lo iba a explicar y cómo iba a reaccionar él? Recogió el abrigo del suelo y sacó el teléfono móvil del bolsillo. Con la camisa manchada se tumbó en el suelo y sintió cómo las heridas reverberaban, refregándose con el helor de las losetas. Con una mano activó el móvil mientras con la otra acariciaba el mango de una navaja plegada.

—Diga.

—Soy Isabella.

—¿Qué quieres?

—Tengo malas noticias...

—Habla, no te andes con rodeos.

—Será mejor que te pongas a salvo, ¡huye!

—¡¿Qué mierda estás diciendo?!

Isabella abrió la navaja, se clavó la hoja afilada contra la mano y cerró el puño.

—La policía ha detenido a Paolo y Fátima ha regresado a su país —dijo al tiempo que apretaba el puño contra el filo.

—¡Eres una maldita inútil! ¿Le has dicho a alguien quién soy yo?

—No, te lo juro. El único que lo sabía era el páter Pietro, y ya me deshice de él.

—¿Te has librado de todas las pruebas?

—Sí.

—Entonces, mantente callada. No me vuelvas a llamar y escúchame bien: si me delatas, date por muerta.

El interlocutor de Isabella colgó. Ella abrió la mano sangrienta, soltó el teléfono, cogió la navaja y la pasó por su muñeca izquierda moteada de goterones rojos. Sus gruesas venas eran fáciles de cortar, las miró y remiró. Le era indiferente sufrir, pero no quería morir. Cerró la navaja y la lanzó con rabia, estampándola contra una pared al tiempo que un grito infernal salía de su garganta.

Isabella había omitido un dato durante su conversación telefónica: la policía se había llevado a Francesca a la *questura*, ella había encontrado a la joven. ¿Qué era lo que realmente sabía y estaba dispuesta a contar?

31

Pensaba que ya me encontraba en una dimensión donde no existía el tiempo, pero creo que todavía estoy lejos de disfrutar, ¡qué ironía!, de la intemporalidad. Las noches se me hacen muy largas. Los fantasmas no dormimos, ni comemos, ni... ni nada, estamos exentos de los placeres terrenales. Los días son más entretenidos, voy para aquí y para allá en un plis, y me entero de todo. Pero ¡ay, las noches y su silencio! Son las cuatro de la madrugada, todos duermen y me aburro. Cuando estaba viva no me aburría nunca, era bastante inquieta y siempre tenía algo que hacer. Anoche, antes de acostarse, mi madre despertó a Fátima, que estaba en mi cama, y la ayudó a ducharse, ponerse el pijama y acostarse en la suya. Al enterarse de mi muerte, los ánimos de mi hermana, que ya estaban bajos, se desplomaron. Mientras permitía que el agua resbalase por su cuerpo, yo me fijé en una parte de él donde había una marca que antes no tenía, parecía la cicatriz de una incisión en el bajo vientre. Creo que mamá no se percató. Me pregunto qué será. Escucho pisadas..., es mi padre, supongo que irá al lavabo. Ah, pues no. Ha salido de la habitación conyugal con el móvil en la mano y va hasta la cocina, abre la ventana, se enciende un cigarro y expulsa el humo hacia el exterior. Se apoya en la encimera y mira el teléfono. Yo también le echo un ojo, la curiosidad me puede. Revisa el *wasap*, tiene un chorro de mensajes pendientes de leer, ninguno es importante. Son conversaciones triviales y estupideces varias. No responde. Deja el teléfono sobre la encimera y se concentra en su adicción: fumar. Pasan unos minutos, abre el grifo del fregadero, empapa las tres colillas y las tira a la basura. Regresa a la cama. A su lado descansa mi madre sin haberse enterado de su momentánea ausencia, tiene un sueño profundo; desde que desapareció Fátima toma somníferos.

En menos de veinticuatro horas, lo que en el mundo terrenal se considera un día, me he dado cuenta de lo fácil que es vivir en el engaño. Si no fuese un espíritu, no me habría enterado de cómo Fátima y yo fuimos concebidas, la verdad, preferiría haber seguido en la ignorancia respecto a ello. A nuestro padre parece que le cuesta conciliar el sueño, está más despierto que un búho, con los ojos muy abiertos enfocados hacia el techo bañado por la tenue luz de la luna llena que se cuela por las rendijas de las persianas. Aquí no hay mucho más que ver. Me voy a otro lugar a terminar lo que queda de noche. Visitaré a la investigadora.

La habitación del hotel donde está alojada tiene un balcón con vistas al mar; mi querido Mediterráneo, su olor salino, el rumor de las olas... Minerva está dormida. Lleva un antifaz, debe de ser de esas personas a las que la más mínima claridad les impide dormir. Tiene el pelo suelto y sus ondas se extienden sobre la almohada.

—Minerva, tienes que ayudarme a averiguar quién me mató —digo en voz alta, como si pudiese oírme. Me ha salido así, sin pensarlo. Aun en mi condición de alma errante sigo siendo impulsiva.

—¿Quién eres? —me ha preguntado pese a seguir dormida.

—No te lo vas a creer, soy Lourdes Biosca.

—Lourdes, Lourdes —pronuncia mi nombre y mueve la cabeza y los brazos como si tuviese espasmos.

—Tengo que decirte algo muy importante que puede ayudarte en la investigación. Me mató un hombre en el callejón cercano a mi lugar de trabajo. No sé quién es, llevaba la cara cubierta, pero Héctor, mi ex, lo presenció todo desde un rincón. Habla con Elda —le suelto con la esperanza de que siga a la escucha.

—Héctor, algo esconde. Callejón, Lourdes, muerta, un hombre, ¡Héctor lo ve! ¡Elda, hablar con Elda! —Se incorpora sobresaltada en la cama.

Creo que sus propios gritos la han hecho despertar de golpe, como cuando sufres una pesadilla. Tiene una sensibilidad especial, está claro que me ha oído mientras dormía. Ahora me voy a quedar calladita para evitar asustarla, por si acaso también me oye estando despierta. Se cobija bajo una bata y sale al balcón, todavía somnolienta, donde hace estiramientos cervicales. Empieza a amanecer poco a poco, los sutiles rayos de sol asoman por el horizonte y la luz azulada se torna amarilla, casi anaranjada. El mar está sereno. Minerva observa, respira hondo y comienza a recitar un mantra. Cuando, a los pocos minutos, vuelve a entrar, su rostro está terso y la energía le sale por los ojos. En un momento se ha preparado para salir a correr. ¡Allá vamos! A mí nunca me ha gustado correr, aunque siempre he caminado acelerada; ahora floto en esta bonita mañana que espero sea el inicio de un fructífero día en la investigación.

Estamos en la comisaría de los *Mossos d'esquadra*, la Policía autonómica de Cataluña. Tras regresar de la carrera, Minerva se ha dado una ducha con el agua hirviendo, tiene que ser muy friolera. Se ha puesto un vestido rojo de punto, un abrigo negro y unas botas del mismo color y, sin pizca de maquillaje salvo unas pinceladas de rímel, ha acudido a su cita con el inspector Clotet. Un agente le ha dicho que enseguida la atenderá. Ahí viene, directo a Minerva. Supura experiencia de la buena, de la aprendida en la calle. Debe rondar la sesentena, aunque parece más joven. No es muy alto, poco más que la investigadora, que se ha puesto en pie para presentarse.

—Acompáñeme, por favor.

Le seguimos. Minerva va a su lado y yo detrás. Entramos en un habitáculo de cristal. El inspector cierra la puerta y baja todas las persianas. Supongo que busca intimidad, es incómodo concentrarse con un montón de miradas fijas en ti. Toman asiento; bueno, tomamos. Él en su silla tras la mesa y nosotras enfrente. La investigadora se lanza y abre un diálogo, el dicho «el tiempo es oro» le va de perlas. ¡¿Qué hago hablando como una joyera?!

—Inspector, sé que está al tanto de lo sucedido con la hermana de Lourdes en Venecia. Creo que ambos casos están relacionados, pese a que todavía no dispongo de pruebas relevantes para confirmarlo. Necesito recabar más información y le ruego me ayude a conseguirla.

—Comparto su opinión y haré todo lo que esté en mis manos para ayudarla. ¿Por dónde empezamos?

Minerva hace un gesto con los labios que muestra su satisfacción, me doy cuenta porque es una sonrisa con morritos unida a una mirada chispeante. Parece que con este poli tiene más afinidad que con Palmieri.

—¿Quién fue la última persona que vio a Lourdes con vida?

Mi asesino, es obvio. Claro está que se refieren a alguien aparte de él.

—Una compañera de trabajo. Salieron juntas y cogieron caminos distintos. Lourdes se fue por el callejón. La compañera declaró que lo hacía a menudo, por atajar, pese a ser un lugar oscuro e inseguro.

¡No, no, no! ¡El último en verme fue Héctor! ¡Seguro que ha omitido decirlo en su declaración! Grito como una posesa. La investigadora frunce el ceño y gira la cabeza hacia mí, a continuación, mira hacia atrás como desorientada. ¿Me habrá escuchado?

—Antes de proseguir con más preguntas me gustaría leer la declaración de Héctor.

¡Me escucha, está claro! Aunque no me vea.

—Héctor Ruíz, es uno de los principales sospechosos. Enseguida le imprimo su declaración. —Abre un archivo de la pantalla del ordenador, clica y se acciona la impresora.

¿Qué habrá contado? Cualquier cosa, con lo mentiroso y manipulador que es...

Le entrega los folios y Minerva les echa un vistazo rápido.

—¿Le molesta que lea en voz alta lo que considere destacable? Lo asimilo mejor.

—Ningún problema, así me refrescará la memoria —apostilla Clotet.

—«Héctor Ruiz, de veintiséis años, declara no haber infringido ningún mal a Lourdes Biosca y asegura llevar tiempo sin contactar con ella. Su relación, que denomina como "amistosa/sentimental", se rompió a finales del mes de julio de mutuo acuerdo. Dice no haber estado en el callejón ni el día de la muerte de la víctima ni antes ni después. Desconoce si la víctima tenía enemigos, a lo que añade que se llevaba muy mal con el novio de su hermana, Ángel Márquez. De manera voluntaria se somete a un análisis de ADN». ¿Tiene coartada para el día de autos? —inquiere Minerva.

—Sí. Estaba de guardia en el centro sanitario donde trabaja. Lo hemos contrastado. Pero sigue en el punto de mira, por experiencia sabemos que las coartadas pueden ser falsas.

—¿A qué se dedica?

—Es médico de atención primaria. Empezó la guardia poco después de la hora en que la autopsia ha establecido la muerte de Lourdes. No tuvo tiempo de matarla, trasladarla hasta los Ullals y regresar.

—Entiendo... De todas formas, sí pudo matarla y tener un cómplice que la trasladarse a los Ullals —especula—. Para descartar por completo su autoría, y ya que tienen una muestra de su ADN, podrían cotejarlo con todo lo que hayan encontrado en el callejón —sugiere Minerva.

—Tiene razón. Es la única manera que tenemos para descartarlo con seguridad de la lista de sospechosos.

—Ni aun así; como bien sabrá hay asesinos que nunca se ensucian las manos ni los guantes. Mejor no descartar a nadie hasta que tengamos pruebas concluyentes sobre la autoría. ¿A quién más tienen en la lista?

—Ángel Márquez y Carlos Bori.

—¿Quién es el último? ¿Pertenece al círculo cercano a la víctima? No había oído hablar de él.

—Es un maltratador. Su exmujer está en el centro de acogida donde trabajaba Lourdes. Tiene una orden de alejamiento, pero se la salta con una impunidad que escapa a la autoridad policial. Nos sentimos impotentes ante estos casos. Lourdes era muy valiente, demasiado, y se enfrentó verbalmente a él en varias ocasiones, cada vez que se lo encontraba frecuentando los alrededores.

Uuuffff, sí que me encaré al tipejo ese más de una vez. ¿Me habrá matado él? ¡Mal nacido!

—Así que es un tipo violento y obsesivo. Es lógico que esté en la lista. ¿Qué me dice de Ángel?

—Cuando desapareció Fátima en Venecia se le consideró el único sospechoso. De rebote, también lo es de Lourdes. La verdad, a mí me parece un chico sincero, aunque en ocasiones tiene unos cambios de humor bruscos que me ponen en alerta. Lo hemos interrogado varias veces, como a los otros dos. El único de ellos que no ha variado su versión es Héctor, parece que la tenga aprendida. Carlos, el maltratador, se ríe en nuestra cara. Y Ángel tiene lagunas.

¡Qué cacao! Si yo, la víctima, estoy confusa, cómo no lo va a estar la policía.

¡Eldaaaa, hablad con Eldaaaa! —chillo con desesperación.

Minerva gira de nuevo la cabeza hacia donde estoy sentada, su rostro muestra confusión. Mira al inspector.

—¿Quién es Elda? —le pregunta.

—¿Elda? Lo ignoro.

¡Es mi amiga, tienes que ir a verla, Minerva! ¡Dile que Lourdes te manda y que te cuente todo lo que sabe! ¡Iré contigo! ¡Ah, soy la muerta! —voceo.

Minerva se pone en pie y dice que necesita ir al servicio. Regresa en pocos minutos, con el pelo un poco mojado por la frente. Se habrá lavado la cara con energía, estará ofuscada por mis aullidos.

—Tenga, he aprovechado para imprimirle la primera declaración de Ángel, léala en voz alta si lo prefiere.

—Gracias, inspector. «Ángel Márquez, de veintitrés años declara: "No, no he matado a Lourdes ni a nadie. Aunque teníamos nuestras diferencias yo la apreciaba, era la hermana de mi novia. Desconfío de Héctor, su ex, se llevaban fatal. Cuando estuvimos en Venecia y salió a la luz que acosaba a Fátima, me enfadé muchísimo con él, y Lourdes también, por supuesto. Creo que fue entonces cuando la relación un tanto rara que mantenían, se acabó definitivamente».

—Según declara Ángel, Héctor acosaba a Fátima. Esta información es nueva para mí. Debo hablar con Fátima sobre este y otros temas —qué pensativa está—. Inspector, ¿Ángel tiene coartada?

—Asegura que regresó directo del trabajo a su casa y no volvió a salir hasta el día siguiente. Su madre lo corrobora.

—¡Ay las madres, qué no dirán o harán por un hijo! Ahora debo irme. Seguimos en contacto, inspector, le iré trasmitiendo lo que averigüe.

Estamos de nuevo en la calle. Minerva da el alto a un taxi y le indica que la lleve a la dirección de mis padres. Querrá hablar con mi hermana. Podríamos ir dando un paseo, Tarragona es una ciudad muy bonita, luminosa y llena de historia. Aunque sé que ella está centrada en el trabajo y se ciñe a su agenda mental perfectamente estructurada. Salvo improvisaciones de urgencia, claro. Me fijo en su reloj, son casi las 12:15 horas, hemos estado un buen rato con el inspector Clotet. Por cierto, me cae bien. Se le ve interesado en averiguar quién me ha asesinado. Tengo fe en que entre él y Minerva, que es una indagadora nata, encuentren al culpable.

Hemos llegado a la entrada del edificio. La investigadora llama al timbre y sube por las escaleras, es obvio que yo tampoco cojo el ascensor. Mi madre la espera con la puerta abierta, tres pasos detrás de ella está Fátima que la saluda con una sonrisa hueca como su estado anímico. Sabe que no es una visita de cortesía, que Minerva viene a verla para interrogarla, pese a que lo hace como si fuese una conversación entre amigas.

—¿Cómo te encuentras? —le pregunta a mi hermana.

—Regular. Echo de menos a Lourdes.

Minerva asiente con la cabeza, le muestra comprensión. Aun así, es imprescindible que continúe su trabajo, por muy duro que le resulte a Fátima hurgar en el dolor de lo vivido en Venecia durante los cinco meses que duró su cautiverio.

—Sentémonos en el salón. ¿Le apetece beber algo? —dice mi madre.

—Se lo agradezco, Lidia. Un poco de agua me iría bien, pero prefiero hablar con su hija en privado.

—En mi habitación —opina rápido mi hermana.

Mi madre se encoge de hombros y calla, tan solo muestra media sonrisa apagada.

—Acompáñeme, Minerva —le dice mi hermana.

—Tutéame, por favor —la sigue.

Cuando mi madre escucha que han cerrado la puerta, se planta ante ella y pega la oreja. Yo soy una privilegiada y puedo entrar. Fátima descorre las cortinas de la ventana y enfoca la mirada hacia el exterior. Minerva, con la espalda apoyada en la pared, la observa. Espera breves minutos antes de iniciar las preguntas, supongo que no quiere atosigar a mi hermana.

—¿Conoces a una tal Elda?

¡Vaya! La investigadora me sorprende, no esperaba que introdujese el nombre de Elda en la conversación. Es buena señal, tiene interés en saber quién es. Si consigo que vaya a hablar con ella y la crea, lograremos un avance en la investigación. ¡Me siento útil! Es interesante esto de ser un fantasma detective.

—Sí. Es una amiga de la infancia. Lourdes y yo íbamos con ella al colegio.

—Me harías un favor dándome su número de teléfono, si lo sabes.

—Claro —mi hermana coge su móvil, busca el número y se lo dicta a Minerva.

—Gracias. ¡Apuntado! ¿Sois muy amigas?

—Tenemos una de esas amistades que perduran en el tiempo pese a no vernos con demasiada asiduidad. Elda es todo amor y lo transmite, es imposible dejar de quererla. El hecho de que sea médium me impone un poco, porque siento cierto recelo hacia esos temas. Creo en el más allá y pienso que existen los espíritus, algunos son buenos y otros malos. Estos últimos me dan miedo.

—¿Se dedica profesionalmente a la *mediumnidad*?

—Sí, ha heredado el don de su madre.

La investigadora respira hondo sin poner caras raras, de lo que deduzco que no es del tipo de personas que te toman por loca si hablas de estos temas. Mi hermana vuelve a dirigir la mirada hacia el exterior, tiene una paciencia admirable, deja que Minerva se tome el tiempo que considere necesario. Yo en su lugar me estaría mordiendo las uñas o le hubiese soltado un resumen acelerado de lo que sucedió.

—Fátima, me gustaría que intentases recordar lo que sucedió el día de tu desaparición en Venecia.

—Nunca debimos hacer ese viaje los cuatro juntos —se lamenta—. El día al que te refieres íbamos a visitar la Catedral de San Marcos. Estábamos en la larga fila cuando le dije a Ángel que tenía que hablar con él y abandonamos la cola. Extrañado, quiso saber qué me pasaba, siempre se preocupa por mí. Le dije algo que no podía mantener más tiempo oculto, ¡me sentía falsa!

—¿Qué le dijiste?

—Que Héctor me acosaba.

—¿Héctor, el novio de tu hermana?

—Sí. Ese mentiroso patológico. Ángel se enfadó muchísimo. Lourdes y Héctor también dejaron la cola y vinieron donde estábamos. Me empecé a angustiar. Ángel se enfrentó a Héctor, quien dijo que era yo quien lo acosaba a él. Recuerdo la mirada furiosa de Ángel y su impulso de agredir a Héctor, la perplejidad de mi hermana y la parsimonia de su repulsivo novio. Me ofusqué y salí corriendo.

Fátima cuenta lo que le sucedió como si estuviese bajo el efecto de unos sedantes, sin mostrar ningún tipo de emoción; su rostro es neutro, al igual que su tono de voz. Minerva empieza a caminar por la habitación antes de proseguir.

—¿De qué conoces al páter Paolo Chisso? Dijiste que él te secuestró y él te liberó.

—Me di cuenta de que Paolo se había enamorado de mí y lo utilicé para salir del infierno.

—Espera, vamos por partes. ¿Dónde te secuestró?

Escucho abrir la puerta de entrada a casa. Debe de ser mi padre que viene a comer. ¡Qué inoportuno, con lo interesante que es esto! «Lidia, ¿dónde estás?», reclama la presencia de mi madre. Pues no puede estar muy lejos porque vivimos en un piso de noventa metros, no en un palacio. Mi madre despega la oreja de la puerta con fastidio. Fátima y Minerva están tan concentradas, que las voces de mi padre les han pasado desapercibidas.

—¿Te acuerdas de dónde estabas cuando te secuestró? —insiste la investigadora.

—En una librería llamada Aqua Alta. Después de salir corriendo no volví la vista atrás y continué hasta que el cansancio pudo conmigo. De golpe me encontré con un lugar que me pareció mágico, donde los libros se apilaban en estantes, en góndolas e incluso en bañeras. Los gatos paseaban por allí y el páter Paolo también, como un felino más, olfateando y acechando a su presa. Ese día su presa fui yo. ¡Cómo pude ser tan estúpida!

Mi hermana empieza a alterarse. Se aleja de la ventana y dice que se encuentra mal, que está mareada. La verdad es que su palidez asusta. Minerva propone hacer un descanso. Salimos de la habitación, vamos hasta el salón. Mi padre, que ya se ha acomodado en el sofá a la espera de que mi madre monte la mesa y le sirva la comida, se levanta, saluda a Minerva y le da un beso en la frente a Fátima.

—Hija, ¡qué fría estás!

—Necesita comer algo. Esta mañana se ha negado a desayunar —dice mi madre desde el umbral de la puerta de la cocina que conecta con el salón.

—Come y descansa un rato, Fátima. Volveré más tarde —le dice Minerva.

—Quédese a comer —le invita papá.

—Se lo agradezco, pero tengo muchas cosas que hacer y he de aprovechar el tiempo. Aunque sí me bebería otro vaso de agua, por favor.

Minerva se ha tomado el vaso de agua en la terraza, el sol ha coloreado ligeramente sus mejillas. Cierra los ojos y sonríe un poquito como si los rayos le hiciesen cosquillas. Enseguida los vuelve a abrir, coge su móvil y hace una llamada. Vuelve a cerrar los ojos y se enfoca hacia la luminosidad. Le responden, ella habla sin abandonar su postura.

—Diga.

—Hola. ¿Eres Elda?

—Sí. ¿Quién me llama?

—Soy Minerva Nàcher, investigadora privada. Te va a sonar raro lo que te voy a decir, pero alguien me ha dado tu nombre y me ha dicho que tienes información sobre el crimen de Lourdes.

—¿Alguien? ¿Quién?

Mi amiga se pone reticente. ¿Quién va a ser? Pues yo. Bien pensado, es lógica su desconfianza, ella no sabe que Minerva me puede oír. A ver cómo se las ingenia para que le haga caso y no le cuelgue pensando que es una broma de mal gusto.

—Sabía que te iba a sonar raro porque lo es. Te aseguro que he escuchado una voz que clamaba tu nombre y te repito sus palabras textuales: «¡Es mi amiga, tienes que ir a verla, Minerva! ¡Dile que Lourdes te manda y que te cuente todo lo que sabe! ¡Iré contigo! ¡Ah, soy la muerta!».

—Te espero en mi casa. ¿Puedes venir ahora? —Menos mal, Elda ha sabido reaccionar.

—Por supuesto. Dime la dirección.

¡Bravo, bravo! Doy saltos de alegría, aún con el lastre de mi pena. En cuanto Elda le cuente a Minerva lo que pasó en el callejón esto se va a acelerar más que un Ferrari. ¡Qué ganas tengo de saber la verdad!

32

El vahído sufrido por Francesca Longo había postergado su declaración un día. Estaba enferma, castigada por toda una vida de esfuerzo y trabajo que no la habían sacado de la miseria en la que había nacido. Sin embargo, ella se conformaba con poco, nunca tuvo grandes aspiraciones y a su manera, era feliz. Su mayor carencia no era un gran sueldo o una casa bonita, sino el cariño de una familia. Y un día, de repente, sintió que la vida la compensaba ofreciéndole la oportunidad de compartir todo su cariño con un niño. Ahora, transcurridos muchos años, se enfrentaba al suplicio de declarar en contra de aquella criatura que se había convertido en la persona que más quería.

Venecia había amanecido con un sol que en el interior de las oficinas de la *questura* era imperceptible. La iluminación artificial agudizaba el ambiente lúgubre de la sala de interrogatorios, donde Francesca, Palmieri y Gisela se encontraban.

—Señora Francesca, ¿hoy se encuentra mejor? —se interesó el jefe de Policía.

—Sí, gracias —respondió con una sonrisa tímida.

—Me alegro. No quiero atosigarla, empiece cuando usted desee. Ya sabe lo que necesitamos saber: todo lo que pueda contarnos sobre el páter Paolo Chisso y su relación con Fátima Biosca.

Francesca fijó en ellos sus ojos empequeñecidos por unos párpados caídos y pellejudos. Empezó a relatar con poco énfasis y franqueza profusa:

—Hace casi treinta años que llevo una vida insulsa, sin más aspiración que la de hacer bien mi trabajo en la casa donde sirvo desde hace más de treinta años, pero un día llamaron a la puerta y al abrir, me sorprendió ver al páter Pietro Cacciari, al que conocía de ir a misa a la iglesia de Santa María Formosa. Venía acompañado por una mujer que portaba una canastilla con un bebé bien tapadito al que apenas se le veía la cara en la que resaltaban unos ojos muy abiertos. El páter me dijo que tenía cita con la señora de la casa, así que les hice pasar y les rogué que esperaran un momento en el recibidor. Avisé a la señora y continué con mis tareas.

»Al día siguiente, cuando caminaba azorada a iniciar mi jornada laboral, me encontré con la misma mujer y su retoño. Nos dirigíamos al mismo lugar. En resumen, Isabella Chisso, como ella misma se presentó, era madre soltera y el páter Pietro la había ayudado a encontrar una casa donde ganarse la vida. Traía con ella a su hijo porque no tenía con quien dejarlo. No me contó nada más ni yo me interesé, soy de poco preguntar sobre vidas ajenas. Enseguida me di cuenta de que a Isabella no le gustaba aquel trabajo, siempre estaba malhumorada. Aun así, aguantó hasta que su hijo Paolo cumplió ocho años. En cambio yo, durante todo ese tiempo, fui inmensamente feliz. Quise a Paolo más que su propia madre, a quien parecía estorbarle. Los señores de la casa nunca se opusieron a que el niño viniese con Isabella e incluso, cuando cumplió los cinco años, le pusieron un profesor para que le diera clases particulares mientras su madre trabajaba. El resto del tiempo que a Paolo le quedaba libre lo pasaba sentado en una silla dibujando u ojeando algún libro de la amplia biblioteca. Era tranquilo y cariñoso.

»Bien, como les decía, un día Isabella presentó sin previo aviso su renuncia y se despidió con un seco agradecimiento por las atenciones que los señores de la casa habían tenido hacia su hijo. A mí se limitó a decirme adiós tirando de Paolo, que se me había abrazado y no se quería ir. Pasé un tiempo triste, echaba de menos al niño que me había aportado tantos ratos de felicidad. Un domingo en misa lo reconocí enfundado en un traje de monaguillo. A partir de ese día empezamos a vernos asiduamente. Me contó que vivía con el páter Pietro y que a su madre la veía poco. Pasaron los años y entró en el seminario. Me había preguntado varias veces mi opinión al respecto y mi respuesta siempre fue la misma: da el paso si crees que serás feliz. Así se convirtió en el páter Paolo. Me sentía orgullosa de él, aunque empecé a notarlo extraño, preocupado, a veces parecía ido y, como si tuviese el instinto de la madre que nunca fui, presentí que algo iba mal.

—Creo que deberíamos hacer un descanso —propuso Gisela al percibir fragilidad en la voz de Francesca.

—Sí, hagámoslo —consintió Palmieri—. ¿Necesita ir al baño?, ¿estirar las piernas? ¿Quiere un café, un té, un zumo? En diez minutos retomamos su exposición.

Francesca agradeció la pausa. Lo que tenía que narrar a continuación le requería más valor, mayor entereza; sentía que, de alguna manera, iba a traicionar la confianza que Paolo había puesto en ella, aunque lo hacía por su bien. Respiró hondo, se santiguó pidiéndole fuerzas a Cristo, y prosiguió:

—Un sentimiento de culpabilidad martirizaba a Paolo, lo vi en sus ojos un día que vino a mi casa como tantos otros. En aquella ocasión expelió el fuego que ardía en su silencio. Empezó contándome a qué se dedicaba su madre. Isabella había sido prostituta y cuando él nació, hizo un cambio en su vida y pasó a trabajar en la casa donde la conocí. Al cabo de unos años volvió al mundo de la prostitución, pero en esta ocasión lo hizo como *madame*. Según me contó Paolo, alguien le dio el dinero para montar el negocio, sus palabras exactas fueron: «el dinero lo puso el páter Pietro, mi padre». No se pueden imaginar lo que supuso para él enterarse de quién era su padre. Para Paolo, que seguía los preceptos eclesiásticos con devoción, era inconcebible ser el fruto de una prostituta y un cura putero al que, hasta entonces, tanto admiraba y respetaba. Sin embargo, eso no fue lo peor...

Francesca carraspeó, cerró los ojos y se llevó una mano a la cabeza sujetándose la frente como si le fuese a estallar.

—¿Se encuentra mal? —le preguntó Palmieri.

—Me duele un poco la cabeza, disculpen. ¿Tiene una aspirina?

—Enseguida se la traigo.

Cuando el jefe de Policía salió del cuarto, Francesca miró con infinita tristeza a Gisela.

—Paolo va a necesitar un buen abogado defensor y yo no puedo pagárselo.

—No se preocupe por eso. Primero, los psiquiatras forenses tendrán que valorar su estado mental y por supuesto, se le proporcionará un abogado.

Palmieri regresó con una caja de aspirinas y unas botellas de agua que dejó sobre la mesa. Enseguida, Francesca se tomó una pastilla que esperaba le aliviase el dolor de cabeza de tipo tensional que le bajaba por el cráneo hasta las cervicales.

—Si necesita otro descanso, lo hacemos —le propuso Gisela con una tierna sonrisa.

—Se lo agradezco de corazón, pero prefiero acabar con esto lo antes posible.

Estén atentos, porque lo que voy a contarles a continuación, me llevará a la tumba. En cuanto se entere Isabella, acabará con mi vida. Es difícil de creer, hasta yo dudé de las palabras de Paolo, ya que últimamente sus rarezas iban a más. Por mucho que se enfadase con su madre, iba a visitarla y después venía a mí llorando como un niño, se sentía despreciado y culpable de no ser el hijo perfecto. ¡La manipulación de Isabella es desmedida, terrorífica! Es una mujer muy peligrosa, una asesina. El prostíbulo que montó con el dinero del páter Pietro le daba ganancias. Por lo visto, ejercía de manera brillante su papel de *madame*. Era un lugar exclusivo, donde las chicas estaban preparadas para lo que se les demandase y al que solo tenían acceso determinados clientes. Algunos de Venecia, la minoría, la mayor parte eran hombres de otros lugares que visitaban la ciudad por diferentes razones. Eso sí, todos ellos tenían un buen estatus económico y exigían absoluta discreción. Pese a estar en desacuerdo con los quehaceres de su madre, Paolo se mantenía al margen. Hasta que un día se vio implicado en algo terrible que no me contó hasta que necesitó mi ayuda.

—Un momento —interrumpió el jefe de Policía—. ¿Puede usted probar que Isabella es una asesina o ha sido en sentido metafórico?

—Lo es. Asesinó al páter Pietro Cacciari —aseveró Francesca—. Si se ha enterado del arresto de Paolo, creerá que la va a delatar e intentará huir de Venecia.

—Continuaremos más tarde —afirmó Palmieri poniéndose en pie—. Gisela, acompaña a la señora Francesca a comer algo y que os dé el aire. Yo voy a emitir una orden de detención contra Isabella Chisso. Retomamos en una hora.

En el exterior de la *questura police,* sentadas en los escalones bajo el cobijo del suave sol otoñal, ambas mujeres entablaron una conversación informal con tintes filosóficos sobre el sentido de la vida. Gisela había comprado dos bocadillos de *prosciutto;* Francesca empezaba a desenvolver el suyo cuando Gisela ya había apurado el último pedazo y contenía la tentación de comprarse otro. Comer con desespero no le impidió darse cuenta de lo culta que era aquella mujer que se había dedicado toda su vida a limpiar casas ajenas; la hora pasó volando, escuchándola.

Francesca apenas había comido, tenía un nudo en el estómago que le impedía ingerir nada. Gisela volvía con el apetito medio saciado y ganas de continuar escuchando a aquella frágil mujer que estaba demostrando una gran valentía. De nuevo estaban los tres en la sala de interrogatorios, Francesca prosiguió.

—Me enteré de lo que estaba sucediendo un atardecer que Paolo vino a pedirme ayuda urgente para salvar a una chica. ¿Se imaginan quién era esa chica? Fátima Biosca. Pero antes de explicarles en qué consistió mi ayuda voy a decirles lo que me confesó: durante dos años y medio me había estado ocultando un secreto, subyugado por la influencia que sobre él ejercía su madre. Yo pensaba que Isabella seguía dirigiendo su prostíbulo, pero estaba equivocada. Hacía dos años y medio que se había asociado con uno de sus clientes para montar un negocio. Él fue el inductor, puso la idea y el capital; ella buscó el lugar y a los cómplices, aunque estos últimos lo fueron coaccionados. Se preguntarán en qué consistía el negocio, pues atiendan bien, porque no sé si seré capaz de repetirlo dos veces. Consistía en raptar a chicas extranjeras que fuesen guapas y cultas, capaces de mantener una conversación sobre arte y literatura. El socio de Isabella se inspiró en la vida de una cortesana italiana del siglo XVI, Verónica Franco, que en aquella época destacó por su ingenio y educación además de por su belleza.

—¿Quién es el socio de Isabella? —se interesó Palmieri.

—No lo sé. Paolo también desconoce su identidad, nunca lo ha visto y por mucho que le ha insistido a su madre en que le dijese de quién se trataba, ella no ha revelado su nombre. Quien sí lo sabía era el páter Pietro. Si me permite continuar, entenderá algunas cosas.

—Sí, disculpe. Proceda, por favor.

—Además de Francesca y su socio, al que Paolo llamaba «el que da las órdenes», había otros implicados en el aberrante negocio: el páter Pietro Cacciari, que cedía el lugar donde encerraban a las chicas, lo hacía bajo la amenaza de Francesca de revelar al Vaticano que, años atrás, había frecuentado con asiduidad los prostíbulos de la ciudad y que había tenido un hijo con una de ellas.

»El páter Paolo era el cebo, las captaba cumpliendo las órdenes de su madre. Siempre ha estado supeditado a ella.

»El agente Vincenzo cayó en el pecado de la carne en un estatus que no era el suyo. Lo pagó con favores que ponían en aprieto su trabajo y su vida.

—¡¿El agente Vincenzo?! —Palmieri dio un bote en la silla—. ¿Estaba implicado? ¿Su muerte está relacionada con este caso?

—Vincenzo había sido cliente del burdel donde Isabella ejercía de *madame*. Ella le daba los servicios gratis a cambio de que, como policía, hiciese la vista gorda. Cuando cambiaron de proyecto, Isabella le propuso ganar mucho dinero y se arriesgó a contarle la manera de hacerlo.

—¿Insinúa que Vincenzo era un policía corrupto? —El nerviosismo de Palmieri era patente. Se adelantaba a las explicaciones de Francesca.

—No insinúo nada, me ciño a trasladarle lo que me contó Paolo. A Vincenzo le pagaban por preparar la documentación falsa que necesitaban para sacar a las chicas del país.

—¿Quién las sacaba del país?

—Los compradores. Eran subastadas al mejor postor.

—¡Usted tenía toda esta información desde el día que encontró a Fátima y nos la ha estado ocultando! —El jefe de Policía dio un puñetazo sobre la mesa y salió alterado.

—¡Espere, no he acabado...!

Gisela permaneció sentada. Comprendía la indignación de Marco y también la angustia de Francesca. Además, era de agradecer que se hubiese presentado de manera voluntaria para contar lo que sabía, aun jugándose con ello la vida.

—No se preocupe, se ha alterado al enterarse de que su compañero de trabajo estaba implicado. Seguro que se calmará en unos minutos y podremos continuar.

—Que sea lo antes posible, por favor. Necesito liberarme de esta carga.

—Discúlpeme, señora Francesca —Palmieri había vuelto a la sala—. Me cuesta aceptar que Vincenzo estuviera metido en algo tan sucio. Parecía una buena persona, contaba con el aprecio de todos sus compañeros. Si bien es cierto que llevaba un tiempo ansioso, incluso diría que depresivo. Sería por el cargo de conciencia que no lo dejaba vivir en paz. Es posible que por eso se suicidara —argumentó.

—Es posible. El día que se quitó la vida tuvo que conseguir papeles para varias chicas, todas las que quedaban. Al estar libre Fátima, y ante el riesgo de que lo contase todo, el negocio se desmontó en dos o tres días.

—Así que los postores ya tenían seleccionadas a sus respectivas presas o las tuvieron que elegir de manera precipitada. Señora Francesca, continue por favor.

—Como les decía, Paolo acudió a mí un atardecer en busca de ayuda. Primero me contó todo lo que les he expuesto y después me dijo que se había enamorado de una de las chicas y ella de él. Tenía que liberarla antes del amanecer ya que, justo cuando el sol iniciaba su alumbramiento, celebraban la ceremonia de subasta y ese día Fátima estaba entre las tres seleccionadas. Su plan era sacarla de donde la tenían retenida sin que nadie los viera y regresar rápidamente para que no sospechasen de él. Pensé que me propondría llevarla a mi casa y debió darse cuenta de mi reticencia. Enseguida me aclaró que su plan no era traerla a mi casa y esconderla, sino devolverle la libertad. Lo tenía todo muy bien pensado, la sacaría del lugar a las seis de la mañana, la dejaría en una vieja góndola que previamente había colocado bajo el puente, y yo llamaría a la policía a las siete y media, que es la hora a la que a diario paso por el Puente del Suspiro para ir a mi trabajo. Así parecería algo casual. Ese día me fui antes para asegurarme de que la chica estuviese bien, dentro de lo posible. Ella también era conocedora de lo que iba a pasar y estaba de acuerdo con Paolo. Pocos minutos después de las seis, los vi llegar. Paolo corría con Fátima en brazos. No había nadie por la zona y todavía imperaba la oscuridad. La colocó con delicadeza en la góndola, le dio un beso en la frente, me dijo adiós con la mano, y se fue raudo. Me acurruqué en un rincón desde donde la veía. Hacía un frío húmedo, insoportable, y Fátima llevaba poca ropa y estaba descalza. Padecía por ella, pero no tenía con qué taparla salvo con mi abrigo, me lo quité y Fátima, al ver mi intención, negó rápido con la cabeza. Poco después creí que se había quedado dormida, luego supe que había perdido el conocimiento. A las siete y media en punto llamé a la policía, se presentaron dos agentes y una ambulancia. Lo que sucedió después ya lo saben.

—Antes ha dicho que el páter Pietro cedía el lugar donde escondían a las chicas. Entonces, ¿el lugar está en la iglesia Santa María Formosa? —intervino Gisela.

—Sí, eso creo. Si no es en la iglesia, está muy cerca —concluyó con la voz agrietada.

Estaba a punto de salir, maleta en mano, cuando llamaron a la puerta. Isabella iba ligera de equipaje, dispuesta a llegar al aeropuerto y coger el primer avión que despegase, sin importarle el destino. Se quedó petrificada al escuchar:

—Policía, abra por favor.

Habían llegado antes de lo que se imaginaba. «La bicha de Francesca se ha ido rápido de la lengua», masculló con la bilis hirviendo. No tenía forma de escapar, escondió la maleta bajo la cama, se quitó el abrigo, se puso una bata, las zapatillas y abrió la puerta.

—Me han interrumpido el descanso. ¿Qué quieren? —les habló con desaire.

—¿Es usted Isabella Chisso?

—No. Esa mujer vivía aquí antes. Todavía hay personas que se acercan preguntando por ella. Yo ignoro donde está.

—¿Y usted es?

—¿A qué vienen tantas preguntas? Estoy enferma. ¡Déjenme descansar!

—Muéstrenos su pasaporte, por favor —persistió uno de los agentes.

—¡Me están mareando más de lo que estoy! ¡Ahora mismo no recuerdo donde tengo el pasaporte!

—Traemos una orden de registro, nosotros lo buscaremos. Apártese, vamos a entrar.

—De acuerdo, me rindo. Yo soy Isabella Chisso y quiero colaborar —confesó al verse acorralada sin escape posible.

—Queda usted detenida como presunta autora del homicidio del páter Pietro Cacciari —decía un agente mientras le colocaba las esposas.

33

Hemos llegado a la casa donde impera el aroma a incienso que tanto me gusta: el hogar de Elda. Ha recibido a Minerva con un abrazo acompañado de un conmovedor «gracias». La investigadora se ha quedado un poco parada y ha respondido con cierta cautela ante la impetuosa bienvenida.

—Gracias a ti, Elda, por creer en mis palabras y recibirme con tanta inmediatez.

—Me llena de esperanza saber que Lourdes se ha comunicado contigo, que tengas la suficiente sensibilidad como para escucharla. Por cierto, te ha acompañado.

—¿Está aquí?

—Sí, a tu lado.

Gira la cabeza de derecha a izquierda, mira a Elda y le dice que no me ve.

—Pero la oyes, que es mucho. Tengo que explicarte lo que sé, Lourdes seguirá entre nosotros hasta que averigüe quién la mató y esté segura de que la vida de su hermana no está amenazada. Crees que ambas cosas están relacionadas, ¿verdad?

—Así es. Al principio lo sospechaba y según se han desarrollado los acontecimientos esa intuición inicial, lejos de disiparse, se ha fortalecido. ¿Qué mensaje te ha dado Lourdes para mí? —Está clarísimo que a esta mujer no le gusta perder el tiempo, siempre con las ansias de ir al grano.

—Salió del trabajo y, como muchos otros días, en lugar de caminar por la Rambla Nova, que siempre está iluminada, atajó por el callejón. Caminaba apresuradamente y no se dio cuenta de que alguien la seguía hasta que se le echó encima y la empujó contra la pared. La sujetó con fuerza por los brazos, pero ella no pudo verle la cara porque llevaba un pasamontaña. A quien sí vio fue a Héctor, que observaba la escena desde la parte de arriba del callejón.

—¿Y él qué hizo? ¿Se acercó? ¿Salió en su defensa? Creo que la última pregunta sobra. Es obvio que, si la hubiera querido ayudar, habría llamado a la Policía. Y ni llamó a la Policía ni nada de lo que me estás contando consta en sus declaraciones.

—Lourdes solo recuerda verlo allí, inmutable. Su agresor la volvió a golpear con fuerza contra la pared, en la cabeza. Creo que esa fue la causa de su muerte —Elda traga saliva y contiene las lágrimas.

—¿Cómo la trasladó o la trasladaron hasta los Ullals?

—No lo sabe. Se acuerda del lugar y que quien estaba con ella era un solo hombre, el mismo que la golpeó. Allí se deshizo del cuerpo hundiéndola en uno de los Ullals, el más profundo.

—Necesito pensar... —Minerva se pone a caminar mientras habla en susurros. Confía en mi amiga, se le nota en la naturalidad con la que hace sus cavilaciones—. Un individuo X, que muy posiblemente conoce la costumbre de Lourdes de atajar por el callejón al salir del trabajo, la acecha y la mata *in situ*. Héctor lo ve todo. ¿Qué hacía allí? Ni acude a ayudar a su ex ni llama a la Policía, y miente en los interrogatorios. Todo sucede el mismo día que encuentran a Fátima en Venecia a primera hora de la mañana, y la muerte de Lourdes ocurre entrada la tarde, cuando ya había anochecido. ¡¿Cuántas veces voy a repetirme lo mismo intentando encontrar un punto de unión?! Tengo que llamar al inspector Clotet, ¡ya!

—Elda, voy a telefonear al inspector que lleva el caso. No puedo revelarle mi fuente porque crearía reticencias entre nosotros, sería difícil que me creyese, y pondríamos en riesgo la investigación.

—Haz lo que creas correcto y necesario.

Minerva asiente con la cabeza. La fuerza que transmite su mirada habla por sí misma, se siente cerca de la resolución. Yo también.

—Buenas tardes, Minerva. —Clotet responde a la llamada.

—Buenas tardes, inspector. He recabado una información de gran relevancia. Héctor estaba presente en el callejón cuando se cometió el homicidio de Lourdes.

—Lo que me dice es de suma gravedad. ¿Está segura?

—Segurísima, como si me lo hubiese contado la propia víctima. Le insto a emitir una orden de detención de Héctor Ruíz como sospechoso de ser cómplice en el crimen de Lourdes Biosca.

—Me pongo a ello. Gracias.

Hemos vuelto a casa, Fátima se encuentra mejor. Minerva se ha encerrado con ella en su habitación. Yo me he quedado un ratito en el sofá junto a mamá, me apena verla tan sola y triste.

Entro en la habitación, no quiero perderme lo que cuenta mi hermana. Están las dos sentadas, una frente a la otra, en la alfombra blanca y peludita que cubre un trozo del suelo. La investigadora es experta en saltarse los esquemas de lo que se supone normal. Tienen las piernas cruzadas, como si fuesen a meditar.

—*Ohm*

—*Ohm*

Repiten al unísono. ¡Están meditando de verdad! Solo con verlas me relajo. Agradezco este rato de paz, es cansado ir de un lado a otro sin parar. Además, las cosas de las que me estoy enterando no son nada agradables. Minerva abre los ojos.

—¿Estás más tranquila? —le pregunta a mi hermana.

—Sí, bastante mejor —respira hondo.

—Me alegro. Debemos continuar, pero tómatelo con calma. Si necesitas parar me lo dices.

Permanecen en la misma posición y se miran de frente con complicidad.

—No recuerdo hasta donde te he contado. —Fátima encoge levemente los hombros.

—Te encontraste con el páter Paolo en la librería.

—¡Uf, me fie de él porque era cura! Se me acercó con una simpatía que parecía real. Hablamos un poco sobre literatura y arte, enseguida se ofreció a enseñarme con detalle la iglesia Santa María Formosa y accedí. Cuando llegamos, se celebraba una misa. Paolo me dijo que, en cuanto finalizase, haríamos el recorrido y me lo enseñaría todo. Mientras, caminamos por un lateral y de repente, abrió una puerta, me empujó hacia el interior y la volvió a cerrar. ¡En ese instante empezó el horror que duraría cinco meses! Alguien esperaba mi llegada en el otro lado y me tapó la cabeza con un saco de tela. Mi vida se convirtió en oscuridad.

Fátima cierra los ojos y da una arcada, como si los recuerdos le produjesen náuseas.

—¿Te fijaste si la puerta estaba cerca de la sacristía?

—Déjame pensar. Sucedió tan rápido... Sí, sí, la sacristía estaba al fondo, había un letrero que lo indicaba.

—Y la puerta que abrió estaba en la pared lateral, a la derecha mirando hacia la sacristía —afirma Minerva con voz acelerada.

—¡Exacto! ¿Cómo lo sabes?

La investigadora se levanta deshaciendo la postura de sus piernas con una habilidad envidiable. Coge su bolso, que está sobre la cama y saca el teléfono. Llama.

—Hola. ¿Qué sucede? Habíamos convenido hablar por las noches a no ser que pasara algo relevante.

—Escúchame bien, Gisela. Dile a Palmieri que hay que registrar una parte de la iglesia Santa María Formosa. ¿Te acuerdas de la puerta ante la que me quedé parada cuando salimos de la sacristía el día que encontraron el cadáver del páter Pietro Cacciari?

—Sí, de golpe te encontraste mal y me dijiste que la tocara. Yo no percibí nada.

—Pues estoy segura de que ahí dentro hay algo y es urgente averiguar el qué.

34

Tras una dura jornada de trabajo e interminables interrogatorios, Marco había propuesto a Gisela cenar juntos. Ella había aceptado sin demasiado entusiasmo. El interés que sintió por él en un principio había desaparecido por completo. A Gisela le atraía más la personalidad de un hombre que su físico y Palmieri, sin ser guapo, tenía un peculiar atractivo. Gisela lo encontraba insulso, introvertido y aburrido. Así que había pasado de la fascinación a la indiferencia, no era su tipo. Al parecer, tampoco le gustaba la variedad, era un hombre de costumbres arraigadas, porque eligió para cenar el mismo restaurante de la Plaza San Marco donde días atrás estuvieron comiendo. «Como si en toda Venecia no hubiese más lugares que este», pensó, medio arrepentida de haber aceptado.

—Todavía me cuesta creer lo que Francesca ha dicho de Vincenzo. —Palmieri le seguía dando vueltas.

«¿Hemos salido a cenar para seguir con el caso? ¡No sabe desconectar!», se dijo molesta Gisela.

—Pues a mí me parece una mujer muy sincera. ¿Pedimos? Yo quiero pizza.

—¿Y si no se suicidó?

—¿Y si cenamos? Tengo hambre.

—Disculpa. ¿Nos toman nota por favor?

«Menos mal, en cuanto sacie mi apetito me voy de aquí con cualquier excusa. Quiero descansar».

—Cabe la posibilidad de que fingiesen un suicidio y lo mataran —insistía Marco en hablar del caso.

«¡Qué pesado es! Casi me atraganto con un trozo de mi deliciosa cuatro estaciones. Le voy a seguir la corriente sin hacerle mucho caso».

—Tienes razón.

—Tú también lo piensas, ¿verdad?

—Sí, claro.

«Me voy sin tomar postre. No lo soporto ni un minuto más».

—Marco, estoy agotada. Me retiro por hoy. Mañana nos vemos en el interrogatorio a Isabella Chisso. Buenas noches —atajó la charla y se levantó.

—¡Espera! ¿Ya te vas? —Le extrañaron las prisas.

—Sí. Tú acaba de disfrutar de la cena. —Le regaló una sonrisa tan bonita como falsa y salió fugaz del local con el pensamiento puesto en un baño espumoso.

Llegó al hotel, saludó cortés al recepcionista y se dirigió a su cuarto. Necesitaba aislarse. Soltó el bolso y, sin siquiera despojarse del abrigo, entró en el baño y accionó el grifo automático de la bañera de hidromasaje. Puso dos dedos bajo el chorro para asegurarse de que el agua salía bien caliente. Recordó que tenía que llamar a Minerva para darle el parte de la noche. Contactaría con ella más tarde, tras relajarse. Sabía que cuando le contase que no les habían permitido abrir la puerta camuflada en el muro de la iglesia, su amiga se indignaría con el clero al completo. Para evitar interrupciones durante su rato estelar, silenció el teléfono.

Marco Palmieri acabó su cena despacio y pensativo. Cuando llegó a su vivienda, miró en dirección al piso de Vincenzo y se dijo a sí mismo lo que se recalcaba a menudo: «Enciérrate en casa y aíslate del mundo». No podía fiarse ni de su olfato policíaco, le había fallado al confiar en un policía corrupto al que consideraba un trozo de pan. Se descalzó y se estiró sobre la cama vestido, miró hacia el techo, se hizo la señal de la cruz y comenzó a orar.

Gisela había salido de la bañera medio dormida, el cuerpo le humeaba aroma de lavanda. Se acercó al teléfono móvil para activar el sonido y se espabiló de golpe al ver seis llamadas perdidas, todas de Minerva. No había dejado ningún mensaje. Le telefoneó de inmediato.

—¡Por fin! ¿Estás bien? Me tenías preocupada.

—Hola, Minerva. Estoy muuy bien, me he dado un relajante baño espumoso. Después del día que he tenido y la breve cena con Marco, necesitaba evadirme.

—¿Has ido a cenar con él? Pensaba que ya no te atraía lo más mínimo.

—Y así es, de hecho, he devorado una pizza y me he zafado de él. Lo he dejado plantado en el restaurante. ¡Es un pesado, está obsesionado con el trabajo!

—Es comprensible, Gisela, su responsabilidad y la nuestra es resolver el caso lo antes posible. Yo tampoco puedo parar de darle vueltas. Dime, ¿habéis abierto la puerta lateral de la iglesia? ¿Da acceso a un habitáculo o a un pasadizo?

«Ahora es cuando se pondrá irascible».

—No nos han dejado abrirla —respondió Gisela y esperó la explosión.

—¿Por qué? ¿Quién os lo ha impedido? —Minerva empezó a caminar por la habitación del hotel tarraconense, se asomó por la ventana, la luna iluminaba el mar.

—El nuevo párroco. Por cierto, hay que ver lo rápido que reemplazan a un cura por otro. Nos ha dicho que tras esa puerta están sus dependencias personales, o sea, la que ahora es su vivienda. Así que la policía no puede entrar sin una orden y a Palmieri le está costando conseguirla.

—¡Si hace falta que vaya al Vaticano y hable con el mismísimo Papa! —tronó la investigadora.

Se hizo un silencio. A Minerva le disgustaban las personas que ponían impedimentos en una investigación, que se interesaban más en tapar la verdad que en buscar soluciones, le hacían desconfiar. Descolgó el teléfono fijo y pidió que le subieran una tetera con el agua hirviendo y una taza. Necesitaba tomarse una de sus infusiones.

—¿Sigues ahí, Gisela?

—Claro. Tranquilízate, mañana seguiremos intentándolo. ¿Qué crees que hay detrás de la puerta?

—Fátima me ha contado que Paolo la llevó hasta allí con artimañas de buenecito, abrió la dichosa puerta y la empujó dentro. Alguien le puso un saco de tela en la cabeza. No vio nada más. Todo se le hizo oscuro. No me preguntes qué le sucedió después, lo ignoro, mañana se lo preguntaré. Cuéntame a qué le está dando vueltas Palmieri.

—A la muerte de Vincenzo. Ahora, sabiendo lo que sabe, piensa que quizá no se suicidó.

—Opino como él. Vincenzo estaba dentro de la organización y podía irse de la lengua, aunque saliese perjudicado. Ahora entiendo que el páter Paolo y el páter Pietro fuesen a visitarlo a su casa.

—¿Qué entiendes? ¿Para qué crees que iban?

—No solo lo creo, es un hecho que iban a recoger la documentación falsa que el poli preparaba para las chicas. Te llamo dentro de un rato, cuando me haya tomado la infusión, una melisa me ayudará a aclarar la mente.

A Gisela le fastidió la interrupción. Hubiese preferido un diálogo rápido y sostenido hasta darse las buenas noches. «¿No se puede tomar la infusión mientras hablamos? ¡Qué rarita es a veces!». Sonó el teléfono, miró la pantalla y lo dejó sonar. Era Marco Palmieri. «¿Qué querrá ahora? No le pienso contestar. ¿Soy acaso la única persona que necesita descanso?». Volvió a sonar el teléfono y Gisela estuvo tentada de estamparlo contra la pared. Respiró hondo. Se asomó a la pantalla y vio que era una videollamada de WhatsApp de Minerva.

—¡Hola de nuevo! —exclamó la investigadora.

—Hola, Minerva, ¿cuándo podré volver a Barcelona? Mañana estaré presente en el interrogatorio a Isabella Chisso y no creo que tenga mucho más que hacer aquí.

—Estás harta de trabajar con Palmieri.

—Tú lo has dicho. En fin, vamos a por la faena. ¿Qué tienes que contarme?

—Empieza tú.

—De acuerdo. Es posible que tú ya te hayas planteado lo que te voy a decir, pero le he dado vueltas a la declaración de Francesca y hay algo que no me encaja.

Minerva la miraba y escuchaba expectante, sedienta de datos y conclusiones.

—La buena mujer dice que el negocio lo crearon entre Isabella y «el que da las órdenes», cuya identidad todavía desconocemos. El resto de implicados eran el páter Pietro, el páter Paolo y Vincenzo, el policía. En total son cinco. ¿No crees que falta alguien?

—¡Claro! la persona que le hacía la ligadura de trompas a las chicas, ¡un médico! —dedujo Minerva—. Puede que se trate de una sexta persona o que sea uno de los cinco. Por descarte, del único que desconocemos su profesión o la actividad que desarrolla es «el que da las órdenes». Entre los sospechosos de la muerte de Lourdes hay un médico: Héctor.

—¡Qué lío! La manera más rápida de averiguarlo es con la declaración de Isabella. Aunque tengo poca fe en que diga la verdad, si es que llega a decir algo. Habrá que esperar a mañana.

—Es hora de descansar, amiga. Buenas noches. —Minerva finalizó la videollamada.

Marco Palmieri había pasado la noche en vela. Se culpaba de no haber relacionado el supuesto suicidio de Vincenzo con la aparición de Fátima Biosca. Estaba cansado de tanto engaño, la desconfianza se había adueñado de él y hasta se cuestionaba si la señora Francesca había dicho toda la verdad en su declaración, teniendo en cuenta que antes eludió la sinceridad manteniéndolos en la ignorancia de unos hechos tan graves. Había ocultado datos. Su justificación de proteger a Paolo no la hacía impune ante la ley, al contrario, siendo objetivos, se la podría considerar cómplice por su silencio.

Hoy, en el interrogatorio a Isabella Chisso, trataría de mantener la compostura y atragantarse con la impotencia de no poder torturarla si permanecía callada o si detectaba que por su boca salía alguna mentira.

La declaración de Isabella debía esperar, porque lo primero que Palmieri iba a hacer esa mañana, con o sin permiso, era abrir la puerta que indicó Minerva Nàcher. Sentado en su despacho, esperaba inquieto la llegada de Gisela para dirigirse a la iglesia Santa María Formosa.

Cubierta por un chubasquero rojo, Gisela se dirigía a la *questura* gruñendo bajo la intensa lluvia y el viento, que tanto la incomodaban. No había cogido paraguas para evitar luchar contra el vendaval ante el que, posiblemente, se acabaría rindiendo y con alguna varilla rota. Se presentó ante Palmieri con mala cara. Él la saludó con un rápido «Buen día, tenemos prisa» y junto a varios agentes, se encaminaron hacia la iglesia. Al verlos aparecer, el nuevo sacerdote les dio el alto.

—¿Dónde creen que van?

—A abrir esa puerta y registrar su interior —la señaló.

—Ya le dije que detrás de esa puerta se encuentran mis dependencias personales, la vivienda que me ha sido asignada —dijo, frunciendo el ceño.

—Verá, páter, seguro que está al tanto del motivo por el que lo han trasladado aquí. Me refiero a que viene a sustituir a otro cura fallecido en extrañas circunstancias; hablando claro, fue estrangulado. Así que estamos en el lugar de un crimen y la policía debe inspeccionar cada rincón en busca de pistas. ¿Nos abre la puerta o la echamos abajo?

Sin mediar palabra movió su corpulencia hasta llegar a la puerta de la pared lateral. Metió la mano izquierda en el bolsillo de la sotana y sacó una llave que introdujo en la cerradura. La abrió y cedió el paso, no sin clavarles una mirada glacial. Avanzó tras ellos por un pasillo largo y angosto hasta llegar a otra puerta.

—Está cerrada —afirmó uno de los cuatro agentes al intentar abrirla.

—Se necesita la misma llave que antes —desveló el cura pasando por delante—. Ya pueden acceder.

—Es otro pasadizo —dijo un agente asomando la cabeza.

—Exacto. Al final encontrarán otra puerta. Tenga. —Le dio la llave a Palmieri—. Por favor, no desordenen mis cosas. —Dio media vuelta y desanduvo sus pasos.

Llegaron a una vivienda con un amplio recibidor. Por el olor dedujeron que las paredes habían sido pintadas recientemente, al igual que el resto del lugar: dos salones, seis habitaciones con baño y solo una de ellas ocupada por las pertenencias del nuevo párroco, además de ser la única estancia amueblada. En la cocina había escasos enseres. En todas las estancias había ventanucos enrejados cubiertos con cortinas, lo que hacía imprescindible la luz artificial. Al fondo había otra puerta diferente al resto: era metálica y con una cerradura que la llave no abría.

—Derribadla, forzad la cerradura, ¡abridla como sea! —ordenó el jefe de Policía.

—¿No te parece demasiado espaciosa la casita del cura? —ironizó Gisela.

—Y escrupulosamente limpia —opinó Palmieri—. Si este es el lugar donde se producían los hechos que sospechamos, no será fácil encontrar pruebas.

Una vez que los agentes facilitaron el paso al interior de la estancia, Gisela accedió y, pese a estar vacía, enseguida presumió lo que se hacía allí. Se le fueron las ganas de hacer bromas y su rostro compungido reflejaba lo que en aquel momento sentía. Pensó en Fátima y en las otras chicas a las que no ponía cara, aunque sí se hacía una idea del tormento opresivo y tiránico que habían sufrido. Era un espacio de unos cuarenta metros cuadrados, según los cálculos de Palmieri. El suelo y las paredes estaban revestidos de un material liso, ausente de toda rugosidad y por lo tanto, fácil de limpiar. Contaba con varios enchufes repartidos por la sala y una luz potente. Instalado en un rincón, observaron un fregadero de acero inoxidable. La pulcritud del lugar imponía.

—¿Para qué utilizarían esta zona? Me recuerda a los quirófanos —opinó Palmieri.

—Era un quirófano —aseveró Gisela.

—¿Cómo lo puedes asegurar con tal contundencia?

—Minerva suele acertar con sus corazonadas. Aquí tenían el negocio montado, ¿qué mejor escondite que una iglesia? Y justo en este cuarto alguien les hacía la ligadura de trompas a las chicas secuestradas.

Palmieri torció el gesto, su rostro enrojeció tanto que las pecas se volvieron invisibles.

—¡Salgamos, rápido! Estamos contaminando el lugar y borrando las pocas pruebas que todavía se pueden conseguir. Hay que avisar a los de criminalística, que vengan lo antes posible.

Mientras, acordonad la zona de la iglesia por la que hemos accedido, todo el lateral interior derecho —ordenó a uno de los agentes—. El páter que se busque un hotel.

Marco y Gisela salieron con paso firme para dirigirse a la comisaría, ambos con una idea fija: la de interrogar a Isabella Chisso y arrancarle la verdad sin miramientos, tener con ella la misma piedad que ella tuvo con las jóvenes secuestradas y ultrajadas, ninguna.

Cuando llegaron a la *questura police*, Isabella se encontraba en la sala de interrogatorios junto a su joven abogado, quien reprobó a Palmieri su impuntualidad y quiso saber quién era la mujer que lo acompañaba.

—Gisela Landon, colaboradora en la investigación —se presentó ella misma.

—Tienen retenida a mi cliente sin motivo. Espero que la pongan en libertad de inmediato.

—Calme sus exigencias, letrado. Isabella Chisso está detenida, entre otros motivos, como presunta autora de un crimen, un estrangulamiento para ser más exactos —apuntó Palmieri.

—Es inocente de los hechos que se le atribuyen, ¿Tienen pruebas? No.

—¿Responde usted a sus propias preguntas? Esto no funciona así. Es su primer caso, ¿verdad? Tome asiento, vamos a empezar.

El abogado bajó los humos y obedeció. Isabella, insidiosa, intervino de manera voluntaria ante la incredulidad de Palmieri y la reticencia de Gisela.

—A la vista está que me ha tocado un primerizo, parece que la mala suerte me persigue. Mis planes se desmoronan, mi hijo me detesta, la famélica de Francesca ha dejado de temerme y se ha convertido en chivata, la deslealtad me rodea y estruja como yo estrujé el cuello del páter Pietro. Sí, lo confieso, lo maté con estas manos que llevaba enguantadas —alzó ambas manos y movió los dedos—. Le hice un favor, él tenía ganas de morir. Era un endeble consumido por su arrepentimiento. La vida es un sinsentido, ¿no creen? Si sabes que te vas a lamentar por algo, que la culpa te va a remorder, ¿por qué lo haces? Yo no me arrepiento de nada.

—Interesante disertación la suya —arguyó Palmieri—. Mis maneras son más directas. Dígame, ¿quién era su socio?

—Me ha hecho la única pregunta que no le puedo responder. Si bien aceptaría colaborar a cambio de ciertos favores. Sé que no me voy a librar de ir a la cárcel, también sé que se conceden privilegios...

—Se lo vuelvo a preguntar, ¿quién era su socio?

—¿Y si jugamos a los acertijos? Yo doy las pistas —propuso con voz desganada.

Palmieri se puso en pie y le pidió a Gisela que lo acompañase afuera. Isabella les lanzó una mirada recelosa. El abogado miraba pasmado.

—¡Nos está vacilando!

—Es lista, se ha dado cuenta de que te pone nervioso. Volvamos dentro y deja que sea yo su interlocutora, por favor —sugirió Gisela.

—¿Tienes una táctica? —Palmieri la miró agradecido.

—Soy experta en improvisar —respondió guiñándole un ojo.

Se tomaron un breve descanso antes de volver a entrar, era una manera de inquietar a la sospechosa. Gisela aprovechó para telefonear a Minerva y contarle que habían conseguido acceder a la puerta de la iglesia y que su intuición no le había fallado. Le explicó al detalle lo que habían encontrado.

—Ahora hemos hecho un descanso en el interrogatorio a Isabella.

—Vuelve a llamarme en cuanto acabéis.

En el interior de la sala, Isabella se cuestionaba por qué solo se habían interesado por el nombre del que fuese su socio. ¿Acaso ya sabían todo lo demás? Gisela estaba a punto de aclararle esa duda.

—Juguemos a los acertijos, Isabella —le dijo Gisela con decisión nada más entrar.

—¿Usted y yo? —preguntó mirando de reojo a Palmieri, que se mantuvo inmutable.

—Sí, nosotras. Antes quiero dejar muy clara una cosa: solo son válidas las pistas referentes a dos temas: quién le practicaba la ligadura de trompas a las chicas y quién es o era su socio.

—¿No les interesa dónde escondíamos a las prostitutas?

—Esas jóvenes no son prostitutas, sino víctimas de personas desalmadas como usted. La INTERPOL trabaja en su búsqueda. Ya hemos estado en el lugar donde las tenían retenidas y explotadas. Isabella, pesan sobre sus espaldas varios delitos graves. Si su intención es colaborar, cíñase a hablar de los únicos cabos que nos quedan sueltos. ¿Quién se encargaba de ligarles las trompas?

Isabella agacho la mirada y negó con la cabeza.

—Si considera que con esta actitud está colaborando, vamos a acabar rápido —espetó, dirigiéndole una mirada cargada de fuerza.

—Dígame el nombre de su socio.

—Desconozco su nombre real, se hacía llamar señor Ullals. Decía que era el nombre de un lugar que le gustaba. Cuando venía a Venecia, frecuentaba el negocio donde yo ejercía de *madame*, ¡qué tiempos aquellos!

—¡¡¡Basta!!! No quiero seguir escuchándola —A Gisela le retumbó la palabra ullals hasta casi marearla—. Marco, por favor, salgamos —le susurró al oído.

Gisela abandonó la sala seguida de Palmieri. Tanto ella como Minerva estaban convencidas de que la aparición de Fátima y el crimen de Lourdes estaban relacionados. El asesino era alguien que las conocía, pero ¿quién? y ¿por qué?

—¿Estás bien? —se interesó Marco.

—Sí. Es urgente que hable con Minerva. Los Ullals es el lugar donde encontraron el cadáver de Lourdes Biosca.

—Y el puto socio se hace llamar señor Ullals... ¿Cómo puede haber mentes tan macabras? Habla con Minerva en mi despacho, nadie te molestará.

—Otra cosa. ¿No crees que deberíamos hacer un retrato robot? Es fundamental que Isabella describa al susodicho. Si conseguimos una buena imagen, daremos más rápido con el culpable.

—Buena idea. Me pongo a ello.

Gisela se dirigió al despacho de Marco y cerró la puerta. Observó, a través de la ventana, cómo la incesante lluvia caía sobre el agua del canal. Estaba cansada de tanta humedad y se prometió que, si alguna vez volvía a Venecia, lo haría en primavera o verano. Respiró hondo tres veces antes de telefonear a Minerva.

—Dime, ¿has averiguado algo más? Yo estoy llegando a la casa de Fátima, todavía hay cosas que debo preguntarle.

—Escúchame bien, amiga. Isabella nos ha contado que el que fue su socio nunca le dijo su verdadero nombre, pero se hacía llamar señor Ullals.

—¿Qué? Entonces está aquí. ¡Lo sabía! Es alguien del círculo cercano a las hermanas.

—O a sus padres —puntualizó Gisela—. Palmieri se va a encargar de conseguir que Isabella le dé la descripción del individuo, a ver si conseguimos hacer un retrato robot.

—¡Buen trabajo! En cuanto tengáis la imagen, enviádsela al inspector Clotet. Yo me reuniré con él más tarde, tenemos que volver a interrogar a Héctor. Ha mentido demasiado: estaba presente cuando mataron a Lourdes y lo ocultó. Como médico, pudo ligarles las trompas, acosaba a Fátima aun manteniendo una relación con su hermana. Sin embargo, me parece una persona demasiado inestable para encabezar tal entramado. No sé... Hay algo que se me escapa... Gisela, coge el primer avión y vente, te necesito aquí.

35

Intuyo que pronto partiré, seguir el camino hacía un lugar desconocido al que no debo temer, según dice mi amiga Elda. La verdad es que bastante respeto sí me da y hasta un poco de miedo, el miedo a lo desconocido, a la eternidad, esa vida perdurable que, según el catolicismo, viene después de la muerte. Si mi madre no me hubiese calentado tanto la cabeza con estos temas ahora estaría más tranquila; o quizá más nerviosa. Creo que hay algo en el más allá. ¿Será Dios? No lo sé. ¿Quién lo sabe con seguridad? Nadie.

He pasado toda la noche pegadita a mi hermana en la cama, arrebujada contra su cuerpo. Como si formásemos un solo ser, una única energía refulgente e inseparable. Creo que, muy a mi pesar, me estoy empezando a despedir.

Cuando la gente usa expresiones como «lo que el destino nos depara», «el destino está escrito», «debemos aceptar nuestro destino...». ¿Todas esas frases manidas son creíbles? Antes o después me iba a llegar la hora, todos somos mortales. Sin embargo, jamás creeré que mi asesinato haya sido cosa del destino, si así lo pensase, estaría justificando a mi ejecutor.

—Fátima, despierta. —Ha entrado nuestra madre con una taza de leche en la mano—. Minerva ha llegado.

¡Ya está aquí la investigadora! Es una mujer incansable. Fátima se levanta despacio, la serenidad abarca todo su cuerpo y su rostro expresa placidez. ¿Habrá percibido el amor que le he emanado?

—¿Qué hora es? —Mi hermana se estira como un gato.

—Tardísimo, hija. Te he dejado dormir lo que el cuerpo te pidiese, el sueño es un gran reparador. Pero no podemos hacer esperar a la investigadora, tengo toda mi fe puesta en ella. Tómate la leche y aséate rápido.

Minerva está en la terraza, orientada hacia el sol. Habla por teléfono.

—Tenemos a Héctor retenido en un calabozo. ¿Cuándo podrás venir?

—Ahora es primordial que converse con Fátima, estoy en su casa. Después me dirigiré a la comisaría.

—Perfecto, estaré aquí todo el día. Por cierto, he pensado que un careo entre Ángel y Héctor nos ayudaría a dilucidar algo más. En todas las declaraciones se echan la culpa mutuamente, ambos achacan al otro la posible autoría de los hechos.

—Es buena idea, Clotet. Cita a Ángel a las 15:00 horas. ¡Ah!, diles a los dos que Fátima ha vuelto a Tarragona. Quiero ver cómo reaccionan ante la noticia. Y, por favor, en cuanto recibas el retrato robot que antes te he comentado, avísame. Otra cosa, hay que comprobar las veces que Héctor ha viajado a Venecia en los últimos tres años.

—De acuerdo. Nos vemos luego.

¡Qué bien se coordinan estos dos! Me gusta escuchar cómo Clotet y Minerva discurren, comparten opiniones e información, se centran en las cuestiones importantes. Colaboran en lugar de competir, ¿hay mejor manera de trabajar?

Mamá asoma la cabeza a la terraza y le dice a la investigadora que Fátima la espera en su habitación. Allá vamos. Mi madre pega la oreja a la puerta, pobrecilla, es lógico que quiera saber lo que le pasó a su hija.

—Hola, Fátima, tienes buena cara. Se nota que has descansado. ¿Quieres que meditemos un poco antes de empezar? —propone Minerva.

—Me siento bien, con energía. Esta noche he dormido mejor que nunca, como si alguien me protegiese insuflándome seguridad. He perdido el miedo y quiero hablar sin parar hasta contarte todo lo que recuerdo. Espero que la información que tengo pueda ayudar al resto de chicas que pasaron por lo mismo que yo.

¡Esa es mi hermana, qué orgullosa estoy de ella! ¡Te quiero, te quiero, te quieeerooo! Grito con tanto fervor que si tuviese cuerpo físico me desgañitaría.

—Me alegra tu actitud. Prohibido decaer, ¿vale? —Minerva sonríe de oreja a oreja—. Lo último que me contaste fue que Paolo te empujó hacia el interior de la puerta y alguien te tapó la cabeza. A partir de ahí todo se convirtió en oscuridad.

—Estaba muy asustada, de repente escuché una voz afónica que farfullaba «el mundo está lleno de incautas». Voceé, pero enseguida me forzó los brazos hacia atrás, me ató las manos y me empujó mientras repetía: «Calla y avanza, no te detengas». En ese momento no supe distinguir si era un hombre o una mujer, aunque no tardé en averiguarlo. Me descubrió la cabeza y me desató cuando ya estábamos dentro de una habitación en la que había cuatro camas individuales, un armario, cuatro sillas en torno a una mesa y un baño común donde se escuchaba vomitar a alguien. Entonces le vi la cara de frente. Era una mujer robusta de mirada hosca. «Siéntate ahí y mantente muda», me dijo señalando una de las camas. Abrió la puerta del baño y dijo enfurecida: «Salid, dejadla vomitar a solas. Tenéis una compañera nueva, explicadle todo lo que tiene que saber». Abandonó la habitación y no la volví a ver hasta transcurridos varios días, durante los que me intervinieron y tuve que estar en reposo. —Mi hermana carraspea.

—¿Te refieres a la ligadura de trompas?

—Sí.

—¿Os la hacían a todas?

—Sí, era la manera más segura de evitar embarazos. Fue lo primero que me explicaron mis compañeras de habitación.

—¿Quién llevaba a cabo la intervención?

—Ninguna lo sabía. Isabella se encargaba de darnos un somnífero antes. Cuando salíamos de la habitación, ya dormíamos, y al despertar estábamos de nuevo en nuestra cama, con la señal de un pinchazo en las venas de una mano y la cicatriz del bajo vientre.

—¿Qué más te explicaron tus compañeras ese primer día?

—Se miraban la una a la otra envuelta en un halo de resignación. Ninguna de las dos se decidía a darme las directrices impuestas por Isabella. Hasta que la que se encontraba en el baño salió, se presentó como Begoña, me miró ojerosa y me preguntó: «¿Eres nueva?». Asentí con la cabeza, confusa y aterrada. «Sigue las normas si quieres sobrevivir». Unió sus manos a las mías y me advirtió con los ojos perdidos en la desesperación: «Ten mucho cuidado... Cuando la niebla duerme, la maldad despierta».

¡Qué frase tan escalofriante! Mi hermana mantiene la conversación con entereza, como si lo que narrase fuese un mal sueño y no hubiese sucedido en realidad. Fui una irresponsable por no ir tras ella y protegerla. Sigue con la explicación, mientras, yo me hundo en la culpa.

—Begoña me dio unas instrucciones básicas. No podíamos salir de la habitación donde estábamos encerradas hasta que Isabella nos lo ordenase. Todas las mañanas y noches, tras darnos una ducha, debíamos hidratarnos bien todo el cuerpo. Mantener el cabello siempre limpio y peinado. Las piernas y las partes íntimas depiladas. Los dientes perfectos. Debíamos hacernos la manicura las unas a las otras. Comíamos lo que nos traía ella y al cabo de un par de horas, volvía y recogía. Nosotras nos encargábamos de limpiar la habitación y el baño, con guantes para no estropearnos la piel de las manos. Teníamos que hablar en voz baja y leer. Pasábamos horas culturizándonos. Perfeccionábamos el inglés, pues era el idioma que todos los clientes, fueran de donde fuesen, conocían.

—¿De dónde eran tus compañeras?

—Las primeras a las que conocí eran francesas. Begoña es española, de Zaragoza. A la semana de llegar yo, nos quedamos ella y yo solas en la habitación, las otras dos fueron subastadas. —Mi hermana se tapa la boca con la mano y hace respiraciones profundas por la nariz—. Para eso nos cuidaban tanto, transcurrido un tiempo seríamos subastadas y vendidas al mejor postor. Por supuesto todos ellos habían abusado de nosotras con anterioridad, hasta que llegaba el día de elegir. Y el primero que nos «probaba» era el mandamás. Pero algo raro pasó cuando llegó mi turno... Estaba recuperada de la intervención. Era de noche y ya nos habíamos preparado para acostarnos. Isabella entró con un bonito traje de época y me ordenó que me lo pusiera y me despojase de la ropa interior. Le dijo a Begoña que me peinase. Recuerdo que a ella le temblaba la mano y a mí todo el cuerpo. Isabella me puso un antifaz y, sobre el mismo, una venda de tela anudada por detrás para asegurarse de que no viera nada. Supe que habíamos llegado a nuestro destino porque ella dijo: «Aquí te dejo a la nueva», entonces me quitó la venda y el antifaz.

—¿Qué viste?

—Estaba en una habitación grande. Había una cama amplia con dosel, toda la decoración parecía simular las alcobas del siglo XVI. Recostado en un diván, un hombre me observaba tras una máscara blanca por donde tan solo le asomaban los ojos y los labios. Su reacción fue extraña, por suerte para mí.

—¿A qué te refieres? ¿No te tocó?

—Exacto, Minerva. Ni siquiera se me acercó. Me observó unos instantes, se levantó del diván retrocediendo varios pasos y gritó el nombre de Isabella. Ella debía de estar haciendo guardia en la puerta porque entró enseguida. «¡Llévatela, llévatela!», exclamaba como si yo lo fuese a atacar. Isabella me volvió a tapar los ojos y le pidió que se calmase. «Habéis cometido el peor error de vuestra vida», dijo él, ya sin gritar, y de golpe tuve un *flash* sonoro, su voz me resultó familiar.

—¡Te conocía! Y, aunque iba enmascarado, tuvo miedo de que tú lo reconocieses a él. Tiene que ser el mismo que le quitó la vida a Lourdes. Mientras estuviste retenida no temió que lo hubieses reconocido, no se lo podías decir a nadie, pero cuando supo que habías escapado, lo primero que pensó es que hablarías con tu hermana y se lo contarías todo. Por eso, aquella misma tarde, al oscurecer, la asesinó. Después le informaron de que no articulabas palabra y se quedó más tranquilo. Pero pronto supo que volvías a hablar y que no sufrías ningún tipo de amnesia, entonces intentó que Paolo te matase. Ya no le podías contar nada a tu hermana, que en paz descanse, pero sí a tus padres.

—¿Cómo se enteró?

—Porque está cerca, muy cerca. Pertenece a tu entorno más próximo y eres un peligro para él.

—Me tiene que conocer bien para saber que solo le contaría a mi hermana lo que me ha pasado. ¿Cómo le voy a explicar a mis padres que me han obligado a prostituirme y que algunos miembros de la Iglesia formaban parte del complot? Mi madre se desquiciaría, con lo puritana y religiosa que es... Y Ángel... me repudiará.

Los ánimos matutinos que tenía Fátima al comienzo de la conversación empiezan a decaer, abre la ventana como si le faltase aire y asoma la cabeza. Minerva comienza a andar por la habitación mientras rumia. Se detiene, le pregunta a mi hermana si se encuentra bien.

—Me he puesto un poco nerviosa, ya estoy mejor. —Cierra la ventana.

—Dime, ¿veías a menudo a Paolo?

—Todos los días venía a nuestra habitación y supongo que también a la de las otras chicas. Solo nos relacionábamos con las compañeras de nuestra habitación, a las demás nunca las vi.

—¿Para qué iba Paolo?

—Hablaba un rato con nosotras. A mí no se me olvidaba que me había secuestrado y que estaba allí por su culpa, pero era la única persona que se mostraba amable con nosotras. De hecho, creo que dormía en una de las habitaciones. Siempre nos daba las buenas noches y antes nos hacía una especie de chequeo rutinario, como si fuéramos niñas y él nuestra madre o padre. Nos controlaba la tensión y las pulsaciones, nos ponía el termómetro y nos preguntaba si sentíamos algún malestar físico. Fue el primero en detectar que Begoña estaba embarazada. Recuerdo aquel día, Paolo estaba extrañado de las repetidas nauseas matutinas que sufría mi compañera y le preguntó cuándo tuvo la última menstruación. Cuando respondió que hacía casi dos meses a Paolo se le agrió la expresión del rostro. Pocos días después se la llevaron y no la volví a ver, me pregunto a diario qué habrá sido de ella...

—Descansa un rato. Voy a la terraza a hacer una llamada.

Minerva saca su móvil del bolso y sale tan rápido que se topa de frente con mi madre. Alza una ceja y le pregunta si estaba escuchando. Sin esperar su respuesta, camina hasta la terraza y llama con evidente desespero: «¿Dónde estás? ¡Coge el teléfono!», dice en voz alta. Prueba con otro número y enseguida descuelgan.

—Marco, menos mal. Estoy llamando a Gisela, ¿está contigo?

—Hola, Minerva. La he acompañado al hotel a por sus cosas y al aeropuerto; me ha dicho que reclamabas con urgencia su presencia. Es posible que ya esté en el avión.

—¡Qué rápida! Bien, lo que quería decirle es que te pidiese una información importante. Necesito que compruebes si Paolo Chisso estudió en la Facultad de Medicina.

—Estudió en el seminario, es sacerdote.

—Me desesperas, Palmieri. ¿Sabes que hay personas muy inteligentes capaces de compaginar varias carreras? Por favor, ¡eres el jefe de Policía! Te darán la información enseguida. Llámame en cuanto la tengas.

Minerva cuelga sin decirle adiós y le hace una mueca de desprecio al teléfono. Vuelve a la habitación de Fátima, mi madre y ella están fundidas en un abrazo.

—Siento interrumpir, pero debemos continuar —dice la investigadora—. Si a Fátima le parece bien, puede quedarse, supongo que le será más cómodo que escuchar tras la puerta —le dice a mamá y las tres sonríen con la mirada.

—Estás siendo muy valiente, Fátima. Te pido que me expliques una cosa más, ¿por qué dijiste «todas éramos Verónica Franco»?

—Mamá, lo que voy a contar es muy desagradable. Si te quedas, omitiré los detalles más duros, tampoco creo necesario que deba ser demasiado explícita.

—Tu información está siéndome muy valiosa, no quiero que te tortures. Di lo que creas que nos puede ayudar, nada más —la consuela Minerva.

—Para los clientes todas éramos Verónica Franco. Con ese nombre se dirigían a nosotras de manera individual. Un cliente y una chica por noche. Pasé por las manos de varios de ellos. Isabella me vendaba los ojos y me llevaba hasta la habitación donde el cliente me esperaba con una máscara idéntica a la del mandamás.

Todos seguían el mismo patrón, lo que esperaban de mí era una conversación culta y sumisión. Me hacían preguntas sobre arte y filosofía mientras me toqueteaban y se excitaban. Y siempre, siempre, debía recitar uno o varios poemas en el momento de la penetración hasta que la culminaban. «Gracias, mi bella Verónica», decían al terminar, apretaban un timbre que había en la pared e Isabella aparecía para taparme los ojos y devolverme a mi cuarto.

—Es suficiente —zanja Minerva.

Pensaba que mi madre lloraría, pero me he equivocado. Ha soportado estoicamente el relato de Fátima. Supongo que el corazón se le ha despedazado en silencio. Mi hermana la mira, se traga las lágrimas sin poder evitar los pucheros.

—¿Te doy asco, mamá?

—Te quiero con locura, hija. Asco me dan ellos.

Se la come a besos como cuando éramos niñitas y no podía parar de besuquearnos los mofletes. Minerva las deja a solas, y yo me voy con ella a la terraza. Esta mujer parece una lagartija, a la mínima que puede se coloca bajo el sol. «Espero que los pillen a todos, ¡repugnantes viciosos de mierda!», estalla a media voz. Mira su reloj de muñeca y abre los ojos con asombro. «¡Qué tarde es!», exclama. Ya estamos con las prisas, son las dos de la tarde. Mi padre debe de estar a punto de llegar para reclamar la comida. Helo ahí, escucho la cerradura de la puerta.

—Lidia, Lidia ¿dónde estás?

—Ahora voy —mi madre sale junto a mi hermana de la habitación.

—Fátima, ¿estás bien? —le pregunta papá haciéndole una caricia en la cabeza.

— Lidia, la mesa está sin preparar, ¿hoy no comemos?

—Papá, mamá y yo hemos estado muy ocupadas. Hoy nos apañamos con algo de verdura que sobró ayer y un poco de queso y jamón —dice mi hermana. Me deja estupefacta.

Minerva entra en el salón, saluda a mi padre de manera atropellada y se despide de mi madre y de Fátima.

—Disculpadme, tengo prisa. Nos vemos pronto.

Allá que vamos. Supongo que se parará a comer algo rápido y a las tres en punto o antes llegaremos a la comisaría.

Deseo que mi hermana consiga superar lo que ha sufrido, sé que va a ser muy difícil. Ahora hace todo lo posible por mostrarse fuerte delante de mis padres, pero cuando esté sola ¿cómo se deshará de esos terribles recuerdos? Necesitará ir a terapia y, aunque la huella del mal se difumine con el paso del tiempo, no desaparecerá nunca. Por mi parte estoy segura de que siempre, de alguna manera, me mantendré a su lado. No quiero pensar que voy a esfumarme sin más.

Hemos llegado a la comisaría hace un rato. Minerva se detuvo diez minutos a comerse un sándwich y vinimos directas hacia aquí. Está con el inspector Clotet, preparan el careo entre Héctor y Ángel. Ahora mismo cada uno de ellos está en un cuarto, a la espera.

—Creo que antes de dejar que se enfrenten, deberíamos interrogar a Héctor con la nueva información que tenemos —propone Clotet—. Por cierto, todavía no me has dicho quién es tu fuente.

—Lo siento, prometí no revelarla. Y sí, coincido contigo en que primero hablemos con Héctor. No lo demoremos más.

Un mensaje suena en el teléfono de Minerva, lo lee.

> Gisela:
> Ya estoy en el aeropuerto del Prat. Voy a alquilar un coche
> y arranco en dirección a Tarragona.

Minerva:

Estupendo, Gisela, conduce con cuidado y no corras.

Te espero en la comisaria de los Mossos.

Clotet y Minerva entran en la sala de interrogatorios donde un agente espera junto a Héctor. Clotet le hace al policía una señal con la cabeza para que salga.

—¿Qué quieren de mí? Y ¿quién es usted?

—Soy la que te va a hacer las preguntas hoy —responde Minerva.

—He repetido mi declaración varias veces, no tengo nada más que añadir.

—Pues vas a tener que cambiar tu versión; hay un testigo que te sitúa en el callejón a la hora que atacaron a Lourdes. Para más detalles, asegura que estabas en la parte de arriba y en ningún momento auxiliaste a la víctima, te limitaste a observar. Así que o te aclaras y dices la verdad o serás detenido como cómplice de homicidio o de asesinato, ya veremos.

—Estuve allí, pero les aseguro que no soy cómplice de nadie. Fue una casualidad. Seguía a Lourdes, de vez en cuando lo hacía.

—¿Para qué? Habíais roto vuestra relación. ¿Estás diciendo que la acosabas?

—No, no, ni siquiera me acercaba a ella, mantenía cierta distancia. Y sí, ese día vi que alguien se abalanzaba sobre ella y la atacaba. Me declaro culpable de no haberla ayudado. Les juro que me quedé paralizado.

—¿Por qué te lo habías callado? Has mentido a la policía.

—Por cobardía, por miedo a que me relacionasen con la muerte de Lourdes —. Le tiembla la voz.

—En tus declaraciones le echabas la culpa a Ángel. ¿Era a él a quien viste atacar a Lourdes?

—Era un hombre, creo que llevaba un pasamontaña o algo así en la cabeza. No puedo afirmar que fuese Ángel, de hecho, la figura del atacante era más o menos de su altura, pero más fornida.

¡Qué aaaasscoo me da Héctor! ¿Cómo he podido salir con un tipejo así? El inspector Clotet sale de la sala y enseguida vuelve a entrar, viene con Ángel y le ordena que se siente frente a mi ex. ¡Ay, si tuviese saliva le escupiría!

—¿Cómo está Fátima? ¿La puedo ver? —Es lo primero que dice Ángel, este chico quiere de verdad a mi hermana.

—Está bien. Pronto os podréis ver. Por ahora necesita descanso —le aclara Minerva.

—Lo entiendo. Aunque estoy deseando verla... —se le corta la voz y se le humedecen los ojos.

—¿Por qué estoy aquí, sigo siendo sospechoso? Les aseguro que no he matado a Lourdes ni a nadie. Es cierto que me medico para mantener mi estado anímico estable, pero eso no me convierte en asesino. Además, cada vez estoy mejor, poco a poco me están bajando la dosis.

El teléfono de Minerva suena, mira la pantalla y a continuación le dice a Clotet que la acompañe.

—Dime, Palmieri —responde mientras salen.

—Minerva, tenías razón. Paolo Chisso estudió medicina y se especializó en cirugía general.

—¡Me lo imaginaba! Es el perfecto actor, un psicópata en potencia. Nos ha engañado a todos. ¿Dónde está ahora?

—Detenido en el psiquiátrico de la penitenciaría hasta que sea juzgado.

—Espero que le caigan unos cuantos años. Gracias por la información, Palmieri.

—Otra cosa, Minerva. Hace un momento que le he enviado por *e-mail* al inspector Clotet el retrato robot que hemos realizado con la descripción dada por Isabella. Espero que os sirva.

Vaya con el curita, ya decía yo que me daba mala espina. Minerva está algo alterada, le dice al inspector que revise rápido su correo electrónico e imprima una copia de la foto que ha enviado Palmieri. Empieza a haber demasiado movimiento, parece que todo se acelera. Clotet sale de su despacho con la imagen impresa, Minerva la mira y niega con la cabeza, no sabe quién es. Entran en la sala de interrogatorios, primero le enseñan el retrato a Héctor.

—¿Lo conoces? Es el asesino de Lourdes. ¿Has visto este rostro alguna vez? ¿Te suena de algo? —le pregunta Minerva con un inicio de verborrea.

—Puede ser..., déjeme pensar, me suena pero ahora mismo no caigo.

—Y tú, ¿lo conoces, has visto antes este rostro?

Le enseña la imagen a Ángel. Él observa, se percibe la confusión en su mirada, su rostro empalidece y exclama:

—¡Sí, lo conozco, pero tiene que ser un error! ¡¡Él no puede ser el asesino!!

36

Hay un enorme revuelo en la comisaría. Ángel ha reconocido al individuo del retrato robot y, aunque todavía no ha dicho quién es porque está en *shock*, el inspector Clotet ha dado órdenes de que un equipo especializado se prepare para realizar la detención de un presunto asesino.

—Sin intención de aumentar tu angustia, necesito saber quién es. Te ruego que, si lo conoces, me digas su nombre. Es la persona que acabó con la vida de Lourdes y el mismo que creó una trama de trata de blancas que secuestró y mortificó a Fátima.

Minerva insiste. Ángel, con un incesante temblor de manos, se saca del bolsillo un pastillero.

—¿Qué haces?

—Necesito un tranquilizante, la presión del pecho no me deja respirar.

—Tienes un ataque de ansiedad. ¡Libérate de lo que te lo provoca! ¡Un nombre, escúpelo!

—¡Mi padre, la imagen es el rostro de mi padre! —grita apretando los puños, su mirada irradia odio.

—¿A qué se dedica tu padre? —le pregunta Minerva pausada para evitar alterarlo más.

—A los negocios. Siempre ha presumido de su capacidad emprendedora.

—¿Viaja con frecuencia?

—Sí, a diferentes países.

—¿Es violento?

—Tengo una pésima relación con él, Minerva. Nos odiamos mutuamente.

—aprieta las quijadas—. La gente piensa que nuestras diferencias se iniciaron tras mi accidente, pero en realidad empezaron mucho antes: cuando dejé de ser un niño y defendía a mi madre de sus golpes. De puertas adentro era un demonio, de puertas afuera, para los amigos y demás conocidos, derrochaba simpatía y buenos modales. El divorcio salvó a mi madre, aun así, cuando nos lo encontramos y hay alguien delante, mi madre disimula el terror que le sigue teniendo. Ahora vive con una mujer más joven. Yo nunca voy a su casa, me lo dijo un vecino.

—Dime su dirección, tenemos que detenerlo enseguida, existe riesgo de fuga.

—¡He llegado! —Gisela irrumpe en la sala.

—En el momento idóneo, muy propio de ti. Tenemos al culpable, vamos a por él.

—¿Quién es?

—Te lo explico por el camino.

Tanto que he culpado a Ángel y era una víctima. Su padre ha destrozado la vida de muchas mujeres, entre ellas la de mi hermana. Y me ha quitado la mía. Seres inmundos como él no deberían existir. Me adelanto a la policía, quiero llegar antes que ellos. No me siento un espíritu piadoso, todo lo contrario, quisiera vengarme, pero, por si Dios existe y me castiga, me contendré. Evitaré su fuga mientras llega la policía y dejaré que la justicia terrenal cumpla su función.

He pillado a Anselmo entrando en el portal del lujoso edificio en el que vive. Sube en el ascensor y yo con él. Parezco su ángel custodio, cuando lo que se merece es ser castigado, no protegido. Nos detenemos en la sexta planta. Saca del bolsillo del pantalón la llave y abre la puerta de un piso. Entramos.

—¡He llegado! —exclama con voz tosca.

Va directo al cuarto de baño, echa el cerrojo, se despoja de la ropa y se mete en la ducha. Tengo una visión completa de toda la casa: es como si estuviese en el mismo momento en cada una de las estancias. En la cocina hay una mujer que, al escuchar la voz de Anselmo, ha virado rápidamente la vista hacia un reloj que cuelga de la pared. Son casi las ocho de la tarde. Es evidente su avanzado estado de gestación. Está seria, puedo percibir su miedo. Me muevo a su alrededor por si me ve. Está claro que no se percata de mi presencia, la causa de su temor es otra.

—Tengo hambre —dice Anselmo entrando en la cocina—. ¿Qué has preparado para cenar? ¿No has oído que tengo hambre? —insiste fijando la mirada en la mujer que, cabizbaja, responde susurrante.

—Iba a empezar a preparar algo. Todavía es temprano...

—No me repliques —le ha sujetado con violencia la barbilla y alzado la cabeza.

—¡Mírame! —le vocea.

Ella lo mira temblando y recibe un primer bofetón en un lado de la cara, seguido de otro en el lado opuesto. No se queja; un llanto silencioso baña su rostro mientras coloca ambas manos sobre su abultado vientre en un gesto de protección a su bebé.

—¡Que cocines, imbécil! ¡Eres una blandengue, deja de lloriquear! —vocifera.

—La cena estará lista enseguida, no te enfades por favor —suplica acobardada.

—¡Quita del medio! Ya me apañaré yo —dice dándole un empujón que la hace caer al suelo.

La joven mujer intenta levantarse, las fuerzas no la acompañan. Anselmo la ignora pese a que ella le pide ayuda.

—Te lo ruego, ayúdame a levantarme, tengo un fuerte dolor en el costado, temo por el bebé.

—¡Cállate de una maldita vez, Begoña, eres una inútil! Tenía que haberte matado en lugar de cargar contigo.

¿Begoña? Se llama como la chica con la que mi hermana compartía habitación y se quedó embarazada. Debe de ser la misma. Pobrecita, sigue en el suelo, el dolor se evidencia en su rostro. Intento levantarla, pero no lo consigo, soy un espíritu inexperto. Me desespero sin saber cómo ayudarla.

—Nooooooo —grito mi impotencia.

Un momento... Anselmo ha girado la cabeza hacia el sonido de mi voz.

—¡Asesino! ¡Asesino! —reitero posicionándome ante él.

No me ve, pero está claro que me oye. Da un paso atrás, y otro, hasta salir de la cocina. Le sigo.

—¡Ayúdala a levantarse! —le exijo.

Con la mirada aterrorizada agita la cabeza, turbado por mis palabras. Sigue dando pasos hacia atrás. Le recuerdo cómo me tiró al Ullal. Se agarra la cabeza tapándose los oídos y sigue retrocediendo hasta la puerta abierta del balcón. Para un hombre tan alto como él, la baranda es baja y cae de espaldas al vacío.

Regreso junto a Begoña. Tiene los ojos cerrados, parece que ha perdido el conocimiento. Pongo mi mano delante de su nariz y noto su respiración pausada y constante. El sonido de una ambulancia y de varios coches de policía se aproxima. Me asomo al balcón y los veo detenerse. Minerva, Gisela y Clotet se abren paso entre la multitud, que ha formado un corrillo morboso alrededor del cuerpo estampado contra el suelo. El inspector le toma el pulso y niega con la cabeza. Algunos agentes de policía dispersan a los curiosos y delimitan la zona. Suben hasta el piso donde me encuentro y llaman al timbre, esperan un minuto y fuerzan la cerradura para entrar. Minerva es la primera en encontrar a la chica apaleada en el suelo de la cocina. Intenta reanimarla y lo consigue. Un reguero de sangre sale de entre sus piernas y se desliza por las losetas.

—¡Necesito ayuda! —exclama—. ¡Qué suban los de la ambulancia!

Se sienta junto a ella y la incorpora levemente con suavidad.

—Sigue despierta, enseguida te llevaremos al hospital. Dime, ¿cómo te llamas?

—Begoña —pronuncia con un fino hilo de voz.

—¿Begoña? —La investigadora ha pensado lo mismo que yo al escuchar el nombre—. ¿Te suena el nombre de Fátima? Es posible que os conocieseis en Venecia.

—Fátima es mi amiga, ¿está bien? —apenas le sale la voz.

—Tranquila, Begoña. Ambas estáis a salvo —le acaricia el cabello con una mano mientras sigue sujetándola con la otra.

Gisela le abre la puerta al personal de la ambulancia. En breves minutos se alejan con Begoña y la sirena encendida. El inspector está en el balcón, Minerva se acerca.

—¿Crees que de verdad se ha suicidado? —cuestiona Clotet.

—Es la única explicación plausible. La chica estaba sin sentido, exhausta de tantos golpes. Y, que yo sepa, aquí no hay nadie más que le haya podido empujar —razona Minerva.

«O sí...», musita caminando hacia la salida.

—Gisela, mañana temprano volvemos a casa. Nuestro trabajo aquí ha finalizado —le dice bajando las escaleras.

—¿Nos despediremos de Clotet?

—Sí, pararemos antes de coger la autopista.

—¿Y de Fátima y su familia?

—No, Gisela, sabes que, una vez resuelto el caso, nuestra implicación con las víctimas y sus familias se acaba. Debemos retomar nuestra cotidianidad. Aunque nunca las olvidaremos.

—Tienes razón, siempre acabo cogiéndoles cariño a los que sufren y me gustaría mantener una amistad con ellos. Pero como bien dices, nunca los olvidaremos, nosotras somos así.

Llegan al portal y se cogen del brazo.

—Un paseo hasta el hotel nos irá bien.

—¿No has dejado el coche de alquiler en la comisaría?

—¡Ah, sí! Vamos a buscarlo.

¿Y yo qué hago, a dónde voy? A mi casa, vuelvo con mi familia, quiero seguir en este mundo junto a ellos.

Estoy en mi casa, me encuentro a todos en el salón, también está Ángel. Los tres lo están escuchando. Les está pidiendo perdón y explicándoles lo que ha hecho su padre, creo que todavía no saben que ha muerto.

—Fátima, ¡lo siento tanto! Entenderé que no quieras seguir conmigo. Solo puedo decirte que siempre tendrás mi apoyo, mi amistad y mi amor.

—Tú no eres culpable de los actos de tu padre. Lo superaremos juntos. —Mi hermana le coge la mano.

Mis padres están, como es lógico, en un estado de suma consternación. Se miran el uno al otro sin saber qué decir. Ninguno de los dos se imaginaba que tenían tan cerca al monstruo.

—Voy a preparar la cena —se levanta mi madre—. ¿Te quedas, verdad, Ángel?

—Claro que se queda —afirma mi padre—. Te ayudo en esa cocina a la que tanto me cuesta entrar.

Papá y mamá cierran la puerta, se abrazan como no lo han hecho desde hace muchos años. Necesitan estar más fuertes y unidos que nunca.

Mi familia ya no me necesita, nada tengo que hacer aquí. Elda tiene razón, he de seguir mi camino, aunque me cueste. Voy a pedirle ayuda.

He llegado a la casa de mi amiga. Está sentada frente al televisor viendo las noticias, atenta a las palabras del presentador:

«Hoy tenemos que lamentar un nuevo caso de violencia machista. La víctima, una mujer joven y en avanzado estado de gestación ha sido hallada con numerosos golpes y trasladada al hospital. En estos momentos se encuentra en la UCI. Su estado es delicado, pero está fuera de peligro. Tristemente, ha perdido a la criatura. El presunto maltratador se ha suicidado arrojándose al vacío desde el balcón de un sexto piso».

—He sido yo —le digo sentándome a su lado.

—¡Estás aquí! No te había visto.

—Estabas concentrada en la noticia. Lo he matado yo.

—¿Por qué?

—Era el culpable de lo que le pasó a mi hermana y de mi muerte. Anselmo Márquez.

—¿El padre de Ángel?

—Sí. Y no creas que me he vengado. Le gritaba para que no siguiera pegándole a la pobre chica y parecía escucharme, porque ha empezado a retroceder hasta que se ha caído de espaldas por el balcón.

—Entonces, ¿estás preparada para el viaje? —Elda me mira con su inmensa dulzura.

—Me gustaría estar viva, que nada de esto hubiese pasado. He ido a ver a mi familia y creo que ya no les hago falta. Supongo que ha llegado el momento... ¿Y si me encuentro con el espíritu de Anselmo por el camino? ¡Me intentará matar por haberlo tirado por el balcón!

—¡Qué ocurrencias tienes, sigues siendo tú! ¿Cómo te va a matar si ya estás muerta? Y tú no lo has tirado por el balcón, se ha caído él, aunque ya has escuchado la versión oficial: «Se ha suicidado».

—Perdona, desvarío, me cuesta asumir que no estoy viva. Aun así, me puedo topar con él, ¿no? Y siendo un ser oscuro como ha demostrado con creces, me atemoriza lo que me pueda hacer.

—Es imposible que te lo encuentres, vuestros caminos son muy distintos. Anselmo tiene por delante un recorrido largo y doloroso hasta llegar a un mundo de tinieblas donde, errante, tardará en pasar al otro plano, al de la luz.

—¿Cómo es mi camino? ¿Voy a ir directa a la luz? —pregunto, ansiando un sí por respuesta.

—Tendrás que descubrirlo por ti misma. Nadie va directo a la luz, todos tenemos un recorrido que empieza aquí, en el mundo terrenal. Tú, antes de irte, has sido un ángel de doble vara: protectora de una mujer desvalida y justiciera de quien te asesinó.

Las palabras de mi amiga me alientan. Algo bueno he hecho antes de alejarme de este mundo.

—No debes demorar más tu partida, has de iniciar el camino. — Me mira con dulzura y sonríe, me trasmite confianza—. Mi voz te acompañará durante el inicio del trayecto, luego deberás continuar tú sola... ¡Hasta siempre mi amiga del alma, volveremos a vernos!

¿Dónde estoy? Hace una décima de segundo me encontraba junto a Elda en su casa y ahora camino por lo que parece un túnel o un largo pasillo al que no se le ve el final. Tengo mucho frío.

—¡Elda, Elda! ¿Me escuchas?

—Tranquilízate, Lourdes, avanza sin temor. —su voz retumba.

—¡Elda! No te veo...

—Ya te dije que podrías escuchar mi voz, pero nada más, y solo hasta cierto lugar.

—Acabamos de estar juntas, ¿cómo he llegado de repente a este túnel?

—Deja de hacerte preguntas, Lourdes. Disfruta de la intemporalidad.

El eco de su voz me tranquiliza. Me siento como si fuese un bebé y me cantasen una nana. Le hago caso y camino por el túnel acristalado. Parece que estoy cruzando una zona invernal de nívea luminosidad. De repente, grandes copos de nieve, impulsados por fuertes ráfagas de viento, golpean como proyectiles contra los cristales del túnel. Siento frío y soledad.

—Elda, Elda... —susurro.

—Sigue el avance, Lourdes. No te detengas. Recuerda el dicho: «Después de la tormenta llega la calma». Estás muy cerca de alcanzarla.

Sus palabras me llegan cada vez con menor fuerza, se disipan, dejo de escucharlas.

Ha cesado la tormenta. El túnel por donde iba ha desembocado en otro que no tiene cristales. Una tenue luz ilumina mis pasos. Cuánto más avanzo, mayor es la luminosidad. Al fondo diviso un arco abierto. Presiento que es el final de este trayecto, el lugar a donde debo llegar. Ya no siento frío, estoy confortable, feliz, sin miedo ni resentimientos. Llego al arco, lo cruzo y percibo la viveza del sol y la inmensidad del amor.

37

Venecia. Psiquiátrico de la penitenciaría.

¡Es tan fácil simular un trastorno mental! Hasta me resulta divertido. Llevo toda la vida jugando con los demás y conmigo mismo. ¿Qué es la vida, sino un juego? A veces es macabro y, aun así, tiene su gracia. Como mejor me siento es teatralizando, satisfago mis deseos mientras los que me rodean creen que cumplo los suyos. Yo soy un mentiroso y ellos unos ingenuos.

Mi madre siempre ha creído tenerme bajo su dominio, y a mí me gusta seguirle la corriente, hacerme la víctima y hacerle creer que soy un buen hijo. En realidad la detesto, espero que se pudra en la cárcel y no volver a verla jamás.

Mi padre, un sacerdote que sucumbió al pecado de la carne. ¡Ay, esos instintos animales! Conmigo se portaba bien, aunque no lo echo en falta. Por supuesto que me negué en redondo a matarlo, no porque sintiera algún tipo de estima hacia él, simplemente porque me incomoda matar, es un acto que me reporta poca o ninguna satisfacción. Con Vincenzo no tuve más remedio. Cuando vio a Fátima en la góndola se trastornó más de lo que estaba. ¿Me iba a arriesgar a que me delatara? No. Así que esa misma noche lo mandé a mejor vida, de manera rápida y limpia. Fue fácil, él mismo me abrió la puerta de su casa, enseguida se fijó en que llevaba guantes y tuvo el tiempo justo de imaginar que le iba a disparar antes de que apretase el gatillo. Lo dejé todo bien colocado, como si hubiese sido un suicidio. Incluso me despedí de él con mi teatral sonrisa y entonación musical: «Adiós, Vincenzo».

Francesca también ha sido víctima de mi engaño. Sé que me tiene mucho cariño, no para de decírmelo, y es tan buena conmigo... Supongo que es mi única amiga, aunque no acabo de entender el concepto de amistad ni me voy a esforzar por entenderlo. La cuestión es que la necesito para seguir aquí y que no me encierren en una celda normal. Seguro que atestigua a mi favor, dirá lo que le he hecho creer durante años: que soy un inestable mental cuyo problema se ha agudizado. Este lugar es mucho más cómodo que la cárcel convencional y si consideran que sufro algún tipo de psicosis, me caerá una pena reducida. Eso sí, la medicación no se la saltan. Claro está que yo no me la tomo, va derecha al doblez de mi manga y a continuación, desaparece por el inodoro, con una buena ducha de cisterna no queda rastro.

Lo que más me ha gustado de esta experiencia tramada por Isabella, la asquerosa de mi madre, y por un tipo que no sé quién es ni me interesa, es el trato que he tenido con las chicas. Lo mejor que he hecho por ellas ha sido esterilizarlas y así evitar embarazos. ¿Para qué traer más seres a este mundo? Ya somos demasiados. Con Begoña cometí un error de precisión, ¡qué rabia! Reconozco que soy perfeccionista.

Me gustaba verlas caer en mi trampa, ¡soy tan convincente! Y tal vez un poco manipulador, o un mucho... Sí, me gusta mentir y engañar. A pesar de ser el raptor, me acababan cogiendo cariño. Todas las noches pasaba por sus habitaciones y estaba un rato con ellas. Como si fuese una víctima más y las comprendiera. Me sentía halagado de que me recibiesen tan bien. Quizá era porque me tenían miedo, pero prefiero pensar que, de alguna manera, les seducía mi presencia. Se supone que un cura siempre aporta paz.

En fin, me empecé a cansar de la situación y me propuse desmantelar aquel entramado. Para conseguirlo utilicé a Fátima, porque fue la única a la que el que daba las órdenes se negó a violar. Fingí haberme enamorado de ella y, con la ayuda de Francesca, la liberé justo el día que iba a ser subastada. ¡Qué gustazo ver la rabieta que cogió Isabella! Solo por eso ya valió la pena.

¡No lo puedo evitar, me encanta regodearme en el morbo de la crueldad! Y, por encima de todo, lograr mis propósitos.

La locura. La cordura. Llevo toda la vida debatiéndome entre ambas.

—Páter Paolo, vamos a entrar.

Ya vienen con el medicamento, es el turno de la locura, a fingir un ratito:

«¡Tengo que matar a Fátima! ¡Tengo que matar a Fátima!».